Joachim H. Peters
On the Road to Dingsbums

Joachim H. Peters

Geboren? Ja, im Jahre 1958 in Gladbeck am Rande des Ruhrgebietes.

Ab 1975 Polizeibeamter und dabei auch schon mal real Mörder festgenommen (also in Wirklichkeit nicht bei REAL). Fünfundvierzig Jahre lang im Dienste der Gerechtigkeit unterwegs und seit 2008 als Krimiautor für die Gegenseite.

Der zweiundzwanzigste Krimi ist gerade in Arbeit. Dazu kommen noch etliche Kurzgeschichten, weit über 150 Bühnenauftritte, u. a. demnächst das fünfte Kabarettprogramm. Zwischendurch auch als Moderator und Schauspieler auf der Bühne, oder aber als Leser anderer Texte, u. a. für Bestsellerautor Martin Walker.

www.koslowski-krimis.de

Joachim H. Peters

ON THE ROAD TO DINGSBUMS

oder:
Wie man aus Versehen sechs alte Leute und einen Hund entführt

Roman

KBV

Originalausgabe

www.kbv-verlag.de
E-Mail: info@kbv-verlag.de
Telefon: 0 65 93 - 998 96-0
Umschlaggestaltung: Ralf Kramp
Lektorat: Volker Maria Neumann, Köln
Druck: CPI books, Ebner & Spiegel GmbH, Ulm
Printed in Germany
ISBN 978-3-95441-698-1

Für Jörg, Martina und Pelle
Vielen Dank für eure langjährige Unterstützung

PROLOG

Die *Abendsonne* am Morgen

In Bielefeld herrschte ein derart gutes Wetter, dass man daraus getrost zwei hätte machen können. Nach einer verregneten Woche schien endlich mal wieder die Sonne aus einem wolkenlosen Himmel auf die ostwestfälische Stadt herunter, die es trotz einiger gegenteiliger Behauptungen doch gab. Dieser ehemalige Gag trieb selbst dem humorvollsten Bielefelder mittlerweile einen gequälten Gesichtsausdruck aufs Antlitz.

Allerdings sorgte die Sonne gleich wieder dafür, dass das Thermometer auf Temperaturen stieg, bei denen ein bisschen Wind nicht nur den schlapp herunterhängenden Fahnen auf der Sparrenburg, sondern auch deren Besuchern gutgetan hätte. Wenn man hier oben – hoch über der »kleinen Großstadt« – auf der alten Festungsanlage stand, mit der Hand die Augen vor der Sonne abschirmte und sich etwas nach links wandte, dann konnte man das Dach der Seniorenresidenz *Abendsonne* sehen. Allerdings nur, wenn man wusste, wo man danach zu suchen hatte.

Und wer sie schon einmal von innen gesehen hatte, der musste zugeben, dass der etwas einfallslose Name ganz im Gegensatz zu dem Konzept dieser Einrichtung stand. Der Träger, ein Privatmann, hatte beim Bau der Residenz bewusst nicht gespart, sondern ganz im Gegenteil großen Wert auf eine luxuriöse Ausstattung und eine überdurchschnittliche Größe der einzelnen Zimmer gelegt. Oh, Pardon, es muss natürlich »Appartements« heißen. Denn dadurch, dass man sich dieser Wortwahl bedient hatte, wollte man den Besuchern und Interessenten gleich von Anfang an deutlich machen, dass sie es hier mit einem gehobenen Standard zu tun bekamen. Die *Abendsonne* sah sich als Einrichtung für die Art älterer Menschen, die sich einen gewissen Luxus leisten konnten. Nicht umsonst verfügte sie über eine Sauna, ein Schwimmbad, einen Fitnessraum sowie einen kleinen Park und eine große Bibliothek, die man auch gleichzeitig als Vortragsraum benutzen konnte.

Doch im Rahmen der Errichtung hatte der Bauherr plötzlich feststellen müssen, dass er sich verkalkuliert hatte. Denn plötzlich überstiegen die tatsächlichen Kosten, zugegebenermaßen von einigen Leuten nicht ganz unerwartet, die geplanten Kosten. Und so mussten einige Teile der Einrichtung warten. Die Sauna blieb kalt, dem Schwimmbad fehlte noch das Wasser, und auch der Park war noch nicht ganz fertiggestellt. Aus diesem Grund fand die Eröffnung auch erst statt, nachdem sich genügend Seniorinnen und Senioren bereitgefunden hatten, eigenes Kapital als Einlage zur Verfügung zu stellen, damit diese letzten Arbeiten abgeschlossen werden konnten. Aber Qualität hat nun mal ihren Preis.

Nehmen wir zum Beispiel die Mahlzeiten. Sie wurden in der hochmodernen Residenzküche zubereitet und entweder im Speisesaal oder wahlweise auch in den einzelnen Appartements serviert. Die Qualität der Speisen wetteiferte dabei ständig mit der Art der Zubereitung, denn nicht nur das Betreuungspersonal, sondern auch der Küchenchef war handverlesen, um der Bewohnerschaft nur das Beste bieten zu können. Was allerdings auch seinen Preis hatte.

Aber kein Geld zu haben, war ja schon immer ein Problem. Und das nicht nur für die Bewohner …

KAPITEL 1

Ein böses Vorspiel

»Wie blöd muss man eigentlich sein, um so einen Idioten nicht in die Finger zu kriegen? *Chertovo dermo!*«

Oleg Paschkurin blickte betreten auf den teuren Teppich zu seinen Füßen und zählte dabei die Karos im Muster, während sein Partner Gregori Usalenko die Stuckarbeiten der Decke so interessiert bewunderte, als hätte er sie noch nie zuvor gesehen. Die beiden waren zwar schon des Öfteren zum Rapport bei ihrem Boss Iwan Iwanowitsch Kuttin bestellt worden, allerdings hatte der dabei noch nie so verärgert, ja geradezu bösartig ausgesehen wie heute. Wobei sie ihn nur zu gut verstehen konnten, denn es war ja auch wirklich eine *chertovo dermo*, eine verdammte Scheiße, dass ihnen ihr Opfer wieder einmal durch die Lappen gegangen war.

Seit mehr als drei Wochen versuchten sie seiner nun schon habhaft zu werden, um das Geld aus ihm herauszuprügeln, das er ihrem Boss noch schuldete. Aber mit einer Regelmäßigkeit, die sonst nur die Jahreszeiten aufwiesen, entzog sich ihr Schuldner immer wieder dem Zugriff. Wie viele Tage und Nächte hatten sie nun schon vor seiner Wohnung zugebracht? Wie oft hatten sie ihm an seinen diversen Stammkneipen aufgelauert und jede Spielhallenaufsicht, unter Androhung von schmerzhaften Arm- und Beinbrüchen, aufgefordert, sie sofort anzurufen, sollte dieses Schwein bei ihnen auftauchen.

Aber all das war bisher vergebliche Liebesmüh gewesen. Es war, als hätte sich in Bielefeld die Erde aufgetan und Mike Michalak, der von seinen Freunden nur Mischa genannt wurde, verschluckt. Wobei Oleg sich sicher war, dass die Erde ihn irgendwann wieder ausspucken würde, denn dieser Typ war garantiert unverdaulich. Er log, er war unzuverlässig, und er arbeitete nur unregelmäßig. Aber was für sie und ihren Boss am schlimmsten war: Er zahlte seine Schulden nicht. Schulden, die als Spielschulden aufgelaufen waren und bei denen es sich bekanntlich um Ehrenschulden handelte. Und auf die Herstellung der Ehre, besonders seiner eigenen, legte ihr Boss Iwan Iwanowitsch Kuttin sehr viel Wert. Immerhin handelte es sich um stolze zehntausend Euro. Eine Summe, für die eine alte Frau sehr lange stricken oder ein junger Dealer sehr viele Drogen verkaufen musste. Iwan Iwanowitsch Kuttin war zwar alt, aber er verkaufte weder Drogen, noch strickte er. Er hatte sich voll und ganz auf das Glücksspielgewerbe konzentriert, und seine einzige Handarbeitstätigkeit, wenn man sie denn so nennen wollte, war das Knoten eines Seils. Des Seils, mit dem er sie beide in Kürze an seiner stuckverzierten Decke aufhängen würde, wenn sie nicht bald Erfolg hatten. Zumindest befürchtete Oleg das.

»Ihr beide seid mit Abstand die dümmsten Kretins, die je bei mir in Lohn und Brot gestanden haben. Ich weiß nicht, ob ich euch noch lange beschäftigen werde.

Im guten alten Russland wärt ihr schon in irgendeinem Gulag verschwunden, aber hier …?« Ohne zu überlegen, spuckte er auf den kostbaren Teppich unter seinen Füßen.

Seine beiden Handlanger wussten, dass ihr Boss kein Freund der Demokratie war und seinen Laden lieber diktatorisch führte.

Oleg sah sich schon, mit dem Gesicht nach unten auf einem Förderband liegend, auf eine der Ofenklappen der Müllverbrennungsanlage zufahren. Der einzige Trost dabei würde sein, dass die vorher in seinen Hinterkopf geschossene Kugel dafür Sorge trüge, dass er die Entstehung von Brandblasen nicht mehr spüren würde. Er musste sich schütteln, um diese pessimistische Vision seiner näheren Zukunft wieder loszuwerden, und wandte dann seinem Partner Gregori den Kopf zu, der bisher noch kein Wort gesagt hatte.

Iwan Iwanowitsch Kuttin stand auf und kam aufreizend langsam um den Schreibtisch herum. Oleg fand, es sehe aus, als würde sich die Queen Mary II langsam in das Hafenbecken von New York schieben. Ihr Boss war fast zwei Meter groß und seine Unterarme dicker als Olegs Oberschenkel. Sein Brustkorb besaß die Ausmaße eines Ölfasses, und darauf saß vollkommen ansatzlos ein Kopf, der an eine Riesenschildkröte von den Galapagosinseln erinnerte. Das Einzige, was wenigstens entfernt an einen Hals erinnerte, waren die drei Speckrollen im Nacken.

Oleg musste sich mit aller Macht zusammenreißen, um nicht zurückzuweichen, als sich dieser Fleischberg nun auf ihn zuschob. Er sah seinen eigenen Hals schon wie ein Streichholz zwischen Kuttins dicken Wurstfingern zerbrechen, und seine gehässige Fantasie gaukelte ihm dazu das passende knackende Geräusch vor. Aus den Augenwinkeln sah er, dass sein Partner Gregori zitterte wie Espenlaub. Denn auch der war garantiert nicht scharf auf eine Fahrt auf dem Fließband der Müllverbrennungsanlage.

Kuttin baute sich vor den beiden auf und fixierte sie mit einem Blick aus seinen kalten Augen, die allerdings mehr an eine hochgiftige, schwarze Mamba als an eine gutmütige Schildkröte erinnerten. »Ich gebe euch beiden Blödmännern jetzt noch genau eine Woche Zeit, um mir nicht nur mein Geld, sondern auch diesen Typen zu bringen. Sobald er hier ist, werde ich ein Examen an ihm stationieren.«

Oleg wunderte sich noch, woher sein Boss diese Fremdwörter kannte, als der bereits fortfuhr.

»Die Konkurrenz lacht ja schon über mich, und das ist etwas, das ich gar nicht leiden kann.« Dabei zog er dermaßen an den Gelenken seiner Wurstfinger, dass es nur so krachte. »Ich werde diesem Schwein sämtliche Knochen im Leib brechen und ihn dann zur Abschreckung eine Woche lang am Fahnenmast der Sparrenburg aufhängen. Anschließend werfe ich ihn meinen beiden Rottweilern zum Fraß vor!«

Was aber wahrscheinlich nicht passieren würde, vermutete Oleg, denn eine Leiche am Fahnenmast der Sparrenburg würde dermaßen schnell die Aufmerksamkeit der Polizei auf sich ziehen, dass Kuttins Hunden garantiert ein Fastentag bevorstand. Er hütete sich jedoch, diese Vermutung laut auszusprechen, weil er sich nicht selber als Futterersatz ins Spiel bringen wollte.

»Sollte bis zum Ablauf der Frist dieser Typ das Geld nicht auf meinem Schreibtisch abgeliefert haben, werdet ihr beiden Arschlöcher den Appetit meiner Hunde kennenlernen.«

Sein eiskalter Blick wechselte vom einen zum anderen und jagte den beiden Todesangst ein. Das war genau der Moment, in dem Oleg Paschkurin bedauerte, den Rat seines Vaters nicht befolgt und sich als Lokführer bei der transsibirischen Eisenbahn beworben zu haben. Ein Bick zur Seite zeigte ihm, dass sein Partner an gar nichts zu denken schien, weil er sich ganz auf sein ängstliches Schlottern konzentrieren musste.

Kuttin trat einen Schritt zurück und senkte dadurch die Spannung im Raum um etwa 5000 Volt. Oleg war sich darüber im Klaren, dass sie soeben die letzte Chance bekommen hatten, noch ein paar schöne Lebensjahre zu ergattern.

Ohne sie eines weiteren Blickes zu würdigen, kehrte Iwan Iwanowitsch Kuttin hinter seinen Schreibtisch zurück, der die Größe einer Tischtennisplatte besaß, und deutete dabei mit der Hand auf die doppelflügelige Ausgangstür. »Jetzt macht, dass ihr rauskommt, und tretet mir nicht mehr unter die Augen, bis ihr diese kinderleichte Aufgabe erledigt habt. Und denkt dabei immer an den Hunger meiner Hunde, das wird euch motivieren! Los jetzt, bringt mir endlich diesen *Mischulak* oder wie dieses Schwein heißt!«

KAPITEL 2

Eine Flucht mit Folgen

Zwei Tage später stand dieses Schwein, das nicht *Mischulak*, sondern wie bereits erwähnt Mike Michalak hieß und von seinen Freunden nur Mischa genannt wurde, schwitzend in einer Hauseinfahrt an der Detmolder Straße. Der Schweiß war aber nicht durch die hohen Temperaturen erzeugt worden, sondern gehörte zur Kategorie Angstschweiß.

Der dringend gesuchte Mischa wischte sich mit der Hand über die Stirn und spähte erst dann vorsichtig um die Ecke. Wäre er nicht todesmutig aus dem Fenster im ersten Stock gesprungen, dann hätte er vermutlich jetzt schon ausgesehen wie eine Gliederpuppe. Ihm war klar, dass seine beiden Verfolger zunächst ihren gesamten Frust an ihm auslassen würden, bevor sie ihn zum großen Boss schleppten. In gewisser Weise hatte er sogar Verständnis für sie. Befanden sie sich doch, ebenso wie er, in einer sehr unangenehmen Zwickmühle. Und Grund dafür war einmal mehr das verdammte Geld. Er schuldete es ihrem Boss, und sie sollten es eintreiben. Bevor die zehntausend Euro nicht bezahlt waren – wobei er sicher war, dass es im wahrsten Sinne des Wortes noch einen Nachschlag geben würde –, würde er keine ruhige Minute mehr haben. Aber die beiden auch nicht, dafür kannte er Kuttin nur zu gut.

Seine Spielsucht war aber auch wirklich zum Kotzen. Er konnte seine Finger einfach nicht von diesen verdammten Automaten lassen. Es hatte schon im Alter von vierzehn Jahren angefangen, nun war er Ende zwanzig. Wie lange sollte das noch so weitergehen? Aber es war, wie es war: Sobald ihm die blinkenden Lichter ins Gesicht schienen, war das für ihn wie der Klang der Sirenen in Homers Sage. Sie lockten ihn zu sich, und der Einzugsschlitz für Geldscheine wirkte dabei wie ein schwarzes Loch, welches ihn magisch anzog. Bei jedem Einschieben eines Scheines hatte er *jetzt* gedacht. *Jetzt* muss es klappen, *jetzt* würde er den Jackpot knacken, *jetzt* würden endlich alle Lampen an diesem Scheißautomaten aufblinken und der ganzen Spielhalle verkünden, dass er, Mike Michalak, endlich auf die Siegerstraße eingebogen war.

Aber stattdessen musste er jedes Mal wieder neues Futter für die gefräßigen Monster besorgen. Und weil sein Kontoauszug bereits nach kurzer Zeit wie ein Inferno in Rot aussah, blieb ihm zur Befriedigung seiner Sucht nichts übrig, als sich woanders Geld zu leihen. Praktischerweise direkt in einer dieser Automatenhöhlen, doch leider auch zu einem sehr unanständigen Zinssatz. Und was er erst später erfuhr, war, dass dieses Geld Iwan Iwanowitsch Kuttin gehörte. Aber schon bald erfuhr er auch, dass es der Besitzer dieser Kohlen mit der Rückzahlung terminlich sehr genau nahm. Inklusive der astronomischen Zinsen.

Fahrig wischte er sich erneut mit der Hand über das Gesicht und drückte seinen schweißnassen Rücken an die kühle Hauswand. Was für eine Scheißsituation. Kein Geld in der Tasche, dafür aber jede Menge Angst im Nacken. Bisher war es ihm zum Glück immer noch gelungen, seinen Häschern zu entwischen. Die kannten sich vielleicht gut in der Taiga aus, aber er sich dafür besser hier in seiner Heimatstadt Bielefeld. Hier war er groß geworden, hier kannte er fast jeden Winkel und jede Ecke. Gerade hatte er sogar noch eine neue Hauseinfahrt kennengelernt, die ihm aber nur kurz etwas Schutz bieten konnte. Er musste weiter. Sich woanders in Sicherheit bringen.

Aber wohin?

Er hatte bereits alle Freunde abgeklappert. Ergebnislos. Und was noch schlimmer war: An der letzten Adresse hatten diese beiden russischen Kopfgeldjäger doch tatsächlich schon auf ihn gewartet. Woher hatten sie nur gewusst, dass er dort auftauchen würde? Da hatte garantiert einer geplaudert. Vermutlich jemand mit einem frisch gebrochenen Nasenbein.

Immerhin hatte er die beiden noch rechtzeitig bemerkt und war aus dem Flurfenster auf den Hof hinuntergesprungen. Dabei war er prompt in einem kleinen Gartenteich gelandet, der zum Glück nicht sehr tief war, ihm jedoch nasse Schuhe beschert hatte. Aber die waren zu verkraften. Sofort hatte er mit nassen Füßen wieder Fersengeld gegeben und war nach etlichen Hundert Metern, völlig außer Atem, in die Hauseinfahrt eingebogen, in der er sich gerade an die Mauer drückte.

Während sich sein Puls nur langsam wieder senkte, musste er an Rudi denken. Er hoffte, dass der nicht zu sehr für seine Flucht hatte büßen müssen. Bei Rudi war er aufgetaucht, weil er gehofft hatte, sich etwas Geld von ihm borgen zu können. Natürlich nicht die kompletten zehntausend Euronen. Als Mitarbeiter bei der Security von Arminia Bielefeld hatte es Rudi ganz sicher nicht geschafft, große Reichtümer anzuhäufen. Doch er hatte gehofft, dass der ihm wenigstens so viel würde leihen können, dass er für eine Weile aus der Stadt verschwinden konnte. Egal wohin. Hauptsache weg. Denn er wusste, dass er dringend von der Bildfläche verschwinden musste, wenn ihm sein Leben und seine Knochen lieb waren.

Ein Klappern ließ ihn herumfahren, doch das war nicht von seinen Verfolgern erzeugt worden, sondern von einer Katze, die in einem Müllsack eine leere Fischkonserve entdeckt hatte. Noch mit diesem Schreck in den Gliedern spähte er erneut vorsichtig um die Ecke, zuckte aber sofort zurück, als er Gregori erkannte, der zum Glück gerade in die andere Richtung schaute. Verdammt, warum waren die ihm schon wieder so dicht auf den Fersen?

Was nun? Losrennen, die Detmolder Straße überqueren und versuchen, sich auf der anderen Straßenseite in Sicherheit zu bringen? Sich irgendwo an der Sparrenburg in die Büsche schlagen? Nein, dabei würden ihn die beiden garantiert bemerken und die Verfolgung aufnehmen.

Er durfte sie jetzt auf keinen Fall auf sich aufmerksam machen, sondern musste den Vorteil ausnutzen, dass die beiden Schergen momentan anscheinend nicht wussten, wo sie ihn suchen sollten. Langsam drückte er sich, immer noch mit dem Rücken an die Hauswand gepresst, weiter auf das Grundstück. Hinten befand sich ein Garten, er konnte dessen üppiges Grün sehen. Gab es dort eine Möglichkeit, sich zu verstecken? Oder konnte er durch diesen Garten nach hinten, auf die nächste Querstraße abhauen? Wie hieß die noch mal? Egal!

Langsam schlich er weiter auf das Grundstück, die Hauseinfahrt dabei im Blick behaltend und jede Sekunde damit rechnend, dass die beiden russischen Geldeintreiber darin auftauchten. Als er endlich um die hintere Ecke des mehrgeschossigen Hauses biegen konnte, fiel ihm ein Stein vom Herzen. Erst jetzt merkte er, dass er die ganze Zeit unbewusst die Luft angehalten hatte, und atmete japsend ein.

So eng wie dieses Mal war es noch nie gewesen. Und im Gegensatz zu früher, wenn er in Kuttins Spielhallen auf den Hauptgewinn gehofft hatte, war er sich jetzt sicher, dass seine augenblickliche Glückssträhne jederzeit reißen konnte.

Hektisch blickte er sich um und sah, dass ein schmaler, zugewachsener Weg in die Tiefe des verwilderten Gartens führte. Geduckt schlich er ihn entlang und war für einen kurzen Augenblick erleichtert, als er die niedrige Mauer am Ende dieses Urwaldes sah. Doch dieser Augenblick währte nur so lange, bis russische Worte an sein Ohr drangen, die aus der Hauseinfahrt kamen. Er sah an sich hinunter und stellte fest, dass er seine nassen Schuhe ganz vergessen hatte. Garantiert hatten ihn deren Abdrücke auf dem Gehweg verraten. So blöd waren selbst die beiden nicht.

Ohne weiter zu überlegen, rannte er los und war mit ein paar Sätzen an der Mauer. Er sprang an ihr hoch, und schon war er über sie hinweg. Allerdings hatte er die Rechnung ohne den Grundstückseigentümer gemacht, der zur Sicherung seines Besitzes Glasscherben in die Mauerkrone einbetoniert hatte.

Erst als er ein paar Schritte gelaufen war, merkte er, dass ihm etwas Warmes an den Fingern der linken Hand herunterlief. Verdammt, erst die nassen Schuhspuren, jetzt auch noch Blutstropfen. Im Laufen suchte er in der Hosentasche nach einem Papiertaschentuch und drückte es auf die Wunde. Wohin jetzt?

Panisch wanderte sein Blick hin und her. Er befand sich auf einem Freigelände, das von wilden Büschen und Sträuchern überwuchert war. Am anderen Ende sah er die Rückseiten weiterer Häuser. Viele davon aber durch hohe Mauern und Zäune geschützt. Dann fiel ihm zur Linken ein Grundstück mit einem größeren Gebäude auf. Dessen Rückseite schien fast komplett aus Balkonen und Terrassen mit bodentiefen Glastüren und Fenstern zu bestehen. Aber es war nicht die architektonische Schönheit des Gebäudes, welche ihn in Aufregung versetzte, sondern die Tatsache, dass es mitten im Gebäude eine Art Durchfahrt gab, durch die man bereits die nächste Straße sehen konnte. Glück gehabt! Da würde er durchkommen, also änderte er umgehend seine Richtung und spurtete darauf zu. Als er näher kam, bemerkte er in der Durchfahrt einen VW-Bus, der dort nicht nur mit offener Fahrertür stand, sondern dessen Motor auch lief. War das ein Wink des Schicksals?

Eigentlich hatte er nur die nächste Parallelstraße erreichen wollen, doch die Blutspur, die er bei seiner Flucht hinterließ, würde diesen Vorteil sofort wieder zunichtemachen. Also änderte er spontan die Richtung und lief auf den Bus zu. Vielleicht konnte er den Fahrer dazu bringen, ihn mitzunehmen. Er würde ihn bitten, ihn ins Krankenhaus zu fahren, und an der nächsten Ampel einfach wieder aus dem Wagen springen.

Doch dieser Plan ging nicht auf, denn als er am Bus eintraf, musste er feststellen, dass der Fahrersitz leer war. Okay, dann würde er sich den Bus kurz ausleihen, um mehr Abstand zwischen sich und seine Verfolger zu bringen, die soeben über das Brachgelände gehastet kamen.

Mit einem Satz sprang er auf den Fahrersitz und zog die Tür hinter sich zu. Gerade in dem Moment, als er losfahren wollte, stürzte eine junge Frau aus dem Haus und sprang mit ausgebreiteten Armen vor das Fahrzeug.

Er hatte kaum erschrocken auf die Bremse getreten, als sie auch schon um den Bus herumgelaufen kam, die Tür aufriss und auf den Beifahrersitz kletterte. Hastig ließ Mischa die Kupplung kommen, und der VW-Bus machte einen regelrechten Satz nach vorne. Und zwar gerade noch rechtzeitig, bevor seine Verfolger ihn erwischen konnten. Es war so knapp, dass Oleg die Heckklappe nur um Zentimeter verfehlte. Mischa atmete erleichtert auf und sah ihn im Rückspiegel drohend die Faust schütteln. Doch dann bemerkte er im Rückspiegel noch etwas anderes.

Nämlich die Gesichter von sechs erschrockenen Seniorinnen und Senioren.

KAPITEL 3

Lügen, bis der Arzt kommt

»Sind Sie wahnsinnig?« Genauso verwundert wie atemlos sah ihn die junge Frau an, die es soeben noch in den Bus geschafft hatte. »Sie können doch nicht einfach ohne mich losfahren!«

Mischa schluckte erschrocken. In was für ein Gefährt war er denn hier geraten? Egal. Auf jeden Fall war er seinen Verfolgern erst mal entkommen. »Ich … äh … also …«, stotterte er hilflos.

»Wer sind Sie überhaupt, und wo ist Waldemar?«, wollte seine Beifahrerin wissen, die ihn anscheinend für den Ersatzfahrer hielt.

Bevor er wusste, was er antworten sollte, fiel sein Blick zur Windschutzscheibe und blieb an dem dort angebrachten Navigationsgerät hängen. So wie es aussah, war die Route bereits eingeben worden, denn das Gerät erwartete, dass er demnächst nach rechts abbiegen würde. Vermutlich hatte der reguläre Fahrer es bereits vorher programmiert. Was der wohl sagte, wenn er sah, dass sein Bus weg war? Der würde garantiert sofort die Polizei anrufen, und dann hätte er nicht nur Probleme wegen seiner Spielschulden, sondern würde möglicherweise auch noch als Autodieb gesucht oder, noch schlimmer, als Entführer. Er sah sich schon in Handschellen auf dem Rücksitz eines Streifenwagens hocken.

Seine etwas zögerliche Fahrweise rief die junge Frau wieder auf den Plan. »Was ist nun? Kennen Sie den Weg oder nicht?«

Ihre leicht verärgert klingende Stimme holte ihn abrupt in die Wirklichkeit zurück. »Äh, ja … na klar«, dabei deutete er auf das Navi. »Habe ich doch vorhin schon eingegeben«, log er mit hochrotem Kopf.

»Na gut, dann wäre das ja geklärt. Aber warum fährt denn Waldemar nicht?«

Mischa bemerkte mit einem schnellen Seitenblick, dass sie ihn dabei argwöhnisch anblickte. »Ach, der … ja der … der hat gerade einen Anruf bekommen, dass er Opa geworden ist«, versuchte er den Vorfall zu begründen, »und da bin ich natürlich sofort für ihn eingesprungen.« Gleichzeitig schickte er ein entschuldigendes und hoffentlich auch entwaffnendes Lächeln hinterher.

»Waldemar ist Opa geworden? Aber der war doch nie verheiratet, und soweit ich weiß, hat er auch keine Kinder«, wandte die junge Frau ein.

Mischa brach der Schweiß aus. »Das Baby ist von seiner Freundin«, versuchte er sich geistesgegenwärtig herauszureden.

»Ich wusste gar nicht, dass Waldemars Freundin schwanger war«, sie überlegte einen Moment, dann korrigierte sie sich. »Eigentlich wusste ich noch nicht mal, dass Waldemar eine Freundin hat.«

Mischa lachte gespielt auf. »Jaja, so sind die jungen Leute von heute, die posten alles nur noch in den sozialen Netzwerken. Wenn sie zusammen sind, schauen sie nur auf ihre Handys und keiner spricht mehr. Da erfährt man bei Facebook, dass jemand geheiratet hat, oder eben, dass ein Baby zur Welt gekommen ist.«

Hoffentlich war dieses Thema damit jetzt abgehakt. Was sich aber als ein klarer Fall von *denkste* herausstellte. Auf was für ein schmales Brett hatte er sich da nur begeben?

»Wie alt ist Waldemars Freundin denn?«, bohrte die junge Frau nach.

»Ich habe sie nur einmal gesehen«, log Mischa konsequent weiter, »aber ich schätze mal, genauso alt wie er?«

Auf dem Gesicht seiner Beifahrerin war grenzenloses Erstaunen zu sehen. »Und die hat ein Baby bekommen?«

»Ja, warum denn nicht?«, wollte Mischa überrascht wissen, »das ist doch die natürlichste Sache der Welt.« Er ließ ein Lachen folgen, welches selbst für ihn sehr gekünstelt klang.

»Weil Waldemar schon Ende sechzig ist«, kam die niederschmetternde Antwort.

Mischa merkte, dass seine Ohren genauso rot wurden wie die Ampel, vor der er soeben anhalten musste.

»Also ich … also ich glaube … also ich meine … ich habe mich da falsch ausgedrückt«, versuchte er sich rauszureden, »es ist natürlich die Tochter von Waldemars Freundin, die das Baby bekommen hat.«

»Aha, und wie alt ist die? Wenn Waldemars Freundin nämlich auch schon fast siebzig ist, wie Sie sagen, und sie ihre Tochter mit, na, sagen wir mal, fünfundzwanzig bekommen hat, dann dürfte die auch schon fünfundvierzig sein, oder? Ist das nicht ein bisschen alt zum Kinderkriegen?«

Mischa fuhr wieder an und bog, der Anweisung des Navis folgend, nun nach links ab. »Ach, ich bin aber heute auch ein Schussel«, entschuldigte er sich. »Es ist natürlich die Enkelin von Waldemars Freundin. Heute schmeiße ich aber wirklich alles durcheinander ...«

Noch bevor die Beifahrerin dazu etwas sagen konnte, kam eine Vermutung von der ersten der beiden hinteren Sitzbänke.

»Vielleicht hat das mit Ihrem Blutverlust zu tun?«

Erschrocken blickte Mischa zuerst in den Rückspiegel und dann auf seine rechte Hand. Von der tropfte das Blut mittlerweile auf den Wagenboden, weil es das Papiertaschentuch bereits völlig durchnässt hatte.

Die Stimme, die ihn darauf aufmerksam gemacht hatte, gehörte einer älteren Dame, und die meldete sich nun erneut. »Ich würde vorschlagen, Sie fahren da vorne in die Haltebucht, und ich schaue mir Ihre Verletzung mal an.«

Mischa wurde von dieser Aufforderung zwar überrascht, aber er hatte ja mittlerweile schon so viel Abstand zwischen sich und seine Verfolger gebracht, dass er es sich erlauben konnte, kurz anzuhalten. Außerdem war diese Inaugenscheinnahme seiner Verletzung vielleicht eine gute Möglichkeit, etwas zu suchen. Nämlich das Weite.

Er lenkte den VW-Bus in die Haltebucht und schaltete den Motor ab. Jetzt nur noch ein kurzer Blick in den Rückspiegel, und schon wäre er draußen. Bis eines dieser Klappergestelle aus dem Bus war, würde er schon hinter dem Horizont verschwunden sein, und die Frau auf dem Beifahrersitz würde die alten Fahrgäste ja wohl kaum im Stich lassen.

Er hatte bereits die Hand auf dem Türöffner, als ein lauter Ausruf aus dem Heck des Wagens ihn daran hinderte, diesen zu betätigen. Diesmal war es eine Männerstimme, die mit erstaunlich gleichgültigem Ton verkündete: »Lucy ist soeben gestorben!«

KAPITEL 4

Schweigen ist Trumpf

»Waldemar, halt bitte mal für eine Sekunde die Luft an, ich muss nachdenken«, herrschte Hartmut Drescher sein Mädchen für alles an. Wie konnte es denn sein, dass ein ganzer Bus voller Senioren verschwand? Wobei er sich eher Sorgen um den Bus als um die Fahrgäste machte. Genau genommen gehörte der Bus ihm gar nicht mehr. Nur wussten das die neuen Besitzer noch nicht.

»Aber wir müssen doch die Polizei anrufen!«, schlug Waldemar händeringend vor, während er im Büro seines Chefs nervös auf und ab tigerte. »Wer weiß, was der Entführer mit den alten Leutchen vorhat?«

Die Polizei hatte ihm gerade noch gefehlt. Wenn die erst mal begannen, ihre Nasen in alle möglichen Dinge zu stecken, dann konnte es für ihn und die *Abendsonne* sehr ungemütlich werden. Dann kamen wohlmöglich Dinge auf den Tisch, die besser darunter aufgehoben waren. »Nein, keine Polizei!«, ordnete er barsch an und sah, dass Waldemar ihn erschrocken anblickte.

»Aber die Alten im Bus …«, versuchte der erneut zu intervenieren, wurde aber durch eine unwirsche Handbewegung Dreschers abgewürgt.

»Wir warten erst mal ab! Wir wissen nicht mal genau, was da vorgefallen ist.« Drescher hatte sich in den Sessel hinter seinem Schreibtisch fallen lassen. »Wer entführt denn schon sechs Senioren auf einmal? Da kann doch auch was ganz anderes dahinterstecken.«

»Und was ist mit Alina?«, gab Waldemar zu bedenken.

»Wieso? Was ist denn mit Alina, ist die etwa auch verschwunden?«

Waldemar nickte. »Wir könnten sie doch mal anrufen und fragen, was los ist.«

Dreschers Gesichtsfarbe veränderte sich von Tomatenrot zu Aubergine. Jetzt kam es darauf an, den Ball schön flach zu halten und möglichst kein Aufsehen zu erregen. So weit kam es noch, dass dadurch schlafende Hunde geweckt wurden. »Das werden wir auf keinen Fall machen!«, ordnete Drescher an. »Wer weiß, ob wir sie mit diesem Anruf nicht in Gefahr bringen. Und außerdem wissen wir ja auch nicht, ob sie mit dem Entführer unter einer Decke steckt.«

»Aber doch nicht Alina«, widersprach Waldemar vehement dieser Vermutung. »Die macht so was nicht.«

Drescher blickte Waldemar eindringlich an. »Egal, wir warten ab, ob der oder die Entführer sich melden und was sie wollen. Dann entscheiden wir, wie wir weiter vorgehen. Aber zunächst mal gilt: Zu keinem ein Wort! Hast du mich verstanden?«

Waldemar nickte, trat dabei von einem Fuß auf den anderen und faltete die Hände. »Heiliger Florian, bitte mach, dass die alten Leute wieder sicher nach Hause kommen«, bat er den Schutzpatron seines Heimatlandes Polen und hoffte, dass dieser für die Erfüllung seiner Bitte Zeit hatte – musste er sich im Rahmen einer Nebentätigkeit doch auch noch um Feuerwehrleute, Schornsteinfeger, Bäcker, Bierbrauer und etliche andere Berufsgruppen kümmern.

Dieser komische Heilige kann mir gestohlen bleiben, dachte Drescher. Der konnte ihm jetzt auch nicht weiterhelfen, wenn das wirklich eine Entführung war. Denn kein Heiliger wäre in der Lage gewesen, das Geld zu beschaffen, das der Entführer möglicherweise von ihm forderte. Denn egal, wie hoch es war, er würde auf keinen Fall zahlen, was aber nicht daran lag, dass er dazu nicht willens wäre, sondern schlicht und einfach daran, dass die von ihm geleitete Seniorenresidenz *Abendsonne* komplett pleite war. Aber das durfte niemand wissen, nicht einmal Waldemar. Und auch nicht der heilige Sankt Florian.

Es war zwar überaus riskant, die Sache nicht der Polizei zu melden, aber ihm blieb nichts anders übrig, als zu pokern. Denn wenn die Entführung publik würde, dann würde auch rauskommen, warum er diese Reise für die sechs Heimbewohner überhaupt organisiert und was er mit ihnen vorhatte. Und dann Gnade mir Gott, dachte Drescher und wunderte sich, wie viel Religiosität plötzlich im Spiel war.

KAPITEL 5

Auferstehung als Hobby

Während Mischa noch erschreckt in den Rückspiegel schaute, öffnete sich bereits die Schiebetür und die ältere Frau, die ihn zuvor auf seine verletzte Hand angesprochen hatte, stieg aus. Aber nicht, um nach hinten zu klettern und sich um die Verstorbene zu kümmern, deren Kopf mit offenem Mund und geschlossenen Augen gegen die Seitenscheibe gesunken war. Stattdessen kam sie um den Bus herum, öffnete die Fahrertür und verlangte nach seiner Hand. Vollkommen konsterniert hielt er sie ihr hin, ohne seinen Blick von der Toten im Fond lösen zu können.

Neben der plötzlich Verstorbenen saß ein älterer Herr, der einen Anzug mit Krawatte trug und weiterhin, vollkommen unbeeindruckt von dem tragischen Vorfall, ein Kreuzworträtsel zu lösen schien. »Ägyptischer Totengott mit sechs Buchstaben, der erste ist ein U? Ich kenne nur Anubis«, sagte er.

Es trafen sich die Blicke aus einem Paar grauer Augen mit denen von Mischas Augen im Rückspiegel.

»Upuaut!« Der Vorschlag kam von einem älteren Herrn, der seinen Platz auf der mittleren Sitzbank hatte. Mit seinen schlohweißen, nach allen Seiten abstehenden

Haaren, erinnerte er Mischa an eine Mischung aus Albert Einstein und Dieter Hallervorden.

»Prima, Jakob! Upuaut passt«, bedankte sich der Mann von der Rückbank und trug die Buchstaben in sein Rätselheft ein. »Dann ist der Schwarzmeeranrainer mit T der Türke.«

»In der Türkei habe ich auch schon mal gedreht«, meldete sich plötzlich die Leiche zu Wort. Ein Umstand, der Mischa so erschreckte, dass er seine linke Hand zurückzog, die gerade verbunden werden sollte.

»Halten Sie doch mal still!«, herrschte seine Ersthelferin ihn an und griff fester zu.

»Aber … aber … die Dame, die war doch gerade noch tot.« In was für einen Alptraum war er denn hier geraten? Saß er mit lauter Zombies im Bus?

»Ach, das dürfen Sie nicht so eng sehen«, informierte ihn die junge Frau auf dem Beifahrersitz, für die diese Wiederauferstehung anscheinend nichts Außergewöhnliches war. »Lucy stirbt öfter mal.«

Mischa sah sie entgeistert an, doch ihre prompt folgende Erklärung ließ ihn aufatmen.

»Lucy hat ein Faible für Sterbeszenen. Zu Anfang hat sie uns damit fürchterlich erschreckt, aber mittlerweile nimmt das kaum noch jemand ernst, und alle lassen ihr den Spaß an diesem seltsamen Hobby.«

Gott sei Dank, also doch keine lebenden Toten, dachte Mischa erleichtert. Dann sah er im Rückspiegel, dass die ehemalige Leiche sich gerade die Lippen anmalte. In einem feurigen Rot, welches in starkem Kontrast zu ihrem blassen Gesicht stand.

»Jaja, wir haben uns alle schon daran gewöhnt, sie

kann es einfach nicht lassen. Was macht seine Hand, Christiane?«, wollte die junge Frau von der Dame wissen, die dabei war, Mischa zu verbinden.

»Der Schnitt ist zum Glück nicht sehr tief. Ich habe ihn desinfiziert und verbunden. So sollte es erst mal gehen. Aber wir müssen da öfter mal draufsehen, um festzustellen, ob es sich entzündet hat.« Dabei entstanden auf ihrer Stirn ein paar Sorgenfalten. »Und wenn dem so ist, dann muss er zu einem richtigen Arzt.«

»Aber du bist doch eine richtige Ärztin«, lachte die junge Frau.

»Ich war mal eine, mein Kind, aber das ist schon lange vorbei.«

»Menschen behandeln ist doch sicher so wie Fahrradfahren, das verlernt man doch nicht«, kam der Einstein von der hinteren Sitzbank Mischas Beifahrerin zuvor.

»Mein lieber Jakob, du wirst dich wahrscheinlich wundern, aber Fahrradfahren habe ich nie gelernt.«

»Oje, dann geht es dir damit ja genauso wie mir mit dem Schwimmen«, gab die junge Frau zu.

Mischa wunderte sich, wie locker sie dabei mit der Älteren sprach. Und was war das denn überhaupt für ein Verein, den er hier durch die Gegend kutschierte? Aber vor allen Dingen: Wohin sollte deren Reise überhaupt gehen? Ein Tagesausflug zu irgendeinem Spargelhof?

Die ehemalige Ärztin packte soeben das unbenutzte Verbandmaterial wieder in den Erste-Hilfe-Kasten, und seine Beifahrerin wischte mit einem Papiertuch das Blut vom Lenkrad.

Es war rührend, wie sich die beiden um ihn kümmerten, bemerkte Mischa, in dem sich ein wenig Scham breitmachte. Scham darüber, dass er gelogen hatte. Mal wieder. Lügen war ihm in den letzten Jahren zu einer Art zweiter Natur geworden. Er log, um sich Geld zu leihen. Er log, um nicht arbeiten zu müssen, und er hatte seine Mutter belogen, indem er ihr genau das Gegenteil erzählt hatte. Sie glaubte, dass er jeden Tag brav zur Arbeit ging, um in der großen Firma eines Bielefelder Akademikers Unmengen von Puddingpulver zusammenzumischen.

Früher, ja früher, da war das alles anders gewesen. Da hatte er Lügen gehasst und sie sofort erkannt, wenn ihm eine aufgetischt wurde. Wenn seine Freunde sich rausredeten, weil sie lieber mit ihrer neuen Freundin abhingen, als mit ihm zum Schwimmen zu gehen. Wenn sein Vater mal wieder für ein paar Tage verschwand, weil er angeblich auf Montage war, aber stattdessen mit einem leeren Portemonnaie und einer Schnapsfahne zurückkehrte.

Sein Vater, der Quartalssäufer. Dessen Lügen hatten dann die seiner Mutter nach sich gezogen, die immer versucht hatte, die Krankheit ihres Mannes zu vertuschen oder mindestens herunterzuspielen. »Was sollen denn die Nachbarn denken?«

Er hatte begonnen, seinen Vater zu hassen, der sich nicht im Griff hatte. Dass Alkoholsucht eine Krankheit war, hatte Mischa erst begriffen, als es mit seinem Vater zu Ende ging und er beim Gespräch seiner Mutter mit dem Arzt dabei war. Da war er zwar erst dreizehn gewesen, hatte aber dennoch genau verstanden, was der Arzt ihnen vollkommen sachlich prophezeit hatte. Und bis auf eine Woche sollte er recht behalten. Sein Vater schaffte es genau sieben Tage länger zu leben, als der Mediziner vorausgesagt hatte.

Viele Jahre später kam ihm sein Vater wieder in den Sinn. Als er sich schweren Herzens eingestehen musste, dass er selber süchtig geworden war. Spielsüchtig. Seine Mutter war nach dem Tod ihres Mannes wieder zurück ins Saarland gezogen. Es war kein herzlicher Abschied gewesen. Ganz im Gegenteil. Mischa hatte den Eindruck gehabt, sie war froh gewesen, hier alles hinter sich lassen zu können. Auch ihn. Damals hatte er …

»Und? Geht es jetzt endlich weiter?«, riss ihn das Kreuzworträtsel von der hinteren Bank aus seinen Grübeleien.

Die Ärztin namens Christiane drückte die Fahrertür zu und kam um den Bus herum. Kaum saß sie wieder auf ihrem Sitz und hatte die Schiebetür geschlossen, folgte auch schon ein aufforderndes Nicken vom Beifahrersitz.

»Na, dann wollen wir mal weiter, oder? Ich heiße übrigens Alina.«

Dem Namen folgte ein derartig hübsches Lächeln, dass Mischa sofort den Motor startete. Sein Vorhaben, den Bus fluchtartig zu verlassen, war wie weggeblasen. Das Lächeln erwidernd, steuerte er auf die Fahrbahn und erntete dafür ein wütendes Hupen, weil er weder einen Schulterblick machte noch einen Blick in den Rückspiegel warf.

KAPITEL 6

Nur Verwandtenbesuche sind schlimmer

Während der VW-Bus in Richtung Autobahn rollte, saß Manfred Drescher im Büro der *Abendsonne* und kaute auf seinen Fingernägeln. Dabei fiel ihm der Spruch des Pessimisten ein, der da lautete »Schlimmer kann es nicht mehr kommen!«, und die Antwort des Optimisten, der mit »Doch, doch!« dagegenhält.

Genauso fühlte er sich jetzt. Noch gestern hatte er gedacht, dass er sich mit dem Frisieren der Geschäftsbücher und der unerlaubten Verwendung der Einlagen seiner Bewohner über Wasser halten konnte. Aber heute Morgen hatte ihm seine Bank unmissverständlich zu verstehen gegeben, dass er den Kopf nicht hängen lassen sollte, weil ihm das Wasser finanziell nicht nur bis zum Hals stand, sondern schon an seine Unterlippe schwappte. Die Herren Bänker bestanden sogar auf sofortiger Tilgung der fälligen Kreditraten, ansonsten ... Drescher wusste, dass die Drohung einer Bank gefährlicher war als die eines Gangsters mit einer Pistole in der Hand.

Aber woher sollte er das Geld nehmen? Er hatte doch regelmäßig neue Löcher aufgerissen, um ältere zu stopfen. Als letzte Möglichkeit waren ihm nur noch die Einlagen der Bewohner geblieben, und um zu verhindern, dass die dahinterkamen, was er mit ihrem Geld trieb, hatte er die Busreise nach Würzewitz organisiert. Angeblich, um sie vor dem Lärm der noch zu tätigenden Arbeiten zu bewahren, hatte er ihnen eine Woche Urlaub in einem Luxushotel mit großem Wellnessbereich im wunderschönen Spreewald spendiert.

»Natürlich alles auf Kosten der Geschäftsleitung«, hatte er sie vollmundig und lächelnd angelogen.

Manfred Drescher war es bei dieser dreisten Lüge zwar siedend heiß den Rücken heruntergelaufen, aber einen anderen Ausweg hatte er nicht gesehen. Allerdings gab es keinen Wellnessbereich, was daran lag, dass es in Würzewitz auch kein Luxushotel gab. Lediglich einen Gasthof, der seine besten Jahre allerdings schon lange hinter sich hatte. Ein Laden mit Drei-Bettzimmern und einer Gemeinschaftsdusche für die gesamte Etage.

Aber all das spielte eigentlich keine Rolle, denn diese Absteige sollte ja nur als eine Art Zwischenlager fungieren. Von hier aus wollte er die lästigen Senioren dann weiter nach Polen verfrachten lassen. Dort gab es ein anderes Altersheim, schön nah an der Grenze zu Tschechien. Das würden sie im Rahmen einer angeblichen Tagestour erreichen. Damit wären sie schön weit weg, getreu dem Grundsatz: aus den Augen, aus dem Sinn.

So war es zumindest geplant gewesen. Tja, und nun war dieses Malheur mit dem entführten Bus passiert. Was hätte er denn der Polizei sagen sollen, wenn er die Entführung gemeldet hätte? Dass er sechs alte Menschen loswerden wollte, weil er deren Geld veruntreut hatte? Im selben Moment wurde er rot, weil er sich dabei ertappte, dass er sich vorstellte, wie ein bulliger

Massenmörder im Brandenburger Morgennebel sechs Gräber aushob. Und obwohl das die optimale Lösung seiner Probleme bedeuten würde, schüttelte er diese Gedanken schnell wieder ab.

Nein, er musste jetzt hier dringend aufräumen, alles Belastende verschwinden lassen und sich aus dem Staub machen, bevor die ganze Sache aufflog. Doch in dem Moment, als die Bürotür krachend aufgestoßen wurde, wusste er, dass es dafür zu spät war.

Die beiden Männer sahen weder aus wie vereidigte Buchprüfer noch wie Qualitätskontrolleure. Sie sahen aus wie Leute, die sich das, von dem sie glaubten, es stehe ihnen zu, mit den Fäusten oder anderen Körperteilen holten. Drescher begann zu zittern und suchte mit den Augen verzweifelt nach einem Fluchtweg. Doch den gab es nicht.

Einer der beiden Männer hatte sich demonstrativ vor der Bürotür aufgebaut, der andere kam langsam, wie eine Raubkatze vor dem Sprung, auf ihn zu. Am Schreibtisch angekommen, stützte er seine behaarten Fäuste darauf und starrte Manfred Drescher an, als überlegte er, ob er ihn auffressen oder nur zerreißen sollte. Selbst dessen moderner und ergonomisch geformter Bürostuhl schaffte es nicht mehr, ihn aufrecht zu halten, so sehr war er in sich zusammengesunken.

Was wollten denn diese beiden Gorillas von ihm? Die sahen eher nach *Inkasso Moskau* aus als nach Mitarbeitern seines Geldinstituts. Verdammt, reichte denn sein Pech immer noch nicht? Mussten jetzt auch noch diese beiden Fleischberge auftauchen und ihn bedrohen? Denn anders konnte er ihr Verhalten nicht interpretieren. Er hatte sich diese Frage kaum gestellt, als er auch schon die Antwort bekam.

»Wo ist Bus?«

Drescher überlegte kurz und kam dann mit sich überein, dass die beiden Herren nicht von der Polizei sein konnten. Und auch nicht zu den Entführern gehörten, denn die würden doch wohl wissen, wo sich der Bus mit seiner senilen Fracht befand.

»Warum wollen Sie das wissen?« Manfred Drescher war über die fünf Worte, die aus seinem Mund kamen, selber überrascht, und er wunderte sich immer noch darüber, wie er zu so viel Tollkühnheit imstande gewesen war, als bereits sein rechtes Auge zuschwoll. Der Schlag von Oleg hatte ihn völlig unerwartet getroffen und wieder in seinen ergonomisch geformten Bürostuhl zurückgeschleudert, den er soeben hatte verlassen wollen.

Dann schaute er entgeistert auf seine linke Hand, die plötzlich mit gespreizten Fingern auf die Mahagonitischplatte gedrückt wurde und über der nun ein aufgeklapptes Springmesser schwebte. Verdammt, war er hier im falschen Film? Wohlmöglich in einem Mafiafilm? Und warum war gerade er der Hauptdarsteller?

»Wo ist Bus?« Die Worte waren gleich, nur der Tonfall war plötzlich leiser, dafür aber umso bedrohlicher.

Drescher war ja durchaus gewillt zu antworten, zögerte aber noch, weil sein Gehirn die Situation noch nicht gänzlich erfasst hatte. Mit einem hässlichen Geräusch bohrte sich die Spitze des Stiletts in die Tischplatte. Diese bestand zum Glück nur aus einem Mahagoniimitat, woran Manfred Drescher in diesem Moment aber keinen Gedanken verschwendete. Eher an sein Glück, dass das Messer genau zwischen seinem Mittel- und seinem Ringfinger eingeschlagen war.

Er hoffte, dass das auf eine geschickte Handhabung des Messerartisten und nicht auf Glück zurückzuführen war. Da er das nicht ergründen wollte, entschloss er sich umgehend zur Kooperation. »Meine Herren, ich schwöre beim Leben meiner Kinder, ich weiß nicht, wo der Bus ist. Wir waren auch komplett überrascht, als der plötzlich ohne unseren Fahrer losfuhr.«

Wenn die beiden Männer ihn verstanden hatten, ließen sie es sich nicht anmerken. Aber da das Messer immer noch zwischen und nicht in einem seiner Finger steckte, schöpfte er wieder etwas Hoffnung.

»Wohin fährt Bus?« Diese Frage wurde ihm nun von dem anderen Mann gestellt, der ihn soeben an seiner sorgsam gebundenen Krawatte ergriffen und ihn daran zu sich herangezogen hatte.

Drescher wusste nicht, was schlimmer war: der Atem des Mannes mit einer leichten Knoblauchfahne oder dessen eisgraue und kalte Augen, die ihn fixierten wie die Schlange das Kaninchen. Er hatte nicht nur die Nase voll von all den Problemen, die sich vor ihm auftürmten wie frisch gefallener Schnee, sondern auch die Hosen. »Ich weiß nicht, wo der Bus ist, er wurde entführt!«

»Entführt?«, kam das prompte Echo zurück.

»Ja, jemand ist einfach eingestiegen und damit weggefahren.« Drescher erwartete nun eine Frage, die er nicht beantworten konnte, nämlich, wer dieser Jemand war. Aber die Frage kam nicht.

»Wohin fährt Bus?«

Einen Augenblick lang war Drescher sprachlos. Wussten die etwa, wer hinter dem Steuer des alten VW-Busses saß? »Nach Würzewitz!«, gab Drescher daher bereitwillig Auskunft, verbunden mit der Hoffnung, dass sich seine ungebetenen Gäste damit zufriedengaben und endlich verschwanden. Etwas, das er ja auch machen wollte.

»Du nix Witz machen, wohin fährt Bus?«

Der Heimleiter stutzte kurz, dann begriff er, dass die beiden den Ort nicht kannten und nur »Witz« verstanden hatten. »Der Bus fährt nach Brandenburg. Der Ort, in den er fährt, heißt W-ü-r-z-e-w-i-t-z!« Er buchstabierte den Ortsnamen, als hätte er Erstklässler vor sich.

Er sah, wie die beiden sich kurz anschauten, dann erschien zumindest auf einem der Gesichter etwas, das man als Erleuchtung werten konnte. Nach einem kurzen Gespräch auf Russisch leuchtete dann auch das zweite Gesicht im Glanz des Verstehens auf.

Sekunden später wurde das Messer aus der Tischplatte gezogen, und die Krawatte hing wieder vor seiner Brust. Der Knoblauchatem wurde aufgrund des wieder zunehmenden Abstandes deutlich ertragbarer. War es das jetzt?

»Du nicht Polizei, du nicht reden mit andere! Sonst …« Dabei fuhr sich der Besitzer des Stiletts zur Verdeutlichung der Folgen mit dem Zeigefinger über die eigene Kehle.

Drescher lachte trocken auf. Dahingehend brauchten die beiden keine Angst zu haben. Polizisten wären die letzten Personen, mit denen er würde reden wollen. Er wollte nur noch weg. Aber noch musste er abwarten, denn er hatte noch ein finanzielles Eisen im Feuer, allerdings nicht um die *Abendsonne,* sondern um sich selbst zu sanieren. Wenn alles klappte, dann kam er am Mittwoch an frisches Geld, um sich absetzen zu können. Möglichst weit weg von der *Abendsonne* und von Bielefeld. Wie schön wäre es, wenn es diese Stadt tatsächlich nicht mehr gab, dachte er und keine Sekunde daran, dass er gerade dabei war, den Traum von einem ruhigen Lebensabend seiner Bewohner zu zerstören.

Die beiden Männer sahen sich noch einmal in seinem Büro um. Aber bevor sie sich entschlossen, die gastliche Stätte zu verlassen, setzten sie noch ein Zeichen, wie ernst es ihnen mit ihrer Drohung war. Sekunden später wusste Drescher, dass er den weißen, sich auf dreißig Zentimeter Höhe aufbäumenden Porzellanhengst, ein Andenken an seinen verstorbenen Vater, nicht würde einpacken müssen, da der nach einem Handstreich auf dem Boden zersplittert war.

Mit einem letzten drohenden Blick verschwanden die beiden ungebetenen Gäste aus dem Büro und ließen einen in sich und seinen ergonomisch geformten Bürostuhl gesunkenen Manfred Drescher zurück.

KAPITEL 7

James Bond in Bielefeld

»Man soll den Tag nicht vor dem Abend loben«, verkündete die Mischung aus Albert Hallervorden von der mittleren Bank und antwortete damit auf die Äußerung von Alina, dass der Beginn des heutigen Tages ja wohl nicht so prickelnd gewesen sei, wie man ihn sich vorgestellt habe.

»Immerhin sind wir ja nun unterwegs und werden schon bald unser Fahrtziel, dieses Wellness-Hotel, erreicht haben«, verkündete Christiane, die Ärztin, und ihr seitenverkehrtes Ich lächelte Mischa dabei im Rückspiegel an. »Ich denke, unser Fahrer wird uns nun ohne weitere Unterbrechungen ans Ziel bringen.«

Mischa versuchte ebenfalls ein Lächeln, war sich aber nicht sicher, ob ihm das gelang. Daher zog er es vor, zu schweigen und sich auf den Straßenverkehr zu konzentrieren, denn zugegebenermaßen hatte er schon länger nicht mehr hinter dem Steuer eines Autos gesessen. Seit seine Spielschulden auch seinen alten klapprigen Opel gefressen hatten, war er nur noch als Fußgänger oder als Schwarzfahrer unterwegs gewesen. Während er nun einen Gang höherschaltete, verfluchte er seine Sucht ebenso sehr wie die Tatsache, dass er es nicht schaffte, sie in den Griff zu bekommen. »Ach, Papa«, seufzte er so leise, dass ihn niemand hörte.

»Ich bin mal gespannt, ob die ein großes Schwimmbad haben«, verkündete ein bisher still gebliebener, leicht korpulenter Mann mit wenigen Haaren, die kunstvoll von einer Seite des Kopfes quer über den ansonsten blanken Schädel gelegt worden waren. Was wiederum dafür sorgte, dass sich der Seitenscheitel drei Zentimeter über dem rechten Ohr befand.

Durch die Hornbrille mit dem dicken Rand, eine vom Typ *Kassengestell einfach,* machte er auf Mischa den Eindruck eines typischen Beamten. Der hätte früher sicher ausgezeichnet hinter den Schreibtisch eines Finanzamtes gepasst, vermutete Mischa und ahnte nicht, wie richtig er damit lag. Denn Heinz Beckmann war tatsächlich ehemaliger Finanzobersekretär und hatte dem Finanzamt Bielefeld dabei geholfen, die steuerlichen Forderungen des Staates durchzusetzen. Und das mit Leib und Seele. Mit Bangen hatte er auf seine Pensionierung geschielt, doch schon wenige Wochen nach ihr hatte er erkennen müssen, dass das deutsche Steuersystem nicht zusammengebrochen war, nur weil sein Platz im Büro leer blieb. Vermutlich hatte es in der langen Geschichte dieses Amtes niemanden gegeben, der sich mit so viel Inbrunst der Aufgabe gewidmet hatte, die Einnahmen des Staates zu mehren. So diensteifrig war er zwar schon ab seinem ersten Arbeitstag gewesen, aber nach dem Tod seiner Frau vor zehn Jahren hatte er sich völlig in seine Arbeit vergraben und für etwas anderes kaum noch Interesse gezeigt. Er blieb seinem Kegelclub *Die Pudelkönige,* in dem er immerhin zwanzig Jahre lang beanstandungslos die Kasse geführt hatte, von einem auf den anderen Tag ohne Angabe von Gründen fern. Sein Kontakt zu den Mitbewohnern in seinem Haus schrumpfte vom freundlichen »Wie geht's?« auf ein stummes Kopfnicken zusammen. Aber was das meiste Kopfschütteln in seiner Kollegenschaft auslöste, war nicht die Tatsache, dass Heinz Beckmann bis zu seinem letzten Tag ins Amt kam, sondern dass er mehr als hundertsiebzig Überstunden, also 21,25 Tage, wie ein eifriger Kollege ausgerechnet hatte, einfach verfallen ließ.

Überflüssig zu sagen, dass Heinz auch keine Abschiedsfeier organsierte, sondern sich nach einem pünktlichen Feierabend förmlich aus dem Haus schlich. Und dabei den von den Kollegen liebevoll zusammengestellten Präsentkorb völlig ignorierte.

Mischa sah im Rückspiegel, dass sich wie auf Kommando sofort alle Köpfe dem Mann mit dem tiefen Seitenscheitel zuwandten und ihn gleichzeitig verblüfft ansahen.

»Mein Gott, er hat was gesagt«, flüsterte Alina neben ihm und hielt den Blick dabei ebenfalls nach hinten gerichtet.

Überrascht beugte sich Mischa zu ihr hinüber. »Warum sollte er denn nicht sprechen? War er bisher stumm, und wir erleben hier gerade ein Wunder?«

»Nein, aber seit ich in der *Abendsonne* arbeite, und das sind immerhin schon fünf Jahre, hat Heinz nicht mehr als zehn Worte gesprochen.«

Mischa wollte gerade nach dem Grund für dieses Schweigegelübde fragen, als auch schon die nächste Überraschung von der hintersten Bank folgte. Und zwar in Form eines Wortes, das man kleinen Kinder zwar verbietet, das sie aber trotzdem zur Genüge kennen, weil sie schon seit fünf Jahren mit Papa Auto fahren. Auf jeden Fall begann das Wort aus dem Fond des Busses mit Sch…, und ihm folgte die Feststellung: »… ich habe vergessen, meine Herztabletten aus der Apotheke abzuholen!«

Mischa bemerkte, wie Alina etwas genervt die Augen verdrehte und dann tief seufzte. »Ich dachte, die hätten Sie sich gestern bringen lassen, Herr Kannengießer!«

»Ich habe die Bestellung wieder rückgängig gemacht, weil ich vonseiten der Apotheke plötzlich mitgeteilt bekam, dass sich die Lieferung vom Vormittag auf den Nachmittag verzögern würde.«

»Aber das wäre doch kein Problem gewesen, oder?«, wollte Alina wissen.

»In meinem ganzen Leben als Richter gab es nur eine Sache, die ich noch mehr gehasst habe als Lügen – und das war Unpünktlichkeit.«

Mischa zuckte zusammen. Ein Richter? Das hatte ihm gerade noch gefehlt. Mit diesen Damen und Herren hatte er bislang keine sonderlich positiven Erfahrungen gemacht. Ihretwegen hatte er als Jugendlicher zur Kenntnis nehmen müssen, dass das *Frisieren eines Mofas* eine Verkehrsstraftat war und er deswegen fünfzig Sozialstunden hatte ableisten müssen. In einem Altersheim.

Dass sich unter den Mitreisenden ein Richter befand, war besonders übel. Gab es für die Entführung eines Richters eigentlich eine höhere Strafe? Aber war das hier im eigentlichen Sinne überhaupt eine Entführung? Er wollte den alten Leutchen weder etwas antun noch Lösegeld verlangen. Wobei ihm das sehr gelegen gekommen wäre. Aber …

»Tja, und was machen wir da jetzt?«, erkundigte sich *Euer Ehren* soeben von der hinteren Sitzbank.

Alina seufzte erneut. Dann dachte sie kurz nach. Und als Mischa an einer Ampel kurz zu ihr hinübersah, stellte er fest, dass ihre in Falten gelegte Stirn sie nicht unattraktiver machte.

»Wir fahren an der Apotheke vorbei und holen Ihre Medikamente ab, Herr Kannengießer. Denn ohne Ihre Herzpillen wird es ja wohl nicht gehen, oder?«

Statt einer Antwort nickte der Angesprochene nur.

»Also biegen wir da vorn links ab und dann die nächste rechts, oder wissen Sie, wo die Einhorn-Apotheke ist?« Alina sah ihn fragend an.

»Nein, ich kenne mich hier nicht so gut aus«, log Mischa, ohne zu wissen, warum er das tat. Die Unwahrheit zu sagen, war ihm im Laufe der letzten Monate schon zur Angewohnheit geworden. Er sagte immer öfter die Unwahrheit, auch wenn es gar nicht notwendig war. Wenn man vom Lügen wirklich kurze Beine bekam, dann würde er seine Hosen demnächst in der Kinderabteilung kaufen müssen.

»Okay, dann lotse ich Sie, damit Sie das Navi nicht umprogrammieren müssen.«

Mischa nickte nur, schnaufte innerlich erleichtert durch und bog nach links ab.

Zehn Minuten später standen sie vor der Apotheke, und bis auf diese seltsame Lucy von der letzten Bank waren alle Senioren ausgestiegen. Jedem schien eingefallen zu sein, was er oder sie noch für die Reise brauchte, und so waren etliche der Insassen des Busses im Supermarkt neben der Apotheke verschwunden. Als Mischa in den

Rückspiegel schaute, stellte er fest, dass sein letzter Fahrgast bereits wieder eingeschlafen war. Ihr Kopf mit den lilafarbenen Haaren war an die Seitenscheibe gelehnt.

Jetzt oder nie, dachte Mischa und hatte die Hand bereits am Türöffner, als ihm eine Drohung förmlich das Blut in den Adern gefrieren ließ.

»Machen Sie jetzt keine Dummheiten. Ich weiß genau, was für ein Spiel Sie hier treiben.«

Mischa wusste im ersten Moment nicht einmal, woher diese Worte kamen, und war daher umso verdutzter, als er im Rückspiegel sah, dass die eben noch schlafende Lucy nun nicht nur hellwach zu sein schien, sondern auch noch eine Pistole auf ihn richtete.

»Ich habe Ihr Spiel durchschaut, kann gut sein, dass es Ihnen gelungen ist, die anderen zu täuschen. Ich weiß genau, wer Sie sind!«

Mischa konnte nur noch schlucken. Woher wusste diese alte Schachtel, dass er nicht der reguläre Fahrer war, und vor allem woher wusste sie, wer er war? Er war doch dieser alten Krähe mit ihren lilafarbenen Haaren noch nie begegnet.

»Sie sind niemand anderer als einer dieser Handlanger von Hugo Drax!« Auf Lucys Gesicht war plötzlich grimmige Entschlossenheit zu sehen.

Mischa hingegen lief es eiskalt den Rücken hinunter. War die Alte jetzt komplett durchgeknallt? Fuchtelte hinter ihm mit einer Pistole herum. Und wer zum Teufel sollte dieser Hugo Drax sein? »Ich glaube, Sie verwechseln mich da mit jemandem …«, stotterte er. Was sollte man so einer debilen Oma auch sonst antworten? Er sah ihren immer noch skeptischen Blick im Rückspiegel.

»Ich bin mir meiner Sache ziemlich sicher«, kam die prompte Antwort. Dann folgte ein schneller Blick aus dem Seitenfenster. »Aber wenn Sie es sagen …« Zu Mischas Erleichterung ließ sie zwar die Waffe sinken, doch der zweifelnde Gesichtsausdruck blieb. »Und wenn wir schon mal dabei sind, reinen Tisch zu machen, dann sagen Sie mir endlich, wohin unsere Reise geht.«

Mischa musste schlucken. Toll, das wusste er ja selber nicht. Also was sollte er dieser schwer bewaffneten Seniorin antworten?

Der rettende Gedanke war noch nicht ganz in seinem Hirn angekommen, da ruckte seine Hand auch schon in Richtung Navi. Lucys Frage kam ihm nicht ungelegen, denn er würde ja selber gerne wissen, wohin die Reise ging, aber vor allem, wo es eventuell eine gute Möglichkeit gab, sich abzusetzen.

»Finger weg!« Der Befehl konnte kaum schärfer vorgetragen werden. Die beiden Worte klangen wie Schüsse aus einer Pistole, wie er sie gerade wieder im Rückspiegel auf sich gerichtet sah. »Ich weiß ganz genau, dass Sie mit diesem Gerät Ihre Komplizen warnen wollen, aber nicht mit mir, dafür habe ich zu lange in der Abteilung Q gearbeitet.«

Die spinnt doch komplett, schoss es Mischa durch den Kopf. Welche Abteilung Q?

»Also, reden Sie endlich! Wohin geht die Reise?« Lucy wedelte dazu auffordernd mit dem schwarzen Ballermann.

Jetzt wird es ernst, dachte Mischa und überlegte krampfhaft, was er antworten sollte. Das hier war doch völlig surreal. Er wurde von einer wahnsinnigen Rentnerin mit der Pistole bedroht, hockte in einem Bus, von dem er nicht wusste, wohin er ihn fahren sollte, und kutschierte einen Haufen Tattergreise durch die Gegend. Und das alles nur, weil ihm diese verdammten Russen auf den Fersen waren. »Verdammte Spielsucht«, fluchte er und merkte, wie sich seine Angst langsam, aber sicher in Wut verwandelte.

»Die Reise geht nach Dingsbums!«, schnauzte er genervt nach hinten.

Und dann passierte etwas, das er nicht erwartet hätte. Lucy seufzte einmal tief und steckte die Pistole dann zurück in ihre Handtasche. Kaum war der Ballermann verschwunden, sank ihr Kopf auch schon wieder gegen die Seitenscheibe –, und Sekunden später war sie anscheinend wieder eingeschlafen.

Mischa zuckte erschrocken zusammen, denn genau in diesem Moment wurde die Beifahrertür aufgerissen und Alinas Rucksack flog auf den Sitz neben ihm. »Na, habt ihr beiden euch gut vertragen?«, wollte sie wissen, während sie in den VW-Bus kletterte.

»Wenn Sie mit gut vertragen meinen, dass es okay ist, von dieser alten Schachtel mit einer Pistole bedroht zu werden, dann war alles prima.« Mischa schnaufte verärgert und wurde fast ungehalten, als Alina auch noch anfing zu lachen.

»Ich wette, Lucy hat Sie verdächtigt, für Hugo Drax zu arbeiten, oder?«

Mischas wütender Gesichtsausdruck verwandelte sich in einen erstaunten. »Woher wissen Sie das? Und wer ist dieser Hugo Drax?«

»*Moonraker* …?«, fragte Alina mit schräg gehaltenem Kopf. Und als sie sah, dass Mischa immer noch nicht schaltete, setzte sie noch etwas hinterher. »Der James-

Bond-Film? Mit Roger Moore als Geheimagent und Michale Lonsdale als sein Gegenspieler Hugo Drax.«

Langsam dämmerte es Mischa, den Film hatte er damals gesehen, und jetzt erinnerte er sich auch wieder an den Namen des Antagonisten. »Aber wie kommt Lucy auf so was?«, fragte er mit verblüfftem Gesichtsausdruck.

Alina seufzte. »Ach Gottchen, Lucy war mal Schauspielerin, und deswegen erinnert sie sich immer wieder an solche Sachen. Von ihrer Vorliebe für Sterbeszenen habe ich Ihnen ja bereits erzählt.«

Mischa schaute verblüfft in den Rückspiegel zu der schlafenden Seniorin. »Die hat mal in einem James-Bond-Film mitgespielt?«

Alina lachte laut auf, riss sich aber sofort wieder zusammen und schielte über die Schulter hinweg nach hinten, um beruhigt festzustellen, dass Lucy immer noch schlief. »Nein, sie war früher Theaterschauspielerin und ist nur einmal als Komparsin in einem Film aufgetreten, aber …«

»Was aber…?«, hakte Mischa nach, der die Seniorin im Rückspiegel weiterhin im Blick behielt.

»Na ja, aufgrund ihrer Demenz bringt sie viele Sachen durcheinander und kann nicht mehr zwischen Realität und Fiktion unterscheiden. Sie glaubt, dass sie nicht nur mit vielen deutschen Stars auf der Bühne gestanden, sondern auch in vielen internationalen Filmen mitgespielt hat. So wie in *Moonraker*.« Alina seufzte und drehte sich zu der schlafenden Möchte-gern-Diva um. »Ich wette, der Film lief vor Kurzem wieder im Fernsehen, dann ist es immer ganz schlimm. Eine Zeit lang hat sie geglaubt, dass sie die Partnerin von Cary Grant in *Der unsichtbare Dritte* gewesen sei.«

Mischa kam aus dem Staunen nicht mehr heraus. Sein Großvater hatte zwar vor seinem Tode auch immer öfter Sachen vergessen, aber niemals geglaubt, er wäre Gerd Müller oder der Alte Fritz. Sachen gab es …

»Einmal erzählte sie uns, dass Alfred Hitchcock ihr sogar eine Hauptrolle angeboten hätte. Die habe sie allerdings abgelehnt, weil er vorher Nacktaufnahmen von ihr habe machen wollen.«

»Echt jetzt?«, prustete Mischa los.

»Wir haben auch alle sehr gelacht.« Alina bekam allerdings einen mitleidigen Gesichtsausdruck, als sie fortfuhr. »Wir lassen sie einfach in dem Glauben, dass alles genau so war. Warum sollten wir sie aus dieser für sie schönen Welt herausreißen? Es tut doch keinem weh.«

»Aber sie hat eine Pistole.«

Alina musste schmunzeln. »Jaja, die Pistole, damit hat sie schon viele erschreckt, aber das ist nur eine Spielzeugwaffe, völlig ungefährlich.«

»Auf jeden Fall fand ich sie sehr echt und hatte Angst, sie legt mich damit um. Man weiß ja nie.«

»Ach was, Lucy kann keiner Fliege etwas zuleide tun. Sie ist ein herzensguter Mensch, aber eben leider auch sehr krank.«

Mischa nickte und hoffte gleichzeitig, dass er nicht auch mal so werden würde.

In diesem Moment öffnete sich die Schiebetür, und ein gut gelaunter Jakob Altenburg steckte seinen Kopf, der immer noch große Ähnlichkeit mit einem grauen Wischmopp hatte, durch die Tür. »All people on board. Abfahrt!«

KAPITEL 8

Eine Pinkelpause mit öliger Überraschung

Mischa hatte zwar keine große Ahnung von Autos, konnte sich aber des Eindrucks nicht erwehren, dass der Motor des VW-Busses nicht ganz rund lief. Von den anderen schien das aber niemand zu bemerken. Nach dem Einkauf hatte ihn das Navi in Richtung Autobahn dirigiert, und nun fuhren sie auf der A2, die in bestimmten Kreisen den Spitznamen »Polenspieß« trug, in Richtung Osten. Mischa hatte sich für den rechten Fahrstreifen entschieden und rollte nun, eingeklemmt zwischen einem Kühllaster, der Wurstwaren transportierte, und einem Autotransporter voller Neuwagen, gemächlich dahin. Seine Beifahrerin hatte sich in ihr Handy vertieft, und auch auf den hinteren Plätzen schien sich niemand daran zu stören, dass ihr Chauffeur die Reise recht gemütlich angehen ließ. Natürlich könnte er auch schneller fahren, doch er war in Gedanken versunken und daher froh, sich nicht zu sehr auf den Verkehr konzentrieren zu müssen.

Wie kam er aus dieser vertrackten Situation nur wieder heraus? Okay, er hatte zwar aus Bielefeld verschwinden müssen und keinen Plan gehabt, wohin seine Flucht überhaupt gehen sollte, aber dafür saß er nun in diesem Bus, von dem er immer noch nicht wusste, wohin er ihn eigentlich steuerte.

Die nächste Frage war, wie lange sollte und wollte er ihn überhaupt noch fahren? Und wie kam er aus diesem Gefährt raus? Ein Blick auf das entsprechende Instrument zeigte ihm an, dass der Tank noch halb voll war, einen Tankstopp würde ihm also niemand abnehmen. Und wenn, wie sollte er dabei vorgehen? An die Zapfsäule fahren, volltanken und sich dann mit der Ausrede, bezahlen zu gehen, aus dem Staub machen?

Sicherlich, das war eine Möglichkeit, aber war das auch richtig? Konnte er die sechs Senioren und ihre Betreuerin einfach so im Stich lassen? Mitten auf der Autobahn? Vielleicht hatte Alina nicht mal einen Führerschein. Und eigentlich waren die alle ganz nett, bis auf diesen missgelaunten Richter, der schon unmittelbar nach seinem Apothekenbesuch angefangen hatte, über die verfehlte Gesundheitspolitik der Regierung zu schimpfen. Immerhin hatte Mischa dabei erfahren, dass die berufliche Laufbahn des Richters schon länger beendet war und er ihm nicht ganz so gefährlich werden konnte, wie er befürchtet hatte. Außer vielleicht als aufmerksamer und äußerst glaubwürdiger Zeuge einer Massenentführung. Nicht zu vergessen, sein Status als Opfer.

Mischa schüttelte sich bei dem Gedanken an die Vorstellung, wie er krampfhaft versuchen würde, sich vor Gericht aus diesem Dilemma herauszureden, dabei immer die Blicke des Richters im Nacken.

Der Kühllaster mit den Wurstwaren vor ihm bremste ab und verlangte nach Mischas Aufmerksamkeit. Allerdings nur kurz, dann war alles wieder im Trott und seine Gedanken begaben sich wieder auf Wanderschaft.

Was würde mit den Senioren geschehen, wenn er abhaute? Was würden die von ihm denken? Sicherlich wären sie enttäuscht und verärgert, aber sollte ihn das stören? Er würde doch vermutlich ohnehin keinen von ihnen jemals wiedersehen. Trotzdem rührte sich so etwas wie Ehrgefühl in seinem Inneren. So was machte man einfach nicht. Was hätte sein Großvater zu seinem Verhalten gesagt?

Sein Großvater … der einzige Mensch, der ihm nie Vorwürfe gemacht, sondern immer Verständnis gezeigt hatte. Der ihn immer in Schutz genommen hatte. Auch vor dem oft berechtigten Schimpfen seiner Großmutter. Die hingegen hatte sich oft über sein Verhalten geärgert und ihrem Unmut nicht selten lautstark Luft gemacht. Sein Opa hingegen war niemals laut geworden und hatte ihn und seine Eskapaden stattdessen oft noch in Schutz genommen.

»Ach, Muttchen, lass den Jungen doch, der hatte doch bisher nichts vom Leben.«

Das hatte ihm in diesem Moment zwar gutgetan, heute aber überkamen ihn oft Zweifel, ob das so richtig gewesen war. Manchmal hatte er schon derbe über die Stränge geschlagen, und da wären spürbare Konsequenzen vielleicht mal ganz lehrreich gewesen. Ja, seinen Opa, den hatte er geliebt und dessen Verlust hatte ihn sogar schlimmer getroffen als der Tod seines Vaters und der Wegzug der Mutter. Der alte Mann erschien vor seinem inneren Auge, und Mischa sah ihn bei der Überlegung, die Senioren einfach im Stich zu lassen, den Kopf schütteln.

»Wir müssten bitte anhalten, ich muss mal auf die Toilette.«

Als Mischa in den Rückspiegel schaute, sah er in das Gesicht der älteren Dame, die in der vorderen Reihe direkt hinter ihm saß. Als sie seinen Blick bemerkte, zuckte sie nur bedauernd mit den Schultern. »Tja, so ist das im Alter, junger Mann.«

Mischa musste schmunzeln, nickte und scherte dann nach einem kurzen Blick in den Rückspiegel aus. Er überholte die rollende Wurstlieferung vor ihm und gab Gas. Wenn er einen Rasthof oder einen Parkplatz finden wollte, dann musste er eine bessere Sicht auf die Hinweisschilder haben.

Kaum war er auf der mittleren Fahrbahn, sah er auch schon ein Hinweisschild: *Rasthof Lipperland*. Entfernung fünf Kilometer. Das wäre sicher eine gute Fluchtmöglichkeit für ihn. Aus dem Fond des Busses meldeten sich nun auch andere Stimmen.

»Wenn wir anhalten, dann gehe ich gleich mit auf die Toilette«, verkündete Lucy.

»Ich schließe mich an«, meldete sich auch die Ärztin zu Wort, die ihn verbunden hatte.

»Na, dann wird es ja mal wieder einen Stau vor dem Damenklo geben«, unkte Jakob Altenburg, der Mann mit der Albert-Einstein-Frisur. »Wahrscheinlich ist das bei euch Frauen genetisch bedingt: Wenn eine muss, dann müssen alle.«

»Was du nicht sagst«, antwortete Christiane, die Ärztin. »Woher hast du denn diese wissenschaftliche Erkenntnis, Jakob?«

»Das ist keine wissenschaftliche Erkenntnis, das ist langjährige Lebenserfahrung.«

»Ach, ich wusste gar nicht, dass du so viel von deiner Lebenszeit vor Damenklos verbracht hast«, grinste Lucy. »Bist doch wohl kein Spanner, was?«

Jakobs Gesicht rötete sich zwar, doch er enthielt sich jeglichen Kommentars.

Mischa hatte schmunzelnd zugehört und sich auf den Verkehr konzentriert.

»Manchmal sind sie wie die Kinder«, flüsterte Alina ihm zu und zwinkerte dabei mit dem linken Auge, »aber ich mag sie alle.«

Mischa nickte nur und ordnete sich bereits wieder auf der rechten Fahrspur ein. »Wie lange, sagten Sie, sind Sie schon in diesem Altenheim beschäftigt?«

»Jetzt schon mehr als fünf Jahre«, erklärte Alina. »Ich habe dort angefangen, als das Heim gerade fertig war. – Und Sie sind also die Vertretung von Waldemar. Woher kennen Sie beide sich denn?«

Mischa merkte sofort, dass ihn diese Frage wieder in Erklärungsnöte bringen konnte. Daher scherte er noch einmal aus und tat so, als würde dieser Vorgang seine ganze Konzentration erfordern. Um sicherzugehen, Alinas Frage nicht beantworten zu müssen, stellte er zusätzlich noch eine Gegenfrage. »Ich bin ja nur der Ersatzmann und in letzter Sekunde eingesprungen, vielleicht können Sie mir sagen, warum die Damen und Herren diese Reise überhaupt machen?«

Alina sah kurz aus dem Fenster, bevor sie antwortete. »Die *Abendsonne* soll vollumfänglich renoviert werden. Herr Drescher, der Inhaber, sagte, dass er das Gebäude gar nicht erst in einen schlechten Zustand kommen und dadurch einen Renovierungsstau entstehen lassen wolle. Daher hatte er die Idee, die Bewohner der Appartements für die Dauer der Maßnahme auf diese Reise zu schicken. Dann könnten die Handwerker deren Appartements auf einen Schlag renovieren, und niemand wäre sich gegenseitig im Weg.«

»Das ist doch eine gute Idee«, fand Mischa und hielt nach dem Vorwegweiser für den Rasthof Ausschau.

»Alles gut und schön, aber das Gebäude ist ja gerade mal fünf Jahre alt, muss man da schon wieder renovieren?«

Mischa lachte auf. »Das kommt darauf an, was die Bewohner in ihren Zimmern und auf den Fluren so treiben. Ich weiß ja nicht, wie wild die Partys sind, die da so gefeiert werden.«

»Bei uns geht es ganz ruhig und gesittet zu.« Alina schaute erneut aus dem Seitenfenster. »Aber auf meine Frage habe ich von Herrn Drescher keine befriedigende Auskunft bekommen. Es sei nun mal erforderlich, wenn man den Standard des Hauses halten wolle, hatte er mir nur lapidar erklärt.«

»Aber irgendwie klingt das doch ganz vernünftig, oder?« Mischa setzte den Blinker und wechselte auf die Ausfahrt zum Rasthof.

»Na ja, wie man es nimmt.« Alinas Stirn hatte sich dabei wieder in Falten gelegt. »Wir haben zwei Fahrstühle, und der für den hinteren Bereich ist seit Wochen defekt. Angeblich gibt es keine Ersatzteile dafür.«

»Was man ja allenthalben hört.« Mischa trat auf die Bremse und schaltete herunter. »Ersatzteile sind ja anscheinend überall knapp.«

»Ja, aber ich habe mit dem Monteur der Aufzugsfirma gesprochen, als letzte Woche der TÜV da war und den vorderen Fahrstuhl überprüft hat. Er erzählte mir, dass das Ersatzteil schon vor Wochen geliefert worden sei und der Einbau nur deshalb nicht stattfindet, weil Herr Drescher den Auftrag zurückhält.«

»Womöglich hat er seine Gründe dafür«, gab Mischa zu bedenken und lenkte den Wagen auf den Rasthof. »Vielleicht soll das ja auch jetzt im Rahmen der anderen Renovierungen geschehen?« Er orientierte sich kurz, dann hielt er direkt vor dem Eingang zu den Toiletten an. »Ich lasse Sie hier raus und warte dann da vorne auf Sie«, verkündetet er seinen Fahrgästen und deutete dabei auf den angrenzenden Parkplatz.

»Viele Leute, manche kenn' ich, Toilette zwanzig Pfennig!«, verkündete Jakob Altenburg, stieg hinter Christiane aus und half dann der älteren Dame, die als Erste den Wunsch, sich zu erleichtern, geäußert hatte.

»Dann gehe ich auch gleich mal«, verkündete der Richter von hinten, und Mischa sah im Rückspiegel, dass der Mann mit dem niedrigen Seitenscheitel ebenfalls Anstalten machte, sich zu erheben. »Na, wenn das so ist, dann will ich mich auch anschließen«, erklärte der sich solidarisch.

Gemeinschaftspinkeln. Na, das würde ja noch lustig werden, vor allem, wenn sie noch eine längere Reise vor sich hatten, schoss es Mischa durch den Sinn. Und gleichzeitig tauchte der Fluchtgedanke wieder auf. Jetzt oder nie?!

»Zum Glück habe ich ja noch keine Probleme mit der Blase«, verkündete Alina und deutete auf die freie Parklücke. »Wir sollten rüberfahren, solange sie noch leer ist. Dann brauchen unsere Alten nachher nicht so weit zu laufen.«

Deine Alten, verbesserte Mischa sie in Gedanken und war gleichzeitig sauer, dass Alina ihm seine Fluchtmöglichkeit vereitelte. Zwangsläufig musste er also auf eine andere Chance warten.

Aber kaum, dass er eingeparkt hatte, nahm er sich vor, das Navi zu kontrollieren. Er wollte endlich wissen, wohin die Reise ging. Im Gespräch vorhin waren sie davon wieder abgekommen. Mischa stieg kurz aus, um sich die Beine zu vertreten, und hoffte, dass Alina es ihm gleichtun würde. Aber die junge Frau tat ihm diesen Gefallen nicht. Anscheinend hatte sie neben einer zuverlässig funktionierenden Blase auch noch das passende Sitzfleisch.

»Sagen Sie mal, haben Sie nicht auch bemerkt, dass der Motor nicht ganz rundläuft?«

Mischa zuckte erschrocken zusammen, als die Frage unmittelbar hinter seinem Rücken gestellt wurde. Als er sich umdrehte, sah er in das Gesicht der Dame, die ansonsten direkt hinter ihm saß. Die war ja vielleicht schnell mit ihrem Geschäft fertig geworden. Sie hatte zwar recht, denn genau diesen Gedanken hatte er auch gehabt, aber woher wusste diese alte Schachtel denn was über Automotoren? Solche Omas kannten sich doch eher mit Kochrezepten und Rheumamitteln aus.

»Ja, Sie haben recht«, gab er zu, »das Gefühl hatte ich auch schon, aber fragen Sie mich nicht, was das Problem sein könnte. Von Motoren habe ich so viel Ahnung wie ein Eskimo von der Wüste.«

»Ich tippe auf den Vergaser, es könnten aber auch die Zündkerzen, die Benzinleitung oder der Luftfilter sein«, verkündetet die ältere Dame mit einer Selbstsicherheit, als hätte sie ihr Leben lang mehr mit Motoren als mit Rührschüsseln zu tun gehabt.

»Ach, und wie kommen Sie darauf?«, wollte Mischa erstaunt wissen. Die konnte ihm ja viel erzählen.

»Ich habe so meine Erfahrungen mit Autos gesammelt.«

»Soso, na dann …«, beendete Mischa das Gespräch mit einem unvollständigen Satz. Schuster, bleib bei deinen Leisten, dachte er.

KAPITEL 9

Hannelores Geschichte

Damals war es alles andere als selbstverständlich, dass Mädchen in Männerberufen arbeiteten. Vor allem nicht in solch typischen wie Automechaniker. Oder Autoschlosser, wie diese Herrschaften damals noch hießen. Aber Hannelore hatte schon als Kind lieber mit Autos und Metallbaukästen als mit Puppen gespielt. Als sie von ihrer Oma zu Weihnachten ein wunderschönes, leuchtend rotes Gefährt aus Plastik geschenkt bekam, war Klein-Hannelore mehr daran interessiert, wie man die Räder dieses Gefährts ab- und wieder anbauen konnte, als an der Puppe, die sogar ihre Augen schloss, wenn man sie hinlegte. Sehr zum Leidwesen der weiblichen Angehörigen der Familie.

Hannelore zerlegte alles in seine Einzelteile. Fahrräder, Staubsauger, Schubkarren, Bollerwagen und was sonst noch alles Räder hatte. Einzig ihr Vater Heinrich erkannte schon früh, dass für Hannelore vermutlich keiner der typischen Frauenberufe infrage kommen würde.

»Das Kind riecht doch jetzt schon mehr nach Wagenschmiere und Öl als nach Babypuder und Parfüm«, lautete sein Statement, wenn es innerhalb der Familie mal wieder um Hannelores Zukunft ging.

Aber auch seine Geduld wurde eines Tages auf eine harte Probe gestellt, als er in die Garage kam und seinen Rasenmäher nur noch in Einzelteilen vorfand. Hannelores Brüder hingegen hatten als Kinder überhaupt keinen Hang zur Technik gehabt, was sich später auch dadurch zeigte, dass der eine Mediziner wurde, während der andere als Lehrer vormittags recht und nachmittags frei hatte.

Es war dann auch ihr Vater, der sie ermutigte, sich in einer größeren Autowerkstatt um eine Lehrstelle zu bewerben, und es war der Ehefrau des Inhabers zu verdanken, dass Hannelore sie auch bekam. Und dass, obwohl sich noch vier Jungen um diese Stelle bemüht hatten. Hannelore scheute von Anfang an keine noch so schmutzige oder schwere Arbeit. Sei es das Entölen oder das Entfetten von Lagern, der Abbau von Auspuffanlagen oder das Schleppen großer Reifen. Die Werkstatt fegte sie mit derselben Gründlichkeit, mit der sie schon bald Motoren zerlegte und wieder zusammensetzte. Was dazu führte, dass auch der Rasenmäher in Vaters Garage bald wieder seiner gewohnten Aufgabe zugeführt werden konnte.

Als sie ins zweite Lehrjahr kam, stellte der Inhaber einen neuen Gesellen ein. Johannes Winterstein, der von allen nur Johnny genannt wurde, konnte sich zunächst überhaupt nicht damit anfreunden, dass es in der Werkstatt auch einen weiblichen Lehrling gab. Argwöhnisch prüfte er vom ersten Tag an Hannelores Arbeiten und musste sich schon bald eingestehen, dass sie nicht nur etwas, sondern sogar eine ganze Menge von ihrem Job verstand. Langsam, aber sicher ließ er sie immer freier und selbstständiger arbeiten. Und als sie sich eines Tages, nachdem sie einen besonders kniffligen Fehler in einem Motorblock gefunden hatten, am Waschbecken die Hände schrubbten, lud er sie zur Belohnung auf ein Bier in seine Stammkneipe ein.

Zu seiner Freude sagte sie zu, und zu seiner Überraschung konnte sie nicht nur beim Schrauben, sondern auch beim Biertrinken mithalten. Nach und nach kamen die beiden sich immer näher, und er war es dann auch, der ihr half, als die Gesellenprüfung anstand. Und das sowohl beim Lernen der Theorie als auch bei den praktischen Aufgaben.

Das Bestehen feierten sie in der Werkstatt mit einem großen Fest, und am Ende des Abends geschah das, was viele ihrer Kollegen schon vorausgesehen hatten. Der Zusammenstoß war so heftig, dass weder ein Airbag, den es damals noch nicht gab, noch ein Sicherheitsgurt ihn hätten verhindern können. Das Ergebnis war ein gesunder Junge, dem ein paar Jahre später ein weiterer folgte.

Nun galt es, nicht mehr nur Autos zusammenzuschrauben, sondern auch Kinderbetten zu montieren und Tapeten mit Häschen und Pferdchen an die Wand zu kleben. Während dieser Zeit kam dann auch noch das Angebot des Werkstattinhabers, ob sie nicht den Laden übernehmen wollten, weil er fand, dass er sich bald seinen Ruhestand verdient hatte. Bis dahin waren es zwar noch etwas mehr als dreieinhalb Jahre, was es aber nötig machte, dass Johnny sich sofort an der Meisterschule anmeldete und neben Schrauben am Tage und Babyfüttern am Abend nun auch noch lernen musste. Diesmal war es Hannelore, die ihn dabei unterstützte und ihm immer dann Mut zusprach, wenn er schon aufgeben wollte.

Als er es geschafft hatte, war er umso glücklicher. Familie Winterstein war, sechs Monate nachdem sich Johnny Kraftfahrzeugmeister nennen durfte, Inhaberin einer gut gehenden Werkstatt.

Ihr guter Ruf eilte ihnen voraus, sodass es nicht sehr lange dauerte, bis ein großer deutscher Automobilhersteller an sie herantrat und ihnen das Angebot machte, eine Vertretung seiner Marke zu betreuen. Da man ja Werbung möglichst vermeiden sollte, ist es wohl besser, hier nur den Werbeslogan des Autohauses Winterstein wiederzugeben, der da hieß: *Den mit dem Stern, den fahren wir so gern!*

Das Unternehmen florierte, und schon bald musste der Standort gewechselt werden, da weder die Werkstattkapazitäten noch die Stellflächen für die Neuwagen ausreichten. Das neue Verkaufsgebäude entsprach modernsten Standards, und die Eheleute Winterstein waren gern gesehene Gäste im Stammhaus des süddeutschen Automobilherstellers.

Die Söhne wuchsen und gediehen, zeigten aber zunächst weder Interesse an Autos und Motoren noch an der Firma ihrer Eltern. Johnny und Hannelore hingegen ließen es sich nicht nehmen, hin und wieder immer noch an Autos, besonders an Oldtimern, herumzuschrauben und sich dabei wunderbar ölige Hände zu holen.

Die beiden Söhne studierten Betriebswirtschaftslehre und gründeten ihre eigenen Familien. Zumindest versuchten sie es. Was aber im Falle von Martin, dem Jüngeren, daran scheiterte, so vermutete Hannelore, dass die Ehe durch ihre Schwiegertochter Ellen, die sie nicht leiden konnte, bewusst kinderlos gehalten wurde. Im Falle von

Jürgen, dem Älteren, lag es an ihm beziehungsweise an seinem Körper, dass die Senior-Wintersteins keine Großeltern wurden. Schwer zu sagen, ob das der Grund für Jürgens Scheidung gewesen war. Ein Umstand, der Johnny sehr zu schaffen machte, da er sich so sehr gewünscht hatte, dass einmal eine dritte Generation das Autohaus übernehmen würde. Immer wieder bekniete er daher seinen älteren Sohn, sich doch noch mal nach einer Frau umzusehen, die ihnen einen Enkel schenken würde, doch sein Erstgeborener hatte anscheinend vom weiblichen Geschlecht die Nase voll. Wobei es auch Gerüchte gab, dass er sich nun mehr zum männlichen hingezogen fühlte. Was aber im Hause Winterstein niemals Gesprächsthema war.

Im Laufe der Jahre wurde die Firmenführung immer beschwerlicher, und es war ein Segen für Johnny, als sich dann plötzlich beide Söhne doch bereit erklärten, in die Firma einzusteigen. Sofort wurden alle rechtlichen Schritte in die Wege geleitet, und die Übernahme fand unspektakulär statt. Johnny und Hannelore blieben auf eigenen Wunsch noch in der Firma und betreuten vor allem ältere Kunden, die sie schon seit vielen Jahren kannten.

Doch das Alter forderte seinen Tribut, und Hannelore traf fast der gleiche Schlag, der ihren Mann getroffen hatte, als sie ihn eines Morgens im Badezimmer unter dem Waschbecken liegend vorfand. Es gab nicht wenige Leute, die hinter vorgehaltener Hand äußerten, es sei für alle besser gewesen, dass Johnny zwei Tage darauf starb, weil er ansonsten zu einem Schwerstpflegefall geworden wäre. So musste sie ihren Johnny auf den Sennefriedhof begleiten, den Heimweg aber alleine antreten.

Die Pietätzeit ihrer Söhne dauerte keine vier Wochen, dann wurde Hannelore bereits aufgefordert, ihren Anteil der Firma an die beiden abzutreten und sich aus dem Geschäft zurückzuziehen. Dies allerdings nicht in Form eines persönlichen Gesprächs, sondern als anwaltliches Schreiben. Hannelore war wie vor den Kopf gestoßen, zumal ihr eine Kundin auch noch zutrug, dass ihre Schwiegertochter Ellen bereits eine Woche vorher überall herumerzählte, dass ihr Mann und ihr Schwager nun das Autohaus leiten würden und »die Alte« vor die Tür gesetzt hätten. Nun würde endlich ein neuer Wind wehen, der den alten muffigen Charakter aus dem Haus vertriebe, und niemand könnte sich mehr den notwendigen Innovationen in den Weg stellen.

Als Hannelore das hörte, glaubte sie, der nächste Schlag würde sie treffen. Sie stellte sowohl ihre Söhne als auch ihre Schwiegertochter zur Rede, wobei die blöde Kuh natürlich alles abstritt. Ihr Sohn sagte gar nichts dazu, was Hannelore bei diesem Waschlappen auch nicht wirklich erwartet hatte, und ihr älterer Sohn versuchte, die Wogen mit nichtssagenden Phrasen zu glätten.

Sie war zutiefst getroffen und enttäuscht. Würde ihr Johnny das noch erleben, hätte man an seinem Sarg einen Drehstromzähler anbringen können. Einige Tage lang saß sie weinend und erschüttert zu Hause, dann aber raffte sie sich auf und handelte.

Sie unterschrieb, dass sie sich nun zwar aus dem Geschäft zurückziehen, aber ihre Anteile daran behalten werde. Dann suchte sie einen befreundeten Makler auf und beauftragte ihn, die große Villa, die sie vor vielen Jahren im exklusiven Bielefelder Musikerviertel unterhalb der Sparrenburg erworben hatten, zum Verkauf anzubieten. Gehörte das Haus nach Johnnys Tod doch ihr ganz allein. Ihre Söhne konnten dazu nur mit den Zähnen knirschen, denn darauf hatten sie keinen Einfluss. Hannelore freute sich, denn ihre Schwiegertochter Ellen hätte das ganze Gebäude sicherlich ohnehin am liebsten abreißen und eine neumodische Betonkiste an dessen Stelle errichten lassen. Mit Schwimmbad und hochmoderner Küche, wobei beides überflüssig war, denn diese arrogante Kuh konnte weder schwimmen noch kochen.

Kaum war der Verkauf perfekt, zog Hannelore in die *Abendsonne* und brach den Kontakt zu ihren Söhnen ab. Sie mietete sich dort das größte Appartement und fand Kontakt zu Leuten ihres Alters, vor allem zu Christiane Hölscher, der ehemaligen Ärztin.

Und genau die kehrte gerade in Begleitung von zwei Männern zum VW-Bus zurück. Christiane Hölscher hatte sich bei Jakob Altenburg eingehakt, dem das sehr zu gefallen schien. Eine Beobachtung, die Hannelore halbwegs aus ihren düsteren Gedanken riss. Heinz Beckmann trottete hinter den beiden her und balancierte dabei eine Brühwurst auf einem Papiertablett, das ebenso labbrig aussah wie der darauf liegende Toast. Als die drei am Wagen ankamen, bemerkte Christiane den in sich gekehrten Ausdruck auf dem Gesicht ihrer Freundin.

»Na, was ist dir denn für eine Laus über die Leber gelaufen?«, wollte ihre Freundin wissen, bekam aber keine Antwort, weil soeben ein größerer SUV schwungvoll neben dem Bus einparkte.

KAPITEL 10

Geschäft ist Geschäft

Ein furchtbares Schicksal, welches die beiden Männer mit dem südländischen Aussehen da hinter sich hatten, fand Christiane Hölscher. Kurz vor ihrer Abreise hatte auch sie von diesem fürchterlichen Erdbeben mit den vielen Opfern gehört. Ein Ereignis, das sie augenblicklich an ihre Erlebnisse in früheren Zeiten erinnerte und an all das Leid und den Schmerz, dem sie damals fast machtlos gegenübergestanden hatte.

»Wir müssen jetzt unbedingt dorthin«, sagte der kleinere der beiden Männer. In seinem Gesicht spiegelte sich deutlich die Sorge um seine Familie, welche anscheinend genau im Zentrum dieses Erdbebens gelebt und hoffentlich überlebt hatte.

Sie seien nun mit dem Wagen seines Cousins auf dem Weg in das Katastrophengebiet, um zu helfen. Allerdings seien sie vor Kummer sehr überstürzt aufgebrochen und hätten nicht daran gedacht, genug Bargeld mitzunehmen. Erst unterwegs sei ihnen klar geworden, dass sie davon jede Menge brauchten, schon allein um das Benzin für die Reise bezahlen zu können. Diese Auskunft bekamen die Anwesenden von dem anderen Mann, der sich als besagter Cousin vorstellte.

»Und wie wollen Sie nun dahinkommen?«, fragte Christiane voller Mitleid, weil sie sich gut in diese Notsituation hineinversetzen konnte.

»Wir müssen sehen, dass wir irgendwie Geld bekommen, um auf der Fahrt immer wieder tanken zu können.« Der Kleinere deutete auf den SUV, der auch schon bessere Tage gesehen hatte. »Außerdem hoffen wir, dass der Wagen durchhält.« Kofferraum und hintere Sitzbank waren über und über mit gefüllten Taschen, Plastiktüten und Kartons zugebaut.

»Sie können doch überall mit der Karte tanken«, mischte sich Jakob Altenburg ein. Das war doch heute schon Standard, es zahlte doch kaum noch jemand mit Bargeld. Ein Umstand, der seiner Meinung nach dazu beitrug, dass viele Menschen die Übersicht über ihre Finanzen verloren und sich immer mehr verschuldeten.

»Wir kommen aus dem Norden und sind schon seit gestern unterwegs. Letzte Nacht haben wir auf einem Rastplatz übernachtet, weil wir keine Zeit verlieren wollten.« Der Gesichtsausdruck des Kleineren verdüsterte sich plötzlich. »Und was ist passiert, als wir in der Toilette waren, um uns zu waschen? Jemand hat unseren Wagen aufgebrochen und unsere Portemonnaies gestohlen. Mit allen Karten darin.« Er seufzte. »Zum Glück hatten wir noch genug Benzin im Tank, dass wir bis hierher fahren konnten.« Zur Bestätigung deutete er auf das zerkratzte und augenscheinlich beschädigte Türschloss.

»Aber Sie haben doch sicher Anzeige erstattet, oder?«, wollte Heinz Beckmann wissen. »Was hat denn die Polizei dazu gesagt?«

»Die haben wir gar nicht angerufen, weil wir ja nicht wissen, wer das war. Außerdem sind die sicher längst über alle Berge.«

Der Cousin nickte bestätigend mit dem Kopf. »Wir haben auch niemanden gesehen. Außerdem wollten wir nicht erst eine Polizeistation suchen, sondern schnellstmöglich weiter.«

»Oh Gott«, stöhnte Hannelore Winterstein, »und was wollen Sie nun machen?«

Der Kleinere ließ die Schultern sinken. »Das wissen wir auch nicht. Wir müssen sehen, dass wir irgendwie zu Geld kommen.«

Ohne lange zu überlegen, öffnete Hannelore ihre Handtasche und holte ihre Geldbörse heraus.

»Oh nein!«, wehrte der Mann vehement ab, »es kommt gar nicht infrage, dass wir von Ihnen Geld annehmen. Das ist zwar nett, aber wir möchten keine Almosen.«

»Wir sind doch keine Bettler«, fügte der andere mit leicht empörter Miene hinzu.

Hannelore staunte, weil die beiden Männer sofort erkannt hatten, was sie vorhatte.

»Aber irgendwie müssen Sie doch weiter- oder notfalls auch wieder zurückkommen«, wandte Jakob Altenburg nun ein. Ihm war klar, dass die beiden Männer ohne Geld keine Chance haben würden, ihren Verwandten zu helfen, denn egal wie schlimm die Krisen auf dieser Welt auch waren, regiert wurde sie immer noch vom Geld.

Einen Moment lang standen alle betroffen und schweigend herum, dann nahm der größere der beiden Männer seinen kleineren Cousin an die Seite und flüsterte ihm etwas ins Ohr. Der hörte aufmerksam zu und schüttelte dabei immer wieder den Kopf. Doch der Größere redete trotzdem weiter auf ihn ein. Dann schien es so, als ob der Kleinere langsam, aber sicher dessen Argumenten nachgab.

Als ihm sein Cousin bestätigend zunickte, wandte sich der Kleine mit einem Seufzen an die Senioren.

»Mein Cousin hat mir gerade etwas vorgeschlagen. Sie hatten ja überlegt, wie Sie uns helfen können, und wir haben Ihnen gesagt, dass wir keine Almosen annehmen wollen. Aber es gäbe vielleicht eine andere Möglichkeit.«Er hielt ein paar Sekunden inne, dann seufzte er erneut, und nach einem leichten Stoß seines Cousins gegen seine Schulter sprach er weiter. »Als wir losgefahren sind, haben wir von unseren Familienangehörigen all deren Wertgegenstände mitbekommen, damit wir unseren Verwandten im Katastrophengebiet helfen können. Zelte, Lebensmittel, Decken und Wasser kaufen. Eben alles, was dringend gebraucht wird.«

Christiane Hölscher seufzte, weil sie in diesem Moment an die vielen obdachlosen Kinder denken musste.

»Und diese Wertgegenstände sind nicht gestohlen worden?«, wollte Jakob Altenburg wissen.

Der Kleinere lächelte. »Nein, da haben wir echtes Glück gehabt. Kommen Sie mal mit«, forderte er die Umstehenden auf und begab sich zum Heck des SUV. Er öffnete die Klappe des komplett überladenen Wagens und zog unter einem Haufen Bekleidung einen Verbandkasten hervor. Als alle Senioren um ihn herumstanden, öffnete er ihn. Darin befand sich aber keinerlei Verbandsmaterial, sondern ein zusammengefaltetes Tuch aus schwarzem Samt. Als er dessen Ende auseinanderschlug, funkelte es ihnen aus dem Inneren goldgelb entgegen. Der ehemalige Verbandkasten war zur Geldkassette umfunktioniert worden.

Jakob Altenburg stieß einen leisen, aber anerkennenden Pfiff aus. »Ein cleveres Versteck.«

»Ja, zum Glück muss es der Dieb sehr eilig gehabt haben und hat deswegen im Wagen nicht weiter nach Wertgegenständen gesucht.«

»Vermutlich hatte er Angst, dass wir zu schnell wieder zurück sind und ihn dabei überraschen«, fügte der Größere der beiden hinzu.

»Und was wollen Sie jetzt mit den ganzen goldenen Schmuckstücken machen?«, wollte Heinz, neugierig geworden, wissen. »Sie können ja wohl kaum damit in die Tankstelle gehen, sagen, dass Sie dreiundfünfzig Liter Benzin getankt haben, und dann eine Goldkette auf den Tresen legen.«

»Nein, da haben Sie recht«, räumte der Größere ein, »daher habe ich meinem Cousin auch gesagt, dass wir das Gold verkaufen müssen, um Geld zu bekommen.«

Christiane Hölscher sah ihn erschüttert an. »Sie wollen den Familienschmuck zu Geld machen? Wie soll das denn hier auf der Autobahn gehen?«

Nun antwortete wieder der Kleinere. »Sie wollten uns doch helfen, und da dachte mein Cousin, dass wir es Ihnen vielleicht anbieten könnten.«

»Aber wir wissen doch gar nicht, wie viel Gold momentan wert ist«, wandte Jakob ein.

Doch dann drehten sich alle vollkommen überrascht zu Heinz Beckmann um, denn der nannte ihnen soeben die genauen und tagesaktuellen An- und Verkaufspreise. Als er die ungläubigen Gesichter der Umstehenden bemerkte, erklärte er ihnen, dass er seiner alten Angewohnheit als Finanzbeamter folgend noch immer jeden Morgen die entsprechenden Preise in der Tageszeitung nachschlug.

Der Nächste, der sich wieder zu Wort meldete, war Jakob Altenburg. Alina stand etwas abseits und hatte ihr Handy am Ohr.

»Aber um auf einen fairen Verkaufspreis zu kommen, müsste man doch wissen, wie viel Gold das ist, oder?«

»Wir haben es vor der Abfahrt gewogen«, erklärte der kleinere der beiden Männer. »Es sind knapp 300 Gramm.«

»Was einen Wert von circa zehntausend Euro darstellt«, verkündete Heinz Beckmann, dem das Kopfrechnen nicht nur immer noch leichtfiel, sondern der damit auch oft schneller war als manch junger Mensch mit einem Taschenrechner.

»Donnerwetter, eine Menge Geld«, bekannte Jakob Altenburg. »Fragt sich, ob Sie jemanden finden, der hier auf der Autobahn so viel Bargeld bei sich hat.«

Der Kleinere der beiden winkte ab. »Das haben wir uns auch schon überlegt, aber da Sie so nett zu uns sind und wir Sie sehr sympathisch finden, würden wir es Ihnen zu einem Sonderpreis überlassen.«

Sein Cousin lächelte Hannelore an. »Sie erinnern mich an meine Großmutter.« Eine Sekunde später allerdings wurde er sofort wieder ernst. »Ich hoffe, sie lebt noch.«

Hannelore musste schlucken, was, wenn die alte Frau unter den Trümmern eines Hauses begraben lag oder ohne Dach über dem Kopf dastand? Nein, man musste den beiden Männern sofort und unbürokratisch helfen, sodass sie ihren Verwandten schnellstmöglich zu Hilfe eilen konnten.

»Was haben Sie sich denn vorgestellt?«, wollte sie daher wissen.

Der Kleine neigte sich seinem Cousin zu und flüsterte ihm etwas ins Ohr. Nach kurzer Überlegung nickte der zustimmend.

»Wir dachten so an fünftausend Euro.« Dann druckste er ein wenig herum. »Aber wir würden uns auch mit etwas weniger zufriedengeben. Hauptsache, wir kommen irgendwie weiter.«

Hannelore Winterstein blickte sich um. »Und was meint ihr?«, wollte sie von den anderen wissen.

Jakob Altenburg schüttelte den Kopf. »Fünftausend? So viel habe ich nicht dabei. Und eine Bank gibt es hier ja vermutlich nicht«, schob er noch hinterher.

Alina hatte ihr Handy eingesteckt und mischte sich nun in das Gespräch ein. Dazu trat sie zwischen die Senioren und sprach die beiden Männer an. »Meine Herren, Sie werden verstehen, dass wir das erst mal besprechen müssen, oder? Wir sind schnellstmöglich wieder zurück.«

Damit zog sie Christiane und Hannelore hinter sich her und um den VW-Bus herum. Die anderen folgten ihr auf dem Fuße. Lediglich Mischa setzte sich plötzlich in Richtung Tankstellengebäude ab. Er hatte bisher kein Wort gesagt.

»Bitte überlegt, was ihr da vorhabt«, mahnte Alina, wieder einmal mit ihrer in Falten gelegten Stirn. »Ihr wisst doch gar nicht, ob das Gold eventuell gestohlen ist.«

»Ach was«, winkte Hannelore ab, du hast doch gehört, dass sie es von ihren Verwandten bekommen haben.«

»Trotzdem sind fünftausend Euro immer noch ein schöner Batzen Geld«, wandte Jakob ein. »Woher sollen wir die nehmen und nicht stehlen?«

»Das wäre kein Problem«, widersprach Hannelore und lächelte. »Ich gehe ungern mit zu wenig Geld auf Reisen. Ich habe dreitausend Euro dabei.« Bestätigend hielt sie dazu ihre Handtasche hoch.

Heinz Beckmann trat neben sie. »Ich könnte fünfhundert Euro beisteuern.« Er schien schon wieder im Kopf zu rechnen. »Wenn wir noch tausendfünfhundert zusammenbekommen, haben wir den kompletten Betrag zusammen und könnten bei einem Verkauf hundert Prozent Gewinn machen.«

»Tausend kann ich wohl beisteuern«, erklärte Jakob Altenburg, und Alina staunte, wie viel Geld diese älteren Herrschaften mit sich herumschleppten.

»Und ich hätte zwar die fehlenden fünfhundert Euro«, bekannte Christiane, »aber ich will mich nicht am Leid dieser armen Menschen bereichern.«

»Wie sagte schon Erich Kästner? Es gibt nichts Gutes, außer man tut es«, wandte Heinz Beckmann ein. »Wir berauben sie ja nicht, sondern helfen ihnen weiter. Und was nutzt ihnen der reguläre Goldpreis, wenn sie hier gestrandet sind?«

Christiane war immer noch nicht ganz von diesem Geschäft überzeugt. Alina sah ihr ihre Skrupel deutlich an.

»Außerdem«, fügte Hannelore hinzu, »handeln wir doch gar nicht, sondern zahlen den von ihnen gewünschten Preis.« Sie legte den Kopf schräg und sah ihre Freundin an. »Was glaubst du? Wie viele andere würden so großmütig handeln?«

Christiane sah in die Runde und erntete aufmunterndes Nicken.

»Du kannst deinen Gewinn doch spenden«, schlug Jakob ihr vor.

Allein Alina hielt sich zurück. Sie hatte gelernt, dass man Leute nicht bevormunden sollte, nur, weil sie älter waren.

»Okay, einverstanden«, willigte Christiane seufzend ein.

Jakob legte ihr dankbar die Hand auf die Schulter.

»Also lasst uns das Geld zusammenlegen, und dann machen wir das Geschäft«, schlug Heinz vor.

Alina wunderte sich, dass der ehemalige Finanzbeamte plötzlich so gesprächig war. Vermutlich hatten ihm der Umgang mit Geld und die Aussicht auf Gold die Zunge gelockert.

Die vier Senioren begaben sich zum Bus zurück, und Hannelore sprach den Kleineren an. »Wir würden Ihnen gerne helfen und nehmen Ihr Angebot an.«

»Das ist sehr nett, und es hilft uns weiter.« Man sah ihm an, dass ihn diese Entscheidung erleichterte. Er trat an den VW-Bus und legte das Samttuch auf die Sitzbank. Dann schlug er es auseinander. »Damit Sie sehen, dass wir es ehrlich meinen. Manch ein Schwindler würde Ihnen den Verbandkasten mit ausgetauschten Bleigewichten in die Hand drücken, das Geld nehmen und abhauen.«

Hannelore erschrak. An so etwas hatte sie gar nicht gedacht. Umso besser, dass das Gold nun deutlich sichtbar vor ihnen lag. Sie öffnete ihre Handtasche und holte ihre Geldbörse heraus. Die anderen kramten ebenfalls danach.

Ein paar Sekunden später hatte Hannelore fünftausend Euro in ihrer Hand und hielt sie dem kleineren der beiden Männer hin. In dem Moment, als er das Geld sah, bemerkte Alina plötzlich ein gieriges Aufblitzen in seinen Augen und wurde misstrauisch. Doch noch bevor sie etwas sagen konnte, bellte hinter ihnen ein Kommando über den Rastplatz.

»Polizei! Hände hoch! Keine Bewegung!«

KAPITEL 11

Es ist nicht alles Gold, was glänzt

Es war schon erstaunlich zu beobachten, wie schnell die einzelnen Akteure daraufhin plötzlich reagierten. Der kleinere Mann versuchte, Hannelore die Geldscheine aus der Hand zu reißen, der andere drehte sich blitzschnell um und saß eine Sekunde später bereits auf dem Fahrersitz des SUV, dessen Motor er sofort startete.

Hannelore hatte instinktiv die Hand mit den Scheinen zurückgezogen, als der Mann danach greifen wollte. Christiane stieß einen lauten, überraschten Schrei aus, Alina schlug dem Mann auf den Arm, Heinz Beckmann ließ die Brühwurst fallen, und Jakob Altenburg ging vorsichtshalber in Deckung.

Einen Moment lang schien der kleinere Mann zu überlegen, ob er es sich noch erlauben konnte, Hannelore die Scheine zu entreißen, doch dann rannte er um den Wagen herum und sprang behände wie ein Eichhörnchen hinein. Seine Beine hatten den Boden noch nicht ganz verlassen, als sein Kollege auch schon Gas gab. Anstatt rückwärts aus der Parklücke zu setzen, rumpelte er einfach vorwärts über den Grünstreifen auf den gegenüberliegenden Parkplatz. Dann jagte der SUV mit aufbrüllendem Motor die Parkplatzstraße hinunter in Richtung Auffahrt.

Ein paar Sekunden lang rührte sich niemand, alle starrten nur sprachlos dem flüchtenden Wagen hinterher. Als Erster kam Jakob Altenburg wieder zur Besinnung und stürzte auf Hannelore zu, die zwar augenscheinlich im Begriff war, ohnmächtig zu werden, die Geldscheine aber immer noch tapfer in der Hand hielt.

Jakob legte ihr stützend seinen Arm um die Hüfte, während sie sich mit den fünftausend Euro frische Luft zufächelte.

»Vorsicht!«, rief Heinz Beckmann noch, aber da war Christiane schon auf seine Brühwurst getreten, die ihm auf den Boden gefallen war. Die Ärztin ergriff Hannelore von der anderen Seite und stützte sie nun ebenfalls.

Alina schnappte sich das Samttuch mit den goldenen Schmuckstücken, knüllte es zusammen und half dann, Hannelore in den Wagen zu wuchten.

»Das Gold können Sie wegwerfen, das ist nicht echt«, erklang in diesem Moment hinter ihnen die Stimme, die soeben den polizeilichen Befehl gegeben hatte.

Als sich alle umdrehten, schauten sie in das lächelnde Gesicht von Gerhard Kannengießer, der Lucys Schreckschusspistole in der Hand hatte.

»Dieser Trick ist uralt, ich glaube, ich habe schon mindestens fünf Leute dafür ins Gefängnis geschickt.« Er deutete auf Alina, die das Samttuch mit den Schmuckstücken in der Hand hielt. »Dieses Gold nennt man auch Autobahngold, billige Imitationen, die man gutgläubigen Menschen wie euch unterjubelt.«

Lucy war neben ihn getreten und grinste. Sie schien das Ganze für eine Filmszene zu halten.

»Was haben die Kerle Ihnen denn für eine Geschichte erzählt?«, bohrte der ehemalige Richter nach. »Naturkatastrophe, schwerer Unfall, lebensbedrohliche Krankheit eines Familienangehörigen? Die erfinden ständig neue Gründe, um an das Mitleid der Leute zu kommen. Aber sie spekulieren natürlich auch auf die Gier der Menschen.«

Die anderen sahen ertappt zu Boden.

Nachdem er zu Ende gesprochen hatte, bemerkte der Richter, dass er immer noch die Waffe in der Hand hielt, und gab sie Lucy zurück.

»Oh Mann, auf Ihren Kommandoton bin ja selbst ich reingefallen«, gab Jakob zu. »Ich dachte, gleich geht hier die Schießerei los.«

»Ja, und deshalb bist du ja auch sofort in Deckung gegangen«, frotzelte Lucy, die ihren Ballermann wieder in der Handtasche verschwinden ließ. »Du bist mir ein schöner Held.«

»Immerhin besser als tot. Ich bin zwar schon alt, aber so früh wollte ich dann doch noch nicht abtreten«, verteidigte Jakob sein Verhalten. »Wer weiß, was das Leben noch alles für mich bereithält?«

»Kein Gold der Welt ist es wert, dass jemand dafür stirbt«, stimmte Christiane ihm zu. Sie war zwar immer noch recht blass, aber auch froh, dass alle dieses Spektakel unbeschadet überstanden hatten. Bis auf die Brühwurst von Heinz.

»Könnte ich wohl bitte meine fünfhundert Euro wiederhaben?«, meldete der sich in diesem Moment zu Wort.

Alle sahen ihn entgeistert an. Wie konnte man in so einem Moment nur an Geld denken?

In diesem Moment bemerkte Alina Mischa, der hinter Gerhard Kannengießer und Lucy stand.

»Wo warst du denn gerade?«, wollte Alina wissen, doch Mischa kam gar nicht dazu, ihr zu antworten.

»Er hat mich gesucht, weil er sofort gemerkt hat, dass da was faul war«, erklärte der ehemalige Richter, »und auf dem Weg zurück haben wir noch Lucy getroffen.«

Alina zog Mischa ein wenig zur Seite. »Klasse, dass du so gut aufgepasst hast. Stell dir nur mal vor, was für abgezockte Typen es gibt«, sagte sie und hatte dabei gar nicht bemerkt, dass sie ihn plötzlich duzte. Eine Tatsache, die Mischa aber nicht störte, sondern ihm sogar gefiel. Dann jedoch kam ihm schlagartig zum Bewusstsein, dass er als Entführer ja eigentlich auch zu der Truppe solch abgezockter Typen gehörte. Wenn sie wüsste, warum er hier war, würde sie ihn sicher nicht mehr duzen.

»Ich hatte erst gar nichts davon mitbekommen«, erklärte ihm Alina, »weil ich versucht habe, meinen Chef, Herrn Drescher, oder Waldemar zu erreichen, aber das Telefon in der *Abendsonne* ist tot und keiner von beiden geht an sein Handy.« Sie seufzte und sah Mischa mit bestürztem Blick an. »Da wird doch wohl nichts passiert sein?«

»Ach was, da wird schon alles in Ordnung sein«, wiegelte Mischa ab, weil er nicht wollte, dass Alina erfuhr, dass er in dieser sonderbaren Reisegesellschaft als Einziger nichts zu suchen hatte. »Vielleicht ist der Anschluss gestört, weil ein Baggerfahrer ein Kabel durchtrennt hat, oder es gibt mal wieder einen Totalausfall im Netz. Das kennt man doch«, fügte er beschwichtigend hinzu.

»Wie sollten sehen, dass wir weiterkommen, wir haben ja noch ein Stück an Strecke vor uns.« Und was wäre ich froh, wenn ich nicht nur endlich erfahren würde, wie lang diese Strecke eigentlich ist, sondern vor allem, wohin die Reise überhaupt geht, fügte er in Gedanken hinzu. Er hatte ja schon viel erlebt, aber in so ein Abenteuer wie dieses hier war er auch noch nicht reingeraten.

»Du hast recht«, stimmte ihm Alina zu, verbesserte sich aber umgehend, als sie ihren Fauxpas nun doch bemerkte. »Ich meine natürlich, dass Sie recht haben.«

Mischa musste grinsen. Da standen sich hier zwei junge Leute auf einem Rastplatz, der fast zum Tatort eines Betruges geworden wäre, gegenüber und machten sich Gedanken über die Etikette.

»Nein, das Du ist schon in Ordnung«, beruhigte er Alina. »Ich heiße übrigens Mischa«, sagte Mischa.

»Okay, ich bin Alina«, antwortete Alina.

Beide mussten grinsen und schlenderten zurück zur Gruppe, die bis auf Hannelore noch immer vor dem VW-Bus stand.

»Und was machen wir jetzt?«, wollte Heinz wissen und schaute dabei traurig auf seine zertretene Brühwurst.

»Nix!«, kommandierte Lucy und kletterte mithilfe von Christiane zurück in den Wagen. »Wir fahren weiter, ist doch nix passiert. Die Typen sind weg, ihr habt euer Geld noch und Jakob sogar das Gold.«

»Welches aber falsch ist«, erinnerte Gerhard Kannengießer noch einmal.

»Na und?«, fragte Lucy und ließ sich auf den Sitz fallen. »Wer weiß, wofür man das noch mal gebrauchen kann.«

KAPITEL 12

Ein Unglück kommt selten allein

»Mistkarre«, fluchte Mischa und setzte den Blinker, um auf den Seitenstreifen zu fahren. Der Motor des VW-Busses hatte deutlich an Kraft verloren, und die Tachonadel sank schneller als die Pietät im Dschungelcamp.

Mischa hatte gehofft, mit dem letzten bisschen Schwung noch auf den ausgeschilderten Parkplatz zu kommen, sah seine Felle aber wegschwimmen, da der Wagen immer langsamer wurde. Das hatte ihm gerade noch gefehlt, eine Panne mitten auf der Autobahn. Was musste man beachten? Warnblinkanlage einschalten? Warndreieck aufstellen? Aber wie weit zurück, und wo war das verdammte Ding überhaupt?

Ruckelnd und mit dem letzten bisschen an Kraft schaffte es der Bus gerade noch auf den Seitenstreifen. Genau in Höhe des Schildes, welches ankündigte, dass es bis zum rettenden Parkplatz noch fünfhundert Meter waren. Im Bus herrschte eine Stille wie in der Kapsel von Apollo 13, als denen die Luft ausging. Denn alle hatten begriffen, dass irgendetwas mit dem Wagen nicht stimmte, und ab dem Augenblick, in dem Mischa ihnen erklärte, dass er hoffe, es noch bis zum Parkplatz zu schaffen, sprach keiner mehr ein Wort. Wofür er sehr dankbar war, denn die Schweißtropfen auf seiner Stirn sprachen eine deutliche Sprache davon, was ihn gerade beschäftigte.

Mit einem letzten Seufzer aus dem Motorraum verabschiedete sich das Antriebsaggregat des VW-Busses.

Von hinten erklang ein fachkundiger Kommentar Hannelores, der möglicherweise das Problem genau beschrieb, ihnen im Moment aber nicht wirklich weiterhalf. Das Ding stand und bewegte sich ab jetzt nur noch seitlich. Was allerdings am Fahrtwind der zügig vorbeirauschenden LKW lag.

Mischas Blick schweifte über das Armaturenbrett, und er atmete erleichtert auf, als er den Knopf für die Warnblinkanlage fand. Ihn drückend, ging sein Blick in den Außenspiegel. Er musste raus und das Auto nach hinten absichern. Kaum, dass er eine passende Lücke im Verkehr sah, öffnete er die Tür und sprang aus dem Wagen. In dem Moment, in dem er sie wieder schließen wollte, bemerkte er eine rote Plastikhülle und stellte ein paar Sekunden später erleichtert fest, dass er das Warndreieck gefunden hatte. Er lief dem Verkehr entgegen und klappte es währenddessen auseinander.

Als er der Meinung war, dass er ausreichend Entfernung zwischen sich und den Bus gebracht hatte, stellt er es an den Fahrbahnrand und erschrak, weil Alina plötzlich hinter ihm stand. »Was machst du denn hier?«, wollte er wissen. »Das ist viel zu gefährlich, hier herumzulaufen.«

»Ich dachte, die hier könnte noch hilfreich sein, sie lag hinter meinem Sitz.« Mit diesen Worten hielt sie Mischa eine gelbe Warnblinklampe entgegen, die sie bereits eingeschaltet hatte.

»Auf jeden Fall«, entgegnete er, nahm ihr die Lampe ab und lief nochmals hundert Meter weiter vor, um sie aufzustellen.

Ständig rauschten LKW und Wohnmobile dicht an ihnen vorbei, und die beiden beeilten sich, zum Bus zurückzukommen. Dabei überlegte Mischa, was er über das Verhalten bei einer Panne auf der Autobahn noch wusste. Zugegeben relativ wenig.

Atemlos erreichten sie wieder den Bully, in dem die Innenbeleuchtung brannte. Ausgestiegen war zum Glück noch niemand. Mischa wollte sich gar nicht vorstellen, was passierte, wenn Lucy auf der Autobahn herumirrte. Bei dem Verkehr würde sie nicht mal die Zeit haben, ihre geliebte Sterbeszene zu spielen.

Alina hatte derweil die Schiebetür geöffnet und versuchte beruhigend auf die aufgeregten Insassen einzuwirken.

»Wir sind bereits dabei, alles zu regeln«, versprach sie, aber Mischa sah ihr an, dass sie weder eine Ahnung hatte, was zu tun war, noch, dass sie ihm das zutraute. Der hilflose und teils fragende Blick, den sie ihm zuwarf, sprach Bände. Was sollen wir jetzt machen?

What shall we do with the drunken sailor? Warum schoss ihm gerade dieses Lied durch den Kopf, fragte sich Mischa und schüttelte denselbigen. Noch während er darüber nachdachte, tauchte plötzlich eine Erinnerung im hintersten Winkel seines Gehirns auf: Runter von der Bahn und hinter die Leitplanke!

»Sie müssen sofort alle aussteigen!« Harsch drängte er Alina zur Seite und erntete dafür einen wütenden Blick. Egal, jetzt ging es um die Sicherheit der Fahrgäste und nicht um Höflichkeit.

»Warum das denn?«, wollte Christiane wissen. »Hier ist es doch viel sicherer als draußen auf der Fahrbahn.«

Noch bevor Mischa seine Anordnung begründen konnte, kam ihm Hannelore zuvor. »Der junge Mann hat recht. Es kann doch sein, dass jemand nicht aufpasst und auf unseren Bus auffährt, das würde vermutlich eine Katastrophe geben. Also müssen wir nicht nur raus, sondern uns auch hinter der Leitplanke in Sicherheit bringen.«

»Aber unser Gepäck?«, wandte Heinz von der letzten Bank ein. »Was ist denn damit?«

»Gebäck?« Lucy blickte ihren Mitfahrer fragend an. »Welches Gebäck?«

»Ich meinte unsere Koffer und unsere ...«, setzte Heinz zur Erwiderung an, wurde aber umgehend unterbrochen.

»Scheiß auf das Gepäck, jetzt geht es erst mal darum, dass wir uns alle in Sicherheit bringen«, fiel ihm Gerhard ins Wort. »Neue Unterbuchsen können Sie sich immer noch kaufen.«

Hannelore war bereits ausgestiegen und ließ sich von Mischa schon über die Leitplanke helfen. »Gut, dass ich eine Hose angezogen habe«, sagte sie, als sie ihre Arme um Mischas Hals legte. Der setzte sie vorsichtig auf der anderen Seite ab und wandte sich dann wieder um. Christiane war ebenfalls bereits ausgestiegen und trat an die Leitplanke. Als Mischa auch ihr helfen wollte, lehnte sie ab.

»Kümmern Sie sich lieber um Lucy, die braucht Ihre Hilfe mehr als ich.«

In diesem Moment drängte sich auch Jakob an ihm vorbei und machte seinerseits Anstalten, Christiane über die Leitplanke zu helfen. Sie sah ihn kurz an, lächelte dann und nahm seine Hilfe in Anspruch.

Alina hatte bereits die Rückenlehne umgeklappt und Lucy ihre Hand gereicht. Die wuchtete sich aus dem Sitz, wobei Gerhard entgegen aller Etikette in der Form nachhalf, dass er ihr unter den Hintern griff und sie hochschob.

Lucy stutzte eine Sekunde und sah ihn an. Dann machte sich ein Lächeln auf ihrem Gesicht breit. »Oh, Darling«, flüsterte sie mit einem koketten Augenaufschlag, ließ sich dabei aber bereits von Mischa auf die Arme nehmen, der sie über die Planke hob und Jakob in die Arme legte. Einen Moment lang sah es so aus, als ob hunderteinundfünfzig Jahre in die Böschung stürzen würden, was aber Christianes und Hannelores helfende Hände verhinderten.

Sofort wandte sich Mischa wieder dem Wagen zu. Der ehemalige Richter stand bereits mit einem Bein auf der Fahrbahn und langte dankbar nach Alinas Arm, die ihm aus dem Bus und dann über die Leitplanke in Sicherheit half.

Einzig und mittlerweile allein saß jetzt nur noch Heinz Beckmann auf der hinteren Rückbank. Wie ein trotziges Kind hatte er die Arme vor dem Brustkorb verschränkt. »Ich weigere mich, ohne meinen Koffer auszusteigen!«, verkündete er und blickte demonstrativ geradeaus.

»Aber die anderen sind doch auch …«, versuchte Mischa, ihn zu überzeugen.

»Wenn alle anderen aus dem Fenster springen, springe ich noch lange nicht«, unterbrach ihn Heinz und bewegte sich keinen Millimeter.

»Aber Herr Beckmann …«, versuchte nun auch Alina zu intervenieren, hatte aber ebenso wenig Erfolg wie Mischa.

Letztendlich war es dann ein achtunddreißig Tonnen schwerer Spezialtransporter, der dafür sorgte, dass Heinz seine Meinung innerhalb von Sekundenbruchteilen änderte und fast so flink wie ein junges Reh aus dem Bus sprang. Der Fahrer des Scania XT war nicht nur so nah an dem Bus vorbeigedonnert, dass der wie ein Papierschiffchen auf der Nordsee schaukelte, sondern hatte zusätzlich noch genau in Höhe des havarierten Fahrzeuges sein Presslufthorn betätigt.

Kreidebleich ließ sich Heinz über die Leitplanke helfen.

»Wo sind denn deine Koffer?«, wollte Lucy mit einem leicht sarkastischen Ton in der Stimme wissen.

Heinz ließ sich ungeachtet der Feuchtigkeit in das Gras der Böschung sinken und versuchte, seine Atmung wieder in Normalzustand zu versetzen.

Alina hatte die Tür geschlossen und machte sich ebenfalls daran, über die Leitplanke zu klettern, als sie aus den Augenwinkeln heraus sah, dass Mischa die Beifahrertür geöffnet hatte und sich in den Bus beugte. Was wollte der denn da noch rausholen?

KAPITEL 13

Handwerk hat nur manchmal goldenen Boden

»Na, dann steigen Sie mal ein, junge Frau«, forderte die junge Polizistin Lucy auf und wurde dafür mit einem seligen Lächeln bedacht. Die Besatzung des Polizeiwagens war im Rahmen ihrer Streifenfahrt auf das liegen gebliebene Fahrzeug aufmerksam geworden.

»Mein Kind, Sie haben einen Blick für das Wesentliche«, flötete Lucy und öffnete ihre Handtasche, um nach Trinkgeld zu suchen.

»Oh Gott, Lucy, wie sieht denn dein Gesicht aus?«, rief Alina, sprang zwischen die beiden und blockierte so das Blickfeld der Polizistin. Nicht auszudenken, wenn der ein Blick in Lucys Handtasche gelungen wäre. Eine Achtzigjährige mit einer Neun-Millimeter. Auch wenn es sich dabei nur um eine Spielzeugwaffe handelte.

Schnell zückte die Altenpflegerin ein Taschentuch und tat so, als ob sie der Seniorin das Gesicht säuberte. Gleichzeitig blickte sie Lucy in die Augen, schüttelte den Kopf und lenkte deren Blick auf die geöffnete Handtasche. Die ehemalige Schauspielerin stutzte kurz, dann begriff sie und schloss augenblicklich ihre Waffentasche.

»So, da haben Sie sie wieder«, lächelte Alina und schob Lucy der Polizistin zu, die sie daraufhin in den Transporter der Polizei bugsierte.

Nach deren Eintreffen hatte man den liegen gebliebenen VW-Bus mithilfe zweier Streifenwagen weiter abgesichert und sich umgehend um die gestrandete Reisegruppe gekümmert.

Mittlerweile saßen fast alle im Polizeiwagen, nur Mischa und Hannelore Kampmann hatten dort keinen Platz gefunden. Sie würden entweder mit dem anderen Streifenwagen mitfahren oder, wenn er denn endlich kommen würde, mit dem Abschleppunternehmer.

»Wo bleibt der denn?«, wurde einer der Beamten ungeduldig. »Wenn der wieder so lange braucht, dann sollte ihm die Verwaltung aber mal langsam die Lizenz entziehen.«

»Du kennst doch Hakan, immer hochmotiviert, aber auch immer maßlos überfordert«, entgegnete ein anderer Uniformierter mit einem süffisanten Grinsen. Als Antwort erhielt er von seinem Kollegen nur einen schiefen Blick.

Keiner der Beamten wusste, wie es Hakan Gökdemir auf die Liste der vertraglich verpflichteten Abschleppunternehmen geschafft hatte. Manch einer vermutete, dass es aus Versehen geschehen sei. Möglicherweise war der ablehnende Bescheid im falschen Ordner gelandet und hatte *Auto Gökdemir* so zum Vertragspartner der Polizei gemacht. Wobei aber niemand etwas an Hakan Gökdemirs Person auszusetzen hatte. Der momentan noch zweifache und schon bald dreifache Familienvater war eine Seele von Mensch. Jedem gegenüber hilfsbereit, hatte er für jeden und fast alles Verständnis und würde sein letztes Hemd beziehungsweise seinen letzten Overall geben, wenn er dadurch etwas Gutes tun konnte. Sehr zum Leidwesen seiner Frau.

»Wenn wir mal pleitegehen, dann wegen Hakans Gutmütigkeit«, stöhnte sie immer dann, wenn ihr Göttergatte mal wieder eine Rechnung unter den Tisch fallen ließ, weil der Kunde oder die Kundin knapp bei Kasse waren. »Ich wünschte mir, er würde dabei auch mal an unsere Haushaltskasse denken.«

Hakan Gökdemir betrieb nun schon seit fünf Jahren seine kleine Autowerkstatt, die nur ein paar Kilometer von der A2 entfernt lag. Früher hatte sie seinem Chef Horst Wedemeier gehört, der auf vierzig stolze Berufsjahre im eigenen Laden zurückblicken konnte und Hakan damals als Lehrling bei sich aufgenommen hatte. Das war vor zehn Jahren gewesen, weitere fünf Jahre später hatte besagter Horst Wedemeier plötzlich den Drang verspürt, sich wohnlich noch mal zu verändern. Eines Tages erklärte er seinen beiden Mitarbeitern, dem Gesellen Hakan und dem Lehrling Achim, dass er zu seiner Tochter nach Hamburg zu ziehen gedenke. Die beiden wurden von dieser Mitteilung komplett überrascht, hatte ihr Chef das Verhältnis zu seiner Tochter doch immer als zerrüttet geschildert. Woher kam diese plötzliche Wendung? Und was sollte aus ihnen werden, wenn Wedemeier die Werkstatt schloss? Achim hatte zwar noch ein halbes Jahr Lehre zu absolvieren, dann würde er seine Ausbildung als Kraftfahrzeugmechatroniker abschließen können, aber was sollte Hakan dann machen? Seine damals noch junge Familie hatte sich doch gerade erst eine Wohnung in dem kleinen Ort gesucht, damit er nicht ständig aus dem mehr als sechzig Kilometer entfernten Warendorf pendeln musste. Und jetzt das!

Nachdem er den ersten Schock verwunden hatte, fragte er seinen Chef, wie es mit der Werkstatt weitergehen würde. Gab es einen neuen Inhaber? Wurde sie geschlossen? Wedemeier hatte nur die Achseln gezuckt. Darüber habe er sich noch keine Gedanken gemacht, gab er zu. Auf jeden Fall werde er alles verkaufen und seine Zelte hier komplett abbrechen.

Hakan war der Schweiß ausgebrochen, als er daran dachte, wie er seiner Frau beibringen sollte, dass sie schon wieder würden umziehen müssen. Dann war ihm ein völlig absurder Gedanke durch den Kopf geschossen, und noch bevor er ihn richtig zu Ende gedacht hatte, war er ihm auch bereits als Frage rausgerutscht. Was Wedemeier für die Werkstatt, das Gebäude, in dem sie sich befand, und das Grundstück haben wolle?

»Willst du das etwa alles kaufen?«, hatte er Hakan völlig verblüfft gefragt. Auf den Gedanken, alles seinem Gesellen anzubieten, war er noch gar nicht gekommen. Hakan hatte schwer geschluckt und sich darüber geärgert, dass er vor Inbetriebnahme seines Mundwerks nicht sein Gehirn eingeschaltet hatte. Aber es war zu spät. Die Kuh war auf dem Eis!

Was folgte, waren viele schlaflose Nächte im Hause Gökdemir, unzählige vollgeschriebene Zettel mit Zahlen und Kalkulationen und endlose Diskussionen zwischen Hakan und seiner Frau. Es endete, wie es enden musste. Seda, deren türkischer Name »Echo« bedeutete, konnte die gebetsmühlenartigen Vorträge ihres Mannes, dass sie das alles schon schaffen würden, nicht mehr hören und willigte letztendlich in seine Pläne ein. Nicht ohne eine gehörige Portion Angst davor, dass die Familie dieses Abenteuer finanziell nicht überstehen würde. Was, wenn nicht genug Kunden kämen? Was, wenn die Kreditzinsen plötzlich in die Höhe schossen? Was, wenn ihr Mann als Alleinverdiener krank oder sogar arbeitsunfähig werden sollte? Mit Schrecken dachte sie daran, dass sie dann mit ihren beiden Kindern auf der Straße sitzen würden. Aber auch diesen Einwand wischte Hakan mit dem Wunsch zur Seite, dass seine Kinder es mal besser haben sollten als sie. Er war sogar so optimistisch, dass er den damals einjährigen Ilay schon als Erbe seines Betriebes ansah.

Also stürzte er sich, nach dem Einverständnis seiner Frau, mit Feuereifer in die Planung und die Gespräche mit der Bank. Bereits nach vier Monaten hatte er alles unter Dach und Fach. Sein Chef versprach ihm, die Werkstatt noch die letzten zwei Monate weiterzuführen, so lange, bis Achims Ausbildung abgeschlossen war. Dann würde endlich der große Tag kommen, und aus *Auto Wedemeier* würde *Auto Gökdemir* werden. Wedemeier hatte ihm zwar vorgeschlagen, den alten Namen beizubehalten und nur mit dem Zusatz *Inhaber: Hakan Gökdemir* zu versehen, um Alt- und Neukunden nicht zu verschrecken, doch Hakan hatte das kategorisch abgelehnt. Wenn schon ein Neuanfang, dann ein kompletter, so argumentierte er mit südländischem Temperament. Fast schon trotzig verkündete er, dass derjenige, der seinen Wagen nicht in die Hände eines türkischstämmigen Automechanikers geben wolle, eben wegbleiben solle.

Aber der große Tag der Übergabe begann auch gleich mit einem Wermutstropfen für den Jungunternehmer. Achim präsentierte ihm zwar stolz seinen Gesellenbrief, aber gleichzeitig auch seinen Arbeitsvertrag mit einem großen Autohersteller.

Hakan sackte in sich zusammen, war er doch wie selbstverständlich davon ausgegangen, dass Achim weiter bei ihm arbeiten würde. Nachdem er sich von seinem ersten Schreck erholt und ein Stoßgebet zu Allah geschickt hatte, indem er ihn darum bat, ihn vor weiteren bösen Überraschungen zu verschonen, gratulierte er Achim von ganzem Herzen. Denn wenn er ehrlich war, hätte er an dessen Stelle diese Chance auch ergriffen. Aber schade war es trotzdem.

Eine Woche später hatte ihm Horst Wedemeier die Schlüssel in die Hand gedrückt, ihm und seiner Familie alles Gute gewünscht und war mit seinen Koffern ins Auto geklettert. Hakan mit Tochter Elif an der Hand, damals gerade mal drei Jahre alt, und Seda, hinter dem Kinderwagen stehend, in dem Ilay lag, konnten nichts anderes tun, als ihrem ehemaligen Arbeitgeber hinterherzuwinken und zu hoffen, dass sie die richtige Entscheidung getroffen hatten.

Ebenso enthusiastisch, wie er sich in die Planungen gestürzt hatte, machte sich Hakan nach Feierabend nun daran, die Wohnung über der Werkstatt zu renovieren und den Umzug zu organisieren. Mithilfe von Freunden war das relativ schnell bewältigt, und er konnte sich ganz und gar um seine Werkstatt kümmern. Sehr zum Leidwesen Sedas, die ihn so lange auf die fehlenden Lampen im Kinderzimmer und die nicht angebrachten Fußleisten im Wohnzimmer hinwies, bis sie es leid wurde und aufgab. Ein Handwerker im Haus und nackte Glühbirnen unter der Decke, das hörte sich nach dem deutschen Sprichwort an *Der Schuster hat kaputte Schuhe*, welches sie mal irgendwo aufgeschnappt hatte.

Zu Hause blieb zwar vieles liegen, doch die Fahrzeuge der Kunden wurden immer rechtzeitig und ordnungsgemäß fertig. So schaffte er es, den bisherigen Kundenstamm nicht nur zu erhalten, sondern sogar noch etwas zu vergrößern. Was allerdings auch mehr Arbeit bedeutete, und diese Arbeit musste er nun alleine stemmen, denn seit Achims Kündigung hatte er keinen Ersatz für ihn finden können. Das wiederum bedeutete, dass er von morgens bis abends in der Werkstatt stand und dadurch nicht nur die Lampen im Kinderzimmer nicht aufgehängt und die Fußleisten im Wohnzimmer nicht angebracht wurden, sondern auch viel Büroarbeit liegen blieb. Und dabei vor allem viele nicht geschriebene Rechnungen. Hakan war froh, wenn er einen Schaden behoben oder einen Service ausgeführt und das Auto wieder an den Kunden übergeben hatte.

Wenn besagte Kunden dann wissen wollten, wie hoch der Rechnungsbetrag sei, erhielten alle dieselbe Antwort: »Die Rechnung schicke ich Ihnen zu.«

Und mit genau diesen Worten landete dann der Arbeitsbogen auf einem Haufen, der immer höher wurde, weil Hakan manchmal schon beim Abendessen mit den Kindern die Augen zufielen. Seda kannte sich mit diesen Dingen nicht aus, und so wurde der *Monte Papiero* immer höher, während der Kontostand immer niedriger wurde.

Und als wäre in der Werkstatt nicht schon genug Arbeit vorhanden, erledigte er nebenbei noch so manchen Panneneinsatz, hatte er doch auch Wedemeiers alten Abschleppwagen übernommen. Nachdem er sich, wie ihm ein Kunde geraten hatte, bei der Polizei für die Liste der Abschleppunternehmen beworben hatte, war er umso überraschter, als er den Zuschlag bekam. Was Seda lediglich mit einem weiteren resignierten Kopfschütteln quittierte.

»Vielleicht solltest du dich noch zur Wahl als Bundeskanzler aufstellen lassen«, schlug sie vor, »Zeit dafür hättest du ja genug.«

Hakan wusste selber, dass es so nicht weitergehen konnte, sah aber auch keine Lösung für dieses Dilemma. Also fuhr er auch weiterhin raus, wenn Autos auf der nahe gelegenen Autobahn liegen geblieben waren und geborgen werden mussten.

Genauso wie im Falle eines vollbesetzten liegen gebliebenen VW-Busses.

KAPITEL 14

Unfreiwilliger Aufenthalt

»Vorsicht!«, schrie Polizeioberkommissar Nürnberger, und seine Kollegin sprang geistesgegenwärtig bis an die Leitplanke zurück.

Sie hatte seitlich hinter dem VW-Bus gestanden, der soeben, an einem Stahlseil hängend, auf die schräge Ladefläche des Abschleppwagens gezogen werden sollte. Der Grund für den Warnruf war, dass der Bus plötzlich Anstalten machte, wieder zurückzurollen.

»Ist schon okay, nix passiert«, beschwichtigte Hakan den Polizisten, »die Winde rutscht manchmal ein Stückchen durch, aber sie fängt sich immer wieder, kein Problem.«

»Ja, bis sie es eines Tages nicht mehr tut und jemand von einem aufgeladenen Auto überrollt wird«, schnauzte der immer noch erschrockene Polizist.

»Aber man darf beim Laden auch nicht dahinterstehen«, versuchte Hakan kleinlaut zu widersprechen, erntete dafür aber nur einen bösen Blick. Sofort wandte er sich wieder der Winde und seinem Abschleppwagen zu.

»Lassen Sie das reparieren, sonst sorge ich dafür, dass Sie von der Liste der Abschleppunternehmen fliegen.«

Wer hatte eigentlich geglaubt, dass dieser Depp als Abschlepper geeignet sei? Verärgert marschierte Nürnberger auf den Streifenwagen zu. Auch wieder so ein Tag, den er nicht brauchte. Ein defekter VW-Bus, eine Horde von Senioren, die auf seiner Autobahn herumturnten, und ein unfähiger Abschleppunternehmer. Gut, dass er in drei Jahren endlich in Pension ging.

»Ich werde zu alt für diesen Scheiß«, murmelte er und überlegte erfolglos, in welchem Film er diesen Spruch gehört hatte. Egal, auf jeden Fall traf der auf ihn zu.

Als er zum Streifenwagen kam, sah er, dass bereits sechs Personen darin Platz genommen hatten. Drei ältere Herren, zwei ältere Damen und eine jüngere mit schulterlangen, blonden Haaren und einem hübschen Gesicht. Nürnberger musste schmunzeln, wäre er dreißig Jahre jünger und unverheiratet … na ja, auf jeden Fall dreißig Jahre jünger … dann.

»Die beiden anderen Herrschaften fahren mit dem Abschlepper mit«, teilte ihm seine eben dazukommende Kollegin mit. »Er hat jetzt aufgeladen, und wir können endlich den Standstreifen räumen.«

Nürnberger nickte. Es war immer gut, so schnell wie möglich mit havarierten Fahrzeugen von der Autobahn runterzukommen, denn wer wusste schon, was da so alles auf einen zugerollt kam? Der letzte LKW-Fahrer, der eingeschlafen war, oder der letzte PKW-Fahrer, der an seinem Handy herumspielte, waren noch nicht vorbeigekommen, man musste also mit allem rechnen.

»Okay, dann ab durch die Mitte«, kommandierte der Oberkommissar und gab dem Abschleppwagenfahrer ein Zeichen loszufahren. Langsam setzte sich die Karawane mit eingeschaltetem Blaulicht in Bewegung und fuhr vom Seitenstreifen auf die rechte Fahrspur. Der restliche Verkehr donnerte, zum Teil völlig unbeeindruckt von den Warnlichtern, an ihnen vorbei.

Nürnberger überlegte, wo die Truppe, die sich im Fond des Streifenwagens angeregt unterhielt, wohl hingewollt hatte? Das Kennzeichen am Bus deutet darauf hin, dass sie aus Bielefeld kamen, und da sie in Richtung Osten unterwegs gewesen waren, schienen sie nicht auf dem Heimweg zu sein.

»Wo sollen wir Sie denn absetzen?«, wollte er von der jüngeren Frau wissen. »Zunächst mal bei der Autowerkstatt? Vielleicht ist es nur ein kleines, technisches Problem, welches schnell behoben werden kann.«

Alina nickte. »Ja, das wird das Beste sein. Wenn nicht, muss ich mal mit unserem Heimleiter telefonieren, wie wir weiter vorgehen sollen.«

»Heimleiter?« Nürnbergers Stimme klang fragend.

»Die Damen und Herren sind aus der Seniorenresidenz *Abendsonne* in Bielefeld, und wir sind auf dem Weg in einen Wellnessurlaub, weil bei uns gerade umgebaut wird.«

»Aha«, machte Nürnberger nur und konzentrierte sich dann wieder auf den Verkehr. Wenn man einer Gruppe von Senioren während einer Umbaumaßnahme einen Wellnessurlaub spendieren konnte, dann schien es der Altenpflege ja wohl doch nicht so schlecht zu gehen, wie immer behauptet wurde.

»Und wo soll es hingehen?«, wollte Nürnbergers jüngere Kollegin wissen.

»Nach Würzewitz in Brandenburg«, beantwortete Alina ihre Frage. »In ein Wellnesshotel namens *Spreewälder Hof*.«

»Kenne ich nicht«, gab die Polizistin zu, »ich fliege ja lieber in den Süden. Teneriffa und so.«

»Ich auch«, kam es von hinten. »Ich erinnere mich noch genau, als ich diesen Agentenfilm auf Teneriffa gedreht habe. Michael Caine hat damals die Hauptrolle gespielt.«

Die Polizistin drehte sich bei dieser Aussage verwundert auf dem Beifahrersitz um. »Sie haben mal zusammen mit Michael Caine in einem Film gespielt?«

»Aber sicher, mein Kind, die Schauspielerei ist ja mein Beruf«, antwortete Lucy im Brustton der Überzeugung.

Bevor sie weiterfragen konnte, bemerkte die Ordnungshüterin die rollenden und nach oben gerichteten Augen der anderen, und einer von ihnen, ein Mann mit schütterem Haar und einer dickrandigen Hornbrille, machte mit der Hand sogar verstohlen Wischbewegungen vor seinem Kopf.

»Lucy war tatsächlich mal im Filmgeschäft, aber nun geht es ja erst mal darum, wie wir wieder von hier wegkommen«, versuchte Alina weitere Fragen der Polizistin abzublocken.

»Ich denke mal, das klären wir, wenn wir an der Werkstatt sind, da können Sie sicher warten, bis alles Weitere geregelt ist.« Nürnberger schaute dabei in den Rückspiegel. Nee, die Dame mit den lilafarbenen Haaren war ihm in noch keinem Film aufgefallen, obwohl er fast alle Filme mit Michael Caine gesehen hatte. »Notfalls gibt es da gegenüber auch ein kleines Gasthaus, wo Sie übernachten könnten. Oder Sie fahren wieder nach Hause.«

Oje, dachte Alina, das wird Drescher aber gar nicht gerne hören. Er hatte ihr ja lediglich Geld für Benzin mitgegeben, nicht mal etwas für einen kleinen Imbiss während der Fahrt. Aber es würde ihnen nichts anderes übrig bleiben, sollte es sich um einen größeren Schaden handeln. Dann durchfuhr sie ein neuer Schreck – was, wenn der Wagen einen Totalschaden hatte?

»Und was, wenn der Wagen einen Totalschaden hat?«, wollte auch Mischa wissen, der neben Hannelore im Führerhaus des Abschleppwagens saß.

»Als ich in den Motorraum gesehen habe, konnte ich auf den ersten Blick nichts erkennen. In der Werkstatt auf der Hebebühne geht das sicher besser. Man muss ja nicht gleich mit dem Schlimmsten rechnen«, versuchte Hakan zu beschwichtigen.

»Ihren Optimismus möchte ich haben«, widersprach ihm Hannelore. »Für mich klang das nach einem ganz schön heftigen Schaden.«

Da sie in der Mitte des Führerhauses saß, erntete sie sowohl von Hakan als auch von Mischa erstaunte Blicke.

»Woher wollen Sie das denn wissen?« Mischas Frage klang fast schon ein wenig pampig. »Sind Sie etwa Kraftfahrzeugsachverständige?«

»Nein«, antwortete Hannelore gelassen, »aber gelernte Autoschlosserin, oder wie man heute sagt: Mechatronikerin.«

»Echt?« Hakan gönnte sich nur einen kurzen Seitenblick, denn die Ausfahrt kam bereits in Sichtweite.

»Ja, echt«, bestätigte Hannelore. »Ich habe 1973 sogar meine Gesellenprüfung abgelegt, dann aber nicht mehr lange in der Werkstatt gearbeitet.«

»Konnte Ihr Chef keine Frauen leiden, oder wieso?«, wollte Hakan wissen, der nachgerechnet hatte und bei der Dame auf dem Beifahrersitz auf ein Alter von plus/minus siebzig Jahren gekommen war.

»Nein, ich habe sehr früh geheiratet, und mein Mann wollte nicht, dass ich mir weiter die Finger schmutzig mache.«

»Ach, er fand also, dass es für Frauen nur die typische Frauenrolle gibt, oder was?« Mischa wusste auch nicht, warum er plötzlich so auf Krawall gebürstet war. Ein großer Feminist war er eigentlich noch nie gewesen, aber die Selbstsicherheit, die diese Frau ausstrahlte, reizte ihn, sie zu provozieren.

»Ach, junger Mann, diese Vorstellung haben doch selbst heute noch einige Leute. Aber wenn beide Ehepartner mit dieser Art der Rollenverteilung einverstanden sind, warum nicht?«

»Weil es mal wieder typisch ist, dass Frauen, die sich in einem echten Männerberuf durchgesetzt haben, dann von ihren Chefs drangsaliert und ausgebootet werden.«

Hannelore Kampmann lächelte nur.

»Und wo sind Sie dann hingegangen? In eine andere Werkstatt?«, wollte Hakan wissen, der den Blinker gesetzt und auf die Verzögerungsspur gewechselt hatte.

»Nein, ich bin in der Firma geblieben«, erzählte Hannelore, »und habe dann in der Verwaltung gearbeitet, genauer gesagt in der Buchhaltung.«

Ein Job, der garantiert todlangweilig war, vermutete Mischa. Zahlen über Zahlen, das wäre nichts für ihn, und sicher war das damals auch nichts für eine junge Frau gewesen, die anscheinend gerne mit den Händen gearbeitet hatte.

»Dann hat Ihr Chef Sie also elegant aus dem Verkehr gezogen und in irgendeine dunkle Bude gesperrt, was?«

»Nein, junger Mann, mein Büro war hell, freundlich und lag direkt neben dem meines Chefs.«

»Aha«, schnaufte Mischa, »ich kann mir schon denken, was da abgelaufen ist, von wegen Chef und Sekretärin und so. Was hat Ihr Mann denn dazu gesagt?«

»Och, der kam öfter mal in mein Büro und gab mir einen Kuss.«

»Toll, und das konnte er einfach so machen?«, wollte Hakan wissen.

»Aber natürlich, er saß doch nur einen Raum weiter.« Hannelore musste schmunzeln.

»Jetzt verstehe ich gar nichts mehr, Sie haben doch gerade gesagt, dass sich Ihr Büro direkt neben dem Ihres Chefs befand. Wie konnte Ihr Mann denn da einfach so reinkommen und Sie küssen?« Man sah Mischa deutlich an, dass er damit überfordert war, den naheliegendsten Schluss zu ziehen. Seine Stirn hatte sich dabei dermaßen in waagerechte Falten gelegt, dass man ihm einen Hut hätte aufschrauben können. »Ach, ich weiß«, verkündete Hakan plötzlich freudestrahlend, schlug sich mit der Hand gegen die Stirn und bremste gleichzeitig den Abschleppwagen ab. »Ihr Mann war auch Ihr Chef, nicht wahr?«

Hannelore tätschelte ihm lobend den Arm. »Sehr gut, junger Mann.«

Mischa sah die beiden entgeistert an. Warum war er nicht auf diese logische Erklärung gekommen? Wütend wandte er sich ab und schaute trotzig aus dem Fenster. Und das so lange, bis der Abschleppwagen an einem

Haus mit einer Werkstatt ankam, über dessen beiden grauen, mehrflügeligen Toren in Leuchtbuchstaben der Schriftzug *Auto Gökdemir* prangte.

»So, da wären wir«, verkündete Hakan voller Besitzerstolz und sprang behände aus dem Führerhaus. Hinter seinem Abschleppwagen hielt soeben der Transporter der Polizei, und die junge Beamtin öffnete schwungvoll die Schiebetür.

»Alles aussteigen! Dieser Zug endet hier!«

Etwas mühsam kletterten die zwei älteren Damen und die drei Herren aus dem Wagen.

»Ich wollte schon immer mal in einem Polizeiwagen mitfahren«, verkündete Jakob Altenburg mit leuchtenden Augen.

»Sie hätten einfach nur mal kriminell werden müssen, dann hätte ich Ihnen schon früher eine Mitfahrgelegenheit verschafft«, grinste Gerhard Kannengießer, »und zwar vom Amtsgericht bis zur Justizvollzugsanstalt.«

»Ach, herrje, das einzig Kriminelle, das man mir vorwerfen könnte, war, dass ich bei der Schulbuchauslieferung mal falsch geparkt habe«, outete sich Jakob. »Aber Ihr Kollege«, er klopfte Nürnberger anerkennend auf die Schulter, »hat mich ohne Strafzettel wieder fahren lassen, weil er meinte, wer so viel Bildung in die Schule bringen würde, der hätte mal einen gut. Netter Mann.« Jakob schien sich mit großer Freude an diese Situation zu erinnern. »Er kam später sogar mal in meine Buchhandlung, und da habe ich seiner Frau einen Krimi geschenkt.«

»Wieso denn seiner Frau?«, wollte Heinz Beckmann wissen.

»Na, weil ich keine Beamtenbestechung begehen wollte«, klärte Jakob ihn auf.

In diesem Moment trat Hakan zu ihnen. »Ich würde jetzt gerne den Bus abladen und in die Werkstatt schieben. Dann schaue ich ihn mir sofort an. Sie wollen doch sicher heute noch weiter, oder?«

Alle Umstehenden nickten. Mittlerweile war ja schon früher Nachmittag.

»Ich hoffe, es ist nichts Schlimmes, denn es sind ja immerhin noch über vierhundert Kilometer bis zu unserem Ziel. Das war zumindest die Zahl, die ich bei meinem letzten Blick auf das Navi gesehen habe«, verkündete Alina. »Die Reparatur müsste also möglichst schnell gehen, wenn wir unser Ziel heute noch erreichen wollen. Und wer weiß, was noch so alles passiert.«

Die anderen sahen sie entgeistert an.

»Hast du etwa eine Vision gehabt?«, wollte Christiane wissen.

Alina lachte auf. »Nein, aber möglich ist doch alles, oder?« Sie hatte keine Ahnung, woher ihr plötzlicher Pessimismus kam. Aus dem Bauch?

»Ich werde mein Bestes geben, großes Mechaniker-Ehrenwort«, versuchte Hakan die Situation etwas zu entschärfen, weil er in mindestens zwei Gesichtern Panik davor gesehen hatte, die Nacht auf der Straße verbringen zu müssen. Oder auf dem Stapel alter Autoreifen in seiner Werkstatt. »Aber sollte der Schaden größer sein, dann könnten Sie immer noch da drüben schlafen.« Damit deutete er auf das Haus auf der anderen Straßenseite. Ein Schild über dem Eingang informierte nicht nur darüber, dass es sich bei dem Gebäude um die *Gaststätte*

Dorfschänke handelte und man dort unter anderem auch mit der Vermietung von Zimmern sein Geld verdiente, sondern auch darüber, dass diese Zimmer zurzeit frei waren.

»Ich würde vorschlagen, Sie gehen rüber und trinken dort erst mal einen Kaffee und ich sehe mir den Wagen an.« Als alle nickten, machte sich Hakan umgehend daran, den fahruntüchtigen VW-Bus abzuladen.

»Und denken Sie endlich daran, die Winde zu reparieren«, erinnerte ihn Oberkommissar Nürnberger noch, bevor er wieder zu seiner jungen Kollegin in den Streifenwagen kletterte.

»Ich wünsche Ihnen eine gute Weiterfahrt, wenn Ihr Bus wieder fahrbereit ist«, verabschiedete die sich, und Nürnberger fuhr so zügig an, dass man glauben konnte, er hätte Angst davor, die Senioren könnten den lädierten Bus gegen seinen blausilbernen tauschen wollen.

»Na, dann wollen wir mal«, verkündete Gerhard Kannengießer und trottete bereits über die Straße.

Jakob sah dem Streifenwagen immer noch hinterher.

»Ich wette, Sie wollten mal Polizist werden, richtig?«, vermutete Heinz.

»Nein, seit ich den Räuber Hotzenplotz gelesen habe, immer schon Buchhändler«, entgegnete Jakob trocken und folgte den beiden Damen über die Straße.

Hannelore, Mischa und Alina standen noch unschlüssig am Wagen.

»Können wir Ihnen irgendwie helfen?«, wollte Mischa von Hakan wissen.

»Nein danke, das schaffe ich schon alleine. Sie sollten auch rübergehen«, er griff bereits nach der Fernbedienung für die Winde. »Die machen da drüben übrigens ein wunderbares Gulasch.« Dann trat ein Grinsen auf sein Gesicht. »Sagt man zumindest, als Muslim esse ich ja kein Schweinefleisch.«

»Wollen wir rübergehen?«, fragte Mischa die beiden Frauen.

Während Alina ihm zunickte, schüttelte Hannelore den Kopf. »Ich würde gerne hierbleiben und wenn möglich helfen.« Dabei sah sie Hakan an, »Wenn ich darf.«

Der stutzte einen Moment, doch dann lächelte er. »Aber klar doch, Frau Kollegin.«

KAPITEL 15

Nichts verbindet so sehr wie ölige Hände

»Ich glaube, das Teil muss auch noch raus, sonst kommen wir da nicht dran«, verkündete Hakan eine Stunde später aus der Tiefe des Motorraums, während ihm Hannelore Kampmann dabei über die Schulter blickte.

Nachdem er ein paar weitere Schrauben gelöst hatte, versuchte er, »das Teil« herauszuheben, doch es weigerte sich konsequent. Etwas ungeduldig geworden, versuchte er es mit Gewalt.

»Vorsicht, nicht dran reißen! Da müsste links noch eine Schraube sein, wenn wir die abbrechen, kriegen wir das nie mehr eingebaut.«

Hakan schaute über die Schulter zu seiner Ratgeberin und machte ein verblüfftes Gesicht. »Woher wissen Sie das?«, wollte er wissen, während er mit der linken Hand das Teil hielt und mit der rechten nach der unsichtbaren Schraube tastete.

»Ach, Erfahrung, ich habe mich eben lange mit so was beschäftigt«, verkündete Hannelore und bemerkte, dass sich der Gesichtsausdruck von Hakan plötzlich erhellte.

»Donnerwetter, da ist tatsächlich noch eine Schraube, die hätte ich doch glatt übersehen.« Er wollte mit der

Hand nach einem geraden Schraubenschlüssel tasten, als Hannelore ihm bereits einen gekröpften in die Hand drückte.

»Damit kommen Sie besser ran.«

Hakan staunte ein weiteres Mal. Nur eine Minute später war die Schraube auch schon los und besagtes *Teil* raus.

»Ich staune, dass eine Frau wie Sie so viel Ahnung von Autos hat«, bekannte Hakan und ließ sich auf einem Stapel Reifen nieder. Er putzte sich die schmutzigen Finger an einem Lappen ab und fischte in seinem Overall nach Zigaretten.

Als er Hannelore eine anbot, lehnte die dankend ab. »Ich rauche schon seit dreißig Jahren nicht mehr.«

»Vielleicht ist Ihre Haut deshalb noch so schön und glatt«, vermutete Seda, die soeben ein Tablett mit drei Teegläsern und einer Thermoskanne in die Werkstatt balancierte. In ihrem Fahrwasser segelten Töchterchen Elif und Sohnemann Ilay. Beide neugierig darauf, mit wem sich ihr Vater da wohl in der Werkstatt unterhielt.

»Meine Haut ist schon immer etwas fleckig gewesen, und ich bekomme das auch nicht hin«, ärgerte sich Seda.

»Vielleicht hätten Sie nur auch so oft wie ich mit Motoröl in Berührung kommen müssen.« Hannelore Kampmann lachte und sah, dass auch die beiden Kinder schmunzelten.

»Sagen Sie doch bitte Seda zu mir.« Die junge Mutter stellte das Tablett auf einen Werkzeugwagen und verteilte die Gläser. Elif folgte ihrer Mutter und bot Zucker an.

Ilay hingegen marschierte zur geöffneten Motorklappe des VW-Busses und schaute interessiert hinein.

»Oh, da scheint sich ja noch jemand für Motoren zu interessieren.« Hannelore deutete dabei auf den neugierigen Motorprüfer. »Na, da stehen die Chancen ja wohl ganz gut, dass er mal die Werkstatt übernimmt, oder?«

Hakan lächelte versonnen. »Das ist mein größtes Glück«, gestand er.

»Ach, wissen Sie, der soll erst mal seine Schule ordentlich zu Ende bringen. Wenn möglich mit Abitur. Man kann ja auch Geld verdienen, ohne sich die Hände schmutzig zu machen und mit dem Oberkörper in einem Motorraum zu hängen.« Seda schlürfte vorsichtig an ihrem heißen Tee, während Elif ihrem Vater auf den Schoß kletterte.

»Das stimmt«, gab Hannelore zu, »aber die Arbeit sollte einem auch Spaß machen. Geld ist nicht alles.«

»Warum haben Sie so viel Ahnung von Motoren?« Seda sah Hannelore erwartungsvoll an.

»Das ist eine lange Geschichte, Frau Gökdemir«, begann die, wurde aber sofort unterbrochen.

»Sagen Sie doch bitte Seda zu mir, Frau Gökdemir hört sich für mich so seltsam an.«

»Vielen Dank, dann sagen Sie aber auch bitte Hannelore zu mir.« Sie stieß bestätigend mit ihrem Teeglas an das der jungen Frau.

»Und ich bin Hakan«, kam es von der Seite. Worauf Hannelore auch mit ihm anstieß.

Der jüngste der Gökdemirs kam zu ihnen und stellte sich neben seine Mutter. Dann zupfte er an ihrer Bluse und bedeutet ihr, sich etwas zu ihm herunterzubeugen. Kaum war sie auf seiner Höhe, flüsterte er ihr etwas ins Ohr und deutete dabei auf Hannelore.

Seine Mutter lachte kurz auf und zuckte dann mit den Achseln. Als sie Hannelores fragenden Blick sah, tätschelte sie ihrem Sohn den Kopf und legte ihm dann den Arm um die Schulter.

»Ilay ist sehr neugierig, er würde gern wissen, ob Sie eine Büyükanne sind.«

Hakan lachte laut auf. »Er will wissen, ob Sie Großmutter, also Büyükanne sind.«

»Büyükanne, ist das türkisch? Das ist aber ein sehr lustiger Name für eine Oma.« Hannelore konnte sich ein Grinsen nicht verkneifen, doch dann wurde ihre Miene plötzlich ernst.

Hakan bemerkte es und sah erschrocken zu seiner Frau.

»Noch etwas Tee?«, versuchte Seda diese Situation zu überbrücken.

Hannelore hatte ihr gar nicht zugehört. Sie schien in Gedanken in der Vergangenheit oder zumindest an einem anderen Ort zu sein. »Oma …«, sagte sie leise.

»Alles in Ordnung?«, erkundigte sich Hakan bei ihr.

»Was? Äh … ja, schon okay, ich musste nur gerade an etwas denken.« Hannelore sah, dass Seda mit der Thermoskanne vor ihr stand, und hielt ihr bereitwillig das Glas hin. »Der Tee schmeckt wirklich sehr gut, vielen Dank.«

Seda goss ein und trat dann zurück.

Einen Moment lang war es sehr still in der Werkstatt. Dann unterbrach ein tiefer Seufzer die Stille.

»Es hat sich in meinem Leben nicht ergeben, dass ich Großmutter oder, wie Sie sagen würden, äh …«

»Büyükanne«, half Seda ihr weiter.

»Danke, also, es hat sich nicht ergeben, dass ich Büyükanne geworden bin, obwohl ich mir so sehr Enkelkinder gewünscht habe.«

Hakan wollte gerade zu einer Frage ansetzen, doch der Blick seiner Frau hielt ihn davon ab. Lass sie alleine davon sprechen, schien er ihm zu sagen. Und sie hatte recht.

»Meine beiden Söhne hatten nie ein Interesse daran, eigene Familien zu gründen. Mein jüngerer Sohn Martin war immer viel zu sehr damit beschäftigt, beruflich Karriere zu machen, und mein älterer Sohn Jürgen stand bis zu seiner Scheidung unter dem Pantoffel seiner Frau.«

»Aber deswegen könnten sie doch trotzdem Kinder haben«, wandte Hakan ein.

»Martin ist mittlerweile schon zum zweiten Mal verheiratet, seine Erste ist ihm schon nach kurzer Zeit wieder weggelaufen. Wie lange seine neue Ehe hält, kann ich nicht sagen. Seine bisher einzige dauerhafte Beziehung ist er mit der Firma eingegangen.« Hannelore trank einen Schluck von ihrem Tee und wunderte sich, dass sie hier wildfremden Leuten ihre Familiengeschichte offenbarte. Sie hatte keine Ahnung, woher diese plötzliche Stimmung kam. »Und Jürgen hatte zu Hause nichts zu sagen, und ich vermute, im Bett auch nicht.« Bei dem Satz sah sie zu Seda und errötete leicht.

Die lächelte nur.

»Seine Frau war etliche Jahre älter als er und wollte keine Kinder. Sie sagte mal, sie würde sich nicht wegen irgendwelcher Blagen ihre Figur versauen lassen.« Hannelore stellte das Teeglas auf das Tablett zurück und legte dann ihre Hände in den Schoß. »Sie ist vor zwei Jahren gegangen. Seitdem lebt Jürgen alleine.«

Seda schüttelte ungläubig den Kopf. »Nun ja, als ich mit Ilay schwanger war, habe ich auch ausgesehen wie eine Glocke, aber das geht doch wieder vorbei, und Kinder …«

Hannelore wehrte ab.

»Wenn du meine Schwiegertochter treffen wolltest, musstest du entweder ins Fitnessstudio, in die Reithalle oder in den Schönheitssalon gehen und sie dort suchen. Aber ich glaube, dass den nicht geborenen Kindern mit so einer egoistischen Mutter viel erspart geblieben ist.« Sie seufzte.

Hakan drehte verlegen sein Teeglas in den Händen und schaute dabei auf den Boden. Es war ihm fast schon peinlich, wie wenig er sich um seine Kinder kümmern musste, weil Seda ihm diese Aufgabe abnahm und ihm den Rücken freihielt. Er hatte sich das schon oft vorgenommen, doch die Werkstatt fraß einfach immer mehr seiner Zeit. Und bald würde Seda sich ja auch noch um ein drittes Kind kümmern müssen.

Keiner der Anwesenden sagte mehr etwas, und es entstand eine etwas peinliche Pause. Um die zu beenden, erhob Hakan sich und stellte auch sein Glas auf das Tablett zurück.

»Es nutzt alles nichts, der Wagen repariert sich nicht von alleine«, sagte er resigniert, gab seiner Tochter einen Kuss und marschierte dann wieder zum VW-Bus.

Auch Hannelore erhob sich. Sie bedankte sich für den Tee und streichelte dabei Ilay über den Kopf, der mit großen, braunen Augen zu ihr aufsah und sie anlächelte. Dann kam ihr ein Gedanke. »Seda, hast du vielleicht einen alten Overall von Hakan für mich?«

Die junge Frau sah sie entgeistert an. »Willst du etwa …?«

Hannelore schmunzelte. »Vier Augen sehen mehr und vier Hände schaffen mehr als zwei.«

KAPITEL 16

Familiengeschichten

Eine Stunde später hatten sie endlich Gewissheit. Mit ölverschmierten Händen und Flecken gleicher Herkunft standen Hannelore und Hakan vor dem ausgebauten Teil. Und es sah nicht gut aus, sofern ausgebaute Teile überhaupt gut aussehen konnten. Leider stand nun fest, dass die Reparatur länger dauern würde, allein schon aufgrund der Tatsache, dass Hakan einen Ersatz für dieses Teil würde bestellen müssen.

»Damit dürfte sich unsere Weiterreise erst mal verschoben haben«, konstatierte Hannelore und wischte sich die Hände ab.

Hakan setzte sich zwar sofort an den Computer und versuchte, das Ersatzteil zu bekommen, doch ebenso schnell bekam er auch die Mitteilung, dass die Lieferung frühestens am nächsten Nachmittag kommen würde. Und dann musste es ja auch noch eingebaut werden. Tja, daran war leider nichts zu ändern.

»Dann werden wir wohl im Gasthaus übernachten müssen.« Hannelore war froh, dass sie nicht gezwungen waren, zu acht im Bus zu schlafen. »Wir sollten den anderen schnell Bescheid geben, dass wir hier eine längere Zwangspause einlegen müssen.«

»Seda soll mal schnell rübergehen und sie informieren. Außerdem müssen die ja auch noch ihre Taschen abholen.« Hakan deutete auf den Stapel Gepäck, den sie ausgeladen und an einer Wand der Werkstatt aufgestapelt hatten.

Zwanzig Minuten später standen alle Mitreisenden in der Werkstatt und hörten sich die traurige Nachricht an. Sie würden also mindestens zwei Nächte hierbleiben müssen. Seda hatte Alina im Gasthaus schon darauf vorbreitet, und die hatte sich umgehend nach der Anzahl der Schlafmöglichkeiten erkundigt. Der Wirt hatte erklärt, dass er insgesamt drei Zimmer zur Verfügung stellen könne. Zwei Zweibett- und ein Dreibettzimmer. Was bedeutete, dass es ein Bett zu wenig gab, worauf sich Mischa sofort anbot, im Bus zu übernachten, doch Hakan hatte eine bessere Idee.

»Hannelore kann doch bei uns schlafen.«

»Wo? Auf der Besucherritze in eurem Ehebett?«, wollte Lucy kichernd wissen.

Eine Sekunde lang war Hakan sprachlos, weil er sich nicht sicher war, ob diese seltsame Alte ihre Frage ernst gemeint hatte. Doch dann sah er die anderen grinsen.

»Wäre auch möglich, aber dann müsste sie sich vermutlich den Platz mit Elif und Ilay teilen. Nein, wir haben noch eine kleine Einliegerwohnung, und die hat ein Schlafzimmer mit einem Einzelbett.«

Heinz Beckmann stieß heimlich Christiane an. »Hat er eben Hannelore gesagt?«

»Ja, warum?«

»Na, die kennen sich doch erst seit ein paar Stunden, und da duzen die sich schon?« Der ehemalige Finanzbeamte schüttelte den Kopf. »Und was macht sie überhaupt in dem Overall? Das ist doch wohl für eine Frau wie Hannelore nicht das richtige Outfit, oder?«

»Ich vermute, sie wollen Golf spielen gehen«, mischte sich Jakob mit einem süffisanten Lächeln ein. »Ich finde, der Overall steht ihr gut. Und die Schmierflecken im Gesicht machen sie sogar noch jünger.«

Christiane kicherte.

Heinz hingegen schüttelte den Kopf und wandte sich ab. Anscheinend nahm hier niemand seine Bedenken ernst.

Hannelore nickte Hakan und Seda zu. »Wenn es keine Umstände macht, nehme ich euer Angebot gern an.« Sie suchte bereits in dem Gepäckstapel nach ihrer Reisetasche.

»Ich sehe zu, dass ich, oh Entschuldigung, wir sehen zu, dass wir den Wagen so schnell wie möglich wieder flottbekommen«, sagte er mit einem lächelnden Seitenblick auf seine Mechaniker-Kollegin. »Bis dahin sind Sie im Gasthaus bestens untergebracht, und die Küche dort ist auch sehr gut.«

Nun begannen auch alle anderen, ihr Gepäck herauszusuchen, und machten sich dann anschließend auf den Rückweg in die Dorfschänke.

»Na, dann will ich dir mal dein neues Reich zeigen«, verkündete Seda und wollte Hannelore die Reisetasche aus der Hand nehmen, doch ihre beiden Kinder kamen ihr zuvor.

Hannelore musste lächeln, als sie sah, wie sich die beiden unterschiedlich großen Kinder mit dem Gepäckstück abmühten, ließ sie aber gewähren.

Die Einliegerwohnung stellte sich als sehr gemütlich heraus. Vor allem der Blick von der kleinen Terrasse war wunderschön, denn hinter dem Haus befanden sich nur noch Felder und Wiesen. Über sie hinweg konnte man ungehindert bis zum etwas entfernt liegenden Waldrand sehen. Die kleine Küche verfügte über eine Kaffeemaschine, und im Bad gab es eine bodentiefe Dusche.

Als Hannelore sie sah und anerkennend nickte, erklärte ihr Seda, dass hier früher die Mutter des ehemaligen Werkstattbesitzers gewohnt habe. Hakan und sie hätten schon lange vorgehabt, die Wohnung zu vermieten. »Doch es ist ständig etwas dazwischengekommen«, entschuldigte sie sich. »Obwohl wir das Geld gut gebrauchen könnten.« Dabei klopfte sie auf ihren Bauch.

»Ja, das kenne ich, wie heißt es doch so schön? Erstens kommt es anders und zweitens als man denkt.« Hannelore ließ sich auf der kleinen Couch nieder. »Ach, Kinder, ich danke euch. Stellt die Tasche doch einfach auf den Boden. Ich bringe sie dann gleich rüber ins Schlafzimmer.«

Die beiden Gökdemir-Sprösslinge ließen die schwere Tasche erleichtert zu Boden sinken und kletterten zu ihr auf das Sofa.

»Im Schrank ist eine Bedematte, und ich bringe dir gleich noch frische Handtücher«, versprach Seda. »In der Küche sollte auch noch Tee sein. Ilay, hol doch bitte mal den Wasserkocher aus dem unteren Schrank, ich kann mich so schlecht bücken.«

»Weißt du denn schon, was es werden wird?«, wollte Hannelore von Seda wissen, während sie dabei zusah, wie Ilay den Kocher aus dem Schrank auf die Arbeitsplatte wuchtete.

»Nein, wir wollen uns überraschen lassen. Bei Elif und Ilay wussten wir es auch nicht.« Sie beugte sich verschwörerisch vor. »Aber du kannst dir sicher vorstellen, wie glücklich Hakan war, als Ilay kam.« Sie lachte bei dem Gedanken kurz auf. »Was aber nicht heißt, dass er Elif nicht genauso sehr liebt wie ihn«, fügte sie sofort leise hinzu.

Hannelore konnte sich sehr gut vorstellen, wie glücklich es Hakan machen würde, noch einen Sohn zu bekommen. Vor allem in einer Familie aus so einem traditionellen Umfeld.

»Und was haben die Großeltern dazu gesagt?«, wollte sie wissen.

Seda seufzte. »Meine Mutter ist schon lange tot, und mein Vater lebt bei meinem Bruder und seiner Frau in Hamburg. Leider haben wir keinen Kontakt mehr.«

Hannelore sah betroffen zu Boden. Warum sollte es in türkischen Familien anders sein als in deutschen, dachte sie.

»Die Eltern von Hakan sind schon vor sechs Jahren in die Türkei zurückgegangen. Wir sehen sie eigentlich nur einmal im Jahr, wenn wir sie besuchen.« Was folgte, war Sedas nächster Seufzer. »Nur leider hat es letztes Jahr nicht geklappt, weil Hakan zu viel Arbeit angenommen hatte. Da konnten wir nicht weg, was vor allem die Kinder traurig gemacht hat. Sie hatten sich so auf Oma und Opa gefreut.«

»Aber es ist doch schön, dass die Werkstatt so gut läuft«, wandte Hannelore ein, »immerhin sichert das euren Lebensunterhalt. Und das dafür mal ein Jahresurlaub auf der Strecke bleibt, das haben mein Mann und ich auch erlebt.« Sie begann zu erzählen, wie sie beide aus der kleinen Werkstatt ein großes Autohaus gemacht hatten und mit welchen Entbehrungen das manchmal verbunden gewesen sei. »Deswegen hatten wir auch oft keine oder nur wenig Zeit für unsere beiden Söhne«, gestand sie und überlegte, ob die beiden vielleicht deshalb so geworden waren, wie sie heute nun mal waren. Sie schüttelte den Gedanken schnell wieder ab und fuhr fort. »Es waren arbeitsreiche Jahre, aber mein Mann sagte immer: Selbstständig bedeutet eben selbst und ständig. Und am Ende hat es sich ja auch gelohnt.« Einen Moment lang sah Hannelore schweigend aus dem Wohnzimmerfenster. Ach, Johnny … Dann atmete sie tief durch. »Ich hätte mir nur gewünscht, er hätte mehr davon gehabt.«

Auf Sedas Nachfrage erzählte sie ihr die ganze Geschichte. Nachdem sie geendet hatte, senkte Seda den Kopf und schluchzte auf.

»Aber mein Kind, das ist doch kein Grund zu weinen, ich hatte ein schönes Leben und viele schöne Jahre mit meinem Mann.«

»Das ist schön zu hören, aber ich bin traurig, weil ich Hakan nicht so unterstützen kann wie du deinen Johnny«, erklärte sich Seda, und dann war es an ihr, über die Probleme mit der Werkstatt, dem fehlenden Azubi und der vernachlässigten Buchhaltung zu berichten. »Ich kenne mich auf keinem dieser Gebiete aus«, gab sie zu, »und dabei würde ich ihm so gern helfen. Ich wache manchmal nachts auf, weil er herumläuft, und sehe, wie er grübelt. Es wächst ihm einfach alles über den Kopf.«

Hannelore ahnte, was sich da über der Familie zusammenbraute.

»Aber Seda, du tust doch schon so viel. Die Kinder, die Wohnung, das Essen, die Wäsche … Du musst dir weiß Gott keine Vorwürfe machen«, beruhigte Hannelore sie. »Weißt du was? Ich dusche mich jetzt erst mal, und nach dem Essen im Gasthaus setzen wir uns zusammen und ihr zeigt mir eure Buchführung.« Auf ihrem Gesicht erschien ein Lächeln. »Davon verstehe ich nämlich mindestens genauso viel wie von Motoren.«

Sedas Miene hellte sich auf. »Das ist sehr lieb von dir, aber du isst natürlich bei uns«, verkündete sie sofort resolut. Die beiden Kinder klatschten bei der Ankündigung vor Freude in die Hände. Besuch war im Hause Gökdemir vermutlich eher selten. Ilay lief zu seiner Mutter und zog sie zu sich herunter und zeigte dabei wieder auf Hannelore.

Seda antwortete ihm leise und lächelte dabei.

»Was wollte er denn wissen?«, fragte sie neugierig.

Die werdende Mutter zögerte einen Moment, bevor sie antwortete: »Er hat mich gefragt, ob du jetzt für immer bei uns bleibst.« Sie wurde rot und entschuldigte sich eilig. Dann schob sie die beiden Kinder aus dem Zimmer. »Wir sehen uns oben, komm einfach rauf, wenn du fertig bist.«

Hannelore stand noch eine Weile vollkommen perplex im Raum, dann schnappte sie sich ihre Reisetasche und begann sie auszupacken.

KAPITEL 17

Doppelzimmer mit Lebenslauf

»Und wie teilen wir jetzt die Zimmer auf?«, wollte Heinz etwas ratlos wissen.

»Ich schlage vor, ich nehme eines mit dem jungen Mann hier und du nimmst mit Herrn Kannengießer das andere, dann bleibt für die drei Damen das Dreibettzimmer, oder?« Jakob sah sich um Zustimmung werbend um.

»Es wird wohl nicht anders gehen«, pflichtete ihm der ehemalige Richter bei.

»Kommt mir vor wie in dem Märchen, in dem der Fährmann einen Wolf, ein Schaf und einen Kohlkopf über den Fluss setzen muss und immer nur Platz für zwei hat. Scheint bei uns so ähnlich zu sein. Vier Männer, drei Frauen und sieben Betten«, lachte Christiane, »also ich bin einverstanden.«

»Ich hätte aber lieber ein Einzelzimmer und das möglichst mit Dusche«, monierte Heinz. »Man will ja schließlich auch etwas Privatsphäre haben.«

»Dann würde ich das *Adlon Kempinski* vorschlagen.« Man konnte den Sarkasmus aus Christianes Worten förmlich tropfen hören. Verdammt noch mal, das hier war eine Notsituation, da mussten doch alle ein wenig zurückstecken.

»Das klingt schon besser«, fand Heinz, »wo finde ich das Etablissement?«

»In Berlin«, mischte sich nun Lucy ein. »Genauer gesagt *Unter den Linden*, da habe ich damals gewohnt, als ich mit Ewald Balser *Sauerbruch – Das war sein Leben* gedreht habe. Da ist bestimmt noch was frei.« Sie gluckste. »Aber sieh dich vor, wenn du etwas zu trinken bestellst, die Bude ist extrem teuer.«

Heinz hatte sich schon gebückt, um seine Reisetasche aufzuheben, als er merkte, dass die anderen ihn auf die Rolle nahmen. Pikiert richtete er sich wieder auf. »Ich finde …«

Weiter kam er nicht, denn jetzt mischte sich Gerhard Kannengießer ein. »In so einer Situation wie dieser hier müssen wir halt alle Abstriche machen. Ich bin von einem Doppelzimmer auch nicht begeistert, aber ich werde als Alternative garantiert weder im Bus noch auf der nächsten Parkbank schlafen.« Resolut schnappte er sich seinen Rollkoffer und marschierte los. Seinem zukünftigen Zimmernachbarn blieb nichts anderes übrig, als ihm zu folgen, wollte er später nicht vor verschlossener Tür stehen.

»Na, dann werden wir zwei Hübschen uns auch mal auf den Weg in unsere Kemenate machen, was?«

Dabei grinste Jakob Mischa an, der die ganze Zeit still zugehört hatte. Hoffentlich würde er im Alter nicht mal genauso wie dieser Heini vom Finanzamt, dachte Mischa, andererseits war er froh, dass er sich nicht mit dem Richter das Zimmer teilen musste. Wer wusste denn schon, welche kompromittierenden Fragen der womöglich noch gestellt hätte? Denn dass er ein Entführer, wenn auch einer wider Willen, war, war ihm in den letzten Stunden komplett entfallen. Aber war man wirklich ein Entführer, wenn man die Leute da hinbrachte, wo sie ohnehin hinwollten? Außerdem wusste ja keiner von denen, dass er nicht der richtige Fahrer war.

»Nun los doch, sehen wir zu, dass wir nach oben kommen«, riss Jakob ihn aus seinen Gedanken und wedelte dabei mit dem Zimmerschlüssel. »Bin mal auf die Betten gespannt.«

Sie hatten kaum das Zimmer betreten, als der ehemalige Buchhändler auch schon seinen Koffer auf die Seite des Doppelbettes hievte, welches er für sich beanspruchte. »Ich hoffe, du hast nichts dagegen?« Dabei bedachte er Mischa mit einem Lächeln. »Es ist für deinen Schlaf garantiert besser, wenn ich das Bett hier nehme, denn ich muss in der Nacht sicherlich zwei- bis dreimal raus. Du weißt schon, die Prostata und so.« Als er Mischas überraschten Gesichtsausdruck bemerkte, verwandelte sich sein Lächeln in ein Grinsen. »Ach nee, weißt du ja zum Glück noch nicht. Das ist auch so eine Bürde des Alters, mein Junge. Da pinkelst du keine Rinde mehr von den Bäumen wie als junger Bursche.«

Mischa musste lachen. Dieser Opa gefiel ihm. Der schien das Herz am rechten Fleck zu haben. Noch mehr staunte er, als dieser Opa seinen Koffer öffnete. Mehr als die Hälfte des Gepäckstücks war mit Büchern gefüllt. »Donnerwetter, was wollen Sie denn damit?«

»Zunächst mal würde ich vorschlagen, dass wir uns duzen, und da ich der ältere von uns beiden bin, fange ich mal damit an. Ich heiße Jakob.« Er streckte Mischa die Hand hin, in die der sofort einschlug.

»Ich heiße Mike, aber meine Freunde nennen mich Mischa, hat irgendwer vermutlich mal von meinem Nachnamen Michalak abgeleitet.«

»Mischa klingt doch gut«, meinte Jakob und ließ sich auf der Bettkante nieder. Zärtlich strich er mit der Hand über die Bücher im Koffer. »Das hier sind meine besten Freunde. Sie begleiten mich schon mein ganzes Leben lang. Mein Vater hat immer gesagt, Bücher und Freunde braucht man wenige, aber gute.«

Mischa musste über diesen Spruch erst mal nachdenken. Hatte er überhaupt echte Freunde? Auf jeden Fall kein einziges Buch. Die Lust am Lesen war ihm im Laufe der Jahre auf irgendeine unbekannte Art und Weise abhandengekommen. Früher hatte er viel gelesen. Er war Stammkunde in der Kinderbücherei gewesen und fieberte damals bereits auf jeder Rückfahrt mit vielen neuen Abenteuern auf dem Gepäckträger darauf, sich in selbige zu stürzen. Er hätte nicht sagen können, wie viele Bücher er schon gelesen hatte, aber mit zunehmendem Alter waren es immer weniger geworden. Er hatte immer mehr ins Internet geschaut als zwischen Buchseiten. Eigentlich schade, dachte er, weil er sich gerade wieder an ein bestimmtes Buch erinnerte, das ihm als Kind viel Freude bereitet hatte. Darin flog ein Junge aufgrund eines Versehens um die ganze Welt. Wie hatte er damals mit diesem Burschen mitgefiebert!

Vielleicht …

»Kennen Sie viele Bücher?«, wollte er von Jakob wissen, der dabei war, einen Teil der Lektüre auf den Nachttisch zu stapeln.

»DU! Kennst DU viele Bücher?«, erinnerte ihn Jakob an ihre soeben getroffene Vereinbarung.

»Okay, kennst du viele Bücher?«

»Das kann man wohl so sagen, als Buchhändler gehen einem Tausende durch die Hände, auch wenn man sie nicht alle hat lesen können … leider. Aber viele Titel sind einem natürlich im Gedächtnis geblieben.«

»Ich habe mal als Kind ein Buch gelesen, in dem ein anderer Junge aus Versehen um die ganze Welt reist. Ich erinnere mich noch, dass er unter anderem in Japan war und in Rio. In Japan gab es eine Geschichte mit einem Kaufhaus. Verdammt, wie hieß das Buch denn noch …?«

»*Der blinde Passagier* von Alfred Weidenmann«, beantwortete Jakob diese Frage und sah in Mischas verdutztes Gesicht.

»Stimmt genau. Donnerwetter, haben Sie, äh, hast du ein Supergedächtnis.«

»Das kommt daher, dass ich in meinem Beruf immer zwei ganz besondere Schwerpunkte hatte: Kinderbücher und Kriminalliteratur«, bekannte Jakob. »Obwohl es in beiden Bereichen auch sehr viel Schund gab und gibt.«

»Wie wird man eigentlich Buchhändler?«, wollte Mischa wissen, der diesen Beruf niemals in Erwägung gezogen hatte.

»Wie sagt das Sprichwort doch so schön? Der Apfel fällt nicht weit vom Stamm. Ich habe diese Leidenschaft für bedrucktes und gebundenes Papier von meinem Vater übernommen. Als ich auf die Welt kam, hatte er bereits seine eigene Buchhandlung eröffnet. Ich bin also quasi zwischen Buchdeckeln groß geworden.«

»Das muss doch toll gewesen sein, jedes Buch lesen zu können, was im Laden war, oder?«

»Von wegen, mein Vater hütete seine Bücher wie seine Augäpfel. Ich bekam nur ganz spezielle Sachen, die anderen waren ausschließlich seinen Kunden vorbehalten. Und wehe, ich hätte mal ein Eselsohr hineingeknickt, dann hätte es aber langen Hafer gegeben.« Jakob machte dazu eine Handbewegung, die perfekt zum Po eines über das Knie gelegten Jungen gepasst hätte. »Vermutlich habe ich deswegen auch im Laufe meines Lebens mehr als zehntausend Lesezeichen gesammelt.«

Mischa glaubte seinen Ohren nicht zu trauen. Der Typ wurde ja immer interessanter.

»Das erste habe ich von meinem Großvater bekommen, es war handgemacht und mit gepressten Blüten versehen.« Sein Blick ging durch die Wand, den Flur, die Außenwand der Dorfschänke, über die Felder in die Vergangenheit. Und dann begann er zu erzählen.

Er war das jüngste von sechs Geschwistern gewesen. Seine drei Brüder und seine beiden Schwestern waren alle deutlich älter als er. Er war so etwas wie ein Nachzügler, ein Ausrutscher, ein Versehen. Aber seine Eltern behandelten ihn nie so. Als Nesthäkchen wurde er von ihnen genauso geliebt wie von seinen Geschwistern.

Sein Vater hatte sein Auskommen als Buchhändler, der nicht nur die Leselust der Bürgerinnen und Bürger seiner Heimatstadt befriedigte, sondern auch die Studenten und Professoren der Universität mit dem versorgte, was sie für ihre Arbeit oder ihr Studium benötigten. Dass er stets von Büchern umgeben war, stellte für Jakob keine Besonderheit dar. Er kannte es ja nicht anders.

Bereits sein Kinderwagen stand in der Buchhandlung, wenn seine Mutter anderweitig beschäftigt war, was bei einem Haushalt mit sechs Kindern und einem Mann nicht selten vorkam. Als er sitzen konnte, bekam er eine Decke in einer Ecke des Ladens und ein paar nicht mehr zu verkaufende Bücher, um damit zu spielen. Noch viele Jahrzehnte später erinnerte sich sein Vater, dass er dabei keines der Bücher beschädigt hatte. Er hatte sie lediglich in immer neuen Varianten aufgestapelt oder stundenlang durchgeblättert. Seite für Seite. Und dass, obwohl in keinem ein Bild gewesen war.

Als er schließlich lesen konnte, durfte er sich Bücher aussuchen, die zurückgegeben oder beim Transport beschädigt worden waren. Später lieh er sich die Bücher seiner Geschwister aus und bekam einmal richtigen Ärger, als er als Pubertierender in einem Fach unter dem Ladentisch das Buch *Josefine Mutzenbacher oder Die Geschichte einer Wienerischen Dirne* fand. Anscheinend hatte sein Vater es für einen ganz besonderen Kunden besorgt und vor den Augen der anderen Kundschaft versteckt. Für den jungen Jakob war es eine Art Einführung in die Welt der Erotik, dessen Lektüre ihn so fesselte, dass er seinen Vater nicht mal kommen hörte. Dafür später aber die Schläge auf seinen Hintern umso deutlicher.

Jakobs Lehrer stellten immer wieder fest, dass seine Allgemeinbildung höher war als die seiner Mitschüler, was sie auf seinen enormen Bücherkonsum zurückführten. Aber er hatte auch ein Verlangen nach Lektüre, das sonst keines seiner Geschwister an den Tag legte. Daher gab es unter ihnen auch schon bald keinen Zweifel mehr daran, dass der Jüngste aus der Familie Altenburg einmal das Geschäft ihres Vaters übernehmen würde.

Und so kam es. Jakob wurde Buchhändler, vergrößerte den Laden noch einmal, bildete viele Lehrlinge aus, organisierte Lesungen und warb, wo er konnte, für Literatur und Bücher. Aber nicht nur, weil er sie verkaufen wollte. Nein, auch weil er fand, dass es ein Land seinen Dichtern und Denkern schuldig war, sie nicht in Vergessenheit geraten zu lassen. Wenn er von interessierten Lehrerinnen und Lehrern in deren Schulklassen eingeladen wurde, warb er für die Literatur dort immer mit dem Spruch: »Lesen ist Kino im Kopf.«

»Wenn ich mich so reden höre, könnte man glauben, mein ganzes Leben habe nur aus Friede, Freude und Eierkuchen bestanden.« Jakob schüttelte sich, so als wollte er den Arm, den die Erinnerung um seine Schulter gelegt hatte, wieder loswerden. »So war es aber nicht. Meine Mutter starb mit achtundfünfzig Jahren an Krebs, meine älteste Schwester hat sie nur drei Jahre überlebt, bei ihr war es ein Schlaganfall.«

»Und die anderen?« Mischa hatte seine Frage sehr leise gestellt, weil er nicht zu aufdringlich klingen wollte. Doch er mochte Jakob, obwohl er ihn kaum kannte, und wollte unbedingt mehr über diesen besonderen Menschen erfahren.

»Diese Bücher hier«, Jakob legte dabei eine Hand auf den Stapel, »sie stehen jedes für einen geliebten Menschen in meinem Leben. Das hier zum Beispiel war das Lieblingsbuch meiner kleineren Schwester.«

Mischa konnte den Namen Frances Hodgson Burnett auf dem Einband lesen.

»*Der kleine Lord*. Sie hat es geliebt. Ich glaube, sie hat es jedes Jahr mindestens einmal gelesen. Die heile Welt darin hatte es ihr angetan.« Jakob lachte bitter auf. »Doch die gab es für sie leider nur in diesem Buch. Sie überwarf sich wegen ihres Freundes mit unserem Vater und ist daraufhin mit ihm nach Amerika ausgewandert. Wir haben nie wieder etwas von ihr gehört.«

Mischa erschrak. »Habt ihr denn nie nach ihr gesucht?«

Jakob zuckte resigniert mit den Schultern.

»Wir haben es versucht, aber nichts erreicht, und dann nahm sich mein jüngster Bruder das Leben, weil ihn seine Frau betrogen hatte. Er hatte sie abgöttisch geliebt und sie ihn nur ausgenutzt. Sein Tod hatte wiederum dazu geführt, dass mein Vater seinen Lebenswillen verlor und wir nur ein Jahr später schon wieder am Familiengrab der Altenburgs standen.«

»Und deine beiden anderen Brüder? Was ist mit denen? Hast du wenigstens noch Kontakt zu ihnen?«

»Ach, weißt du, Mischa, es scheint fast so, als hätten wir alle in unserer Jugend eine zu große Dosis Familie bekommen, sodass es uns heute nicht mehr so danach gelüstet. Ich habe dir ja erzählt, dass sie um einiges älter sind als ich. Die beiden reisen nicht mehr so gerne, und wir sehen uns nur noch sporadisch. Wobei vermutlich jeder damit rechnet, dass das nächste Treffen wieder auf dem Friedhof stattfinden wird.«

Mischa spürte plötzlich Mitleid mit dem alten Mann, der da vor ihm auf dem Bett saß und jetzt traurig auf den Stapel Bücher blickte. »Vermutlich hältst du mich jetzt für neugierig, und du musst mir ja auch nicht antworten, aber hast du nie geheiratet?«

Jakob räumte den Bücherstapel so um, dass obendrauf ein Gedichtband von Erich Kästner lag. »Sie hieß Susanne.« Liebevoll strich er über den Buchdeckel. »Aber auf ihrem Grabstein steht nicht Altenburg, sondern ihr Mädchenname: Schönhoff. Sie starb, zwei Tage, bevor wir heiraten wollten, bei einem Autounfall.«

Mischa kam es vor, als hätte man ihm soeben einen Eiszapfen ans Herz gehalten. Wie viel Leid konnte ein Mensch eigentlich ertragen? »Das tut mir sehr leid«, er musste schlucken, »und du hast danach nie wieder …?«

»Geheiratet, meinst du?« Jakob schüttete den Kopf. »Nein, ich habe mich voll und ganz in meine Arbeit gestürzt, mich quasi unter Büchern vergraben.« Er richtete den Bücherstapel ordentlich aus, warf noch einen letzten Blick auf die Erinnerungen aus Papier, dann erhob er sich und strich seine Hose glatt. »Genug gejammert«, rief er sich selber zur Ordnung. »Ich wasche mir noch schnell die Hände, und dann hätte ich große Lust, ein Bier zu trinken. Wie sieht es mit dir aus?«

Mischa nickte, dann jedoch fiel ihm ein, dass er ja kein Geld bei sich hatte. Nein, dass er überhaupt kein Geld besaß. Auf der Raststätte hatte er sich schon in einem unbeobachteten Moment wie ein Limbo-Tänzer unter der Schranke vor der Toilette durchschlängeln müssen.

»Komm schon, ich gebe einen aus«, ermutigte ihn Jakobs Stimme aus dem Badezimmer. »Alleine trinken macht keinen Spaß, und wer weiß, ob die anderen überhaupt noch auftauchen?«

Mischa stand auf und zog seine Jacke wieder an. Dann fiel ihm ein, dass er ja keinerlei Gepäck bei sich hatte, und er wunderte sich, dass dieser Umstand noch niemandem aufgefallen war. Er würde sich also schnellstens eine glaubwürdige Ausrede dafür ausdenken müssen, wenn er nicht auffallen wollte.

»Ich wäre dann so weit«, verkündete Jakob, und sein Gesicht hatte wieder einen normalen Ausdruck angenommen. Wobei sich Mischa aber sicher war, dass man solche Erinnerungen nicht einfach mit kaltem Wasser fortwischen konnte. Er hielt Jakob die Tür auf und ließ ihm den Vortritt.

KAPITEL 18

Partytime

Die beiden saßen noch eine halbe Stunde allein in der Gaststube und waren bereits beim zweiten Pils, als die anderen endlich zu ihnen stießen. Während dieser Zeit hatte Jakob Mischa erzählt, er habe seine Buchhandlung vor einigen Jahren verkauft und sei in die Seniorenresidenz *Abendsonne* gezogen. So hatten sich ihre Wege gekreuzt.

Heinz, Gerhard und Lucy schoben sich auf die Bank, während Christiane zwischen Mischa und Jakob Platz nahm. Letzterer winkte dem Wirt und bestellte umgehend eine Runde.

»Stellt euch nur vor«, begann er, nachdem die Runde aufgenommen worden war, »da hat man doch unserem jungen Freund und Fahrer hier, kurz bevor er mit uns losgefahren ist, die Reisetasche und seine Geldbörse mit sämtlichen Papieren gestohlen.« Allgemeines Bedauern machte sich in Form verschiedener Mitleidslaute am Tisch breit.

Mischa wurde rot. Jedoch nicht wegen der Anteilnahme an seinem erfundenen Schicksalsschlag, sondern aufgrund seines schlechten Gewissens.

Nach dem zweiten Bier hatte er sich dazu verpflichtet gefühlt, Jakob auch einen auszugeben, doch wie sagte man so schön? Fass mal einem nackten Mann in die Tasche! Also hatte er die dreiste Lüge vom Diebstahl erfunden und war überrascht, als Jakob lässig abgewunken hatte.

»Tja, das ist zwar ärgerlich, aber mach dir mal wegen der Getränke keinen Kopf, die übernehme ich schon. Allerdings musst du unbedingt deine Kreditkarte sperren lassen und Anzeige erstatten. Hast du aber sicher schon getan, oder?«

Mischa hatte den Kopf geschüttelt. »Dafür war keine Zeit, ich hatte ja den Termin für die Fahrt«, log er. Verdammt, warum begab er sich nur immer weiter auf so dünnes Eis? »Die Sperrung der Karte werde ich aber umgehend nachholen.«

»Telefonnummer 116 116«, hatte ihm Jakob noch nachgerufen, als er vor die Gaststätte getreten war, sich gut sichtbar vor eines der Fenster platziert hatte und dann so tat, als telefonierte er dort mit seinem Handy. Was aber unmöglich war, denn das war schon vor Tagen wegen der nicht bezahlten Rechnung gesperrt worden. Aber selbst wenn er das Telefon noch hätte benutzen können, was hätte er denn sperren sollen? Ein leeres Konto?

Mit der nächsten Lüge war er dann in den Gastraum zurückgekommen. »So, erledigt! Mit der Karte kann niemand mehr was anfangen.«

»Jaja, die Welt ist schlecht«, kommentierte Lucy seinen Verlust und nahm mit glänzenden Augen das Sektglas in Empfang, welches der Wirt ihr reichte.

»Endlich mal wieder Champagner«, flötete sie, »ganz wie in alten Zeiten.« Damit stieß sie an Gerhards Bierglas.

»Aber das ist doch bestimmt nur billiger Schaumwein. Echten Champagner werden die doch hier in dieser Dorfspelunke gar nicht haben, oder?«, flüsterte ihm Heinz zu, der ein alkoholfreies Bier bestellt hatte.

»Na, dann mal auf dein Wohl, Lucy«, prostete ihr Christiane zu. »So jung kommen wir nie mehr zusammen.«

»Jawohl, und das hier kann uns keiner mehr nehmen.« Jakob zwinkerte Mischa zu und stieß mit einem Schnaps an dessen Bierglas.

In diesem Moment betrat auch Alina den Schankraum. »Na, was steigt denn hier für eine feuchtfröhliche Party?«, wollte sie wissen und quetschte sich neben Mischa auf die Bank, was diesem nicht unangenehm war. Er stellte fest, dass ihr Haar nach Heu roch und von der Dusche noch etwas feucht zu sein schien. Make-up hatte sie nur dezent aufgetragen. Er fand, dass sie umwerfend aussah.

Jakob bestellte ihr ebenfalls ein Glas Sekt und wollte wissen, ob sie etwas von Hannelore gehört habe.

»Ja, die ist immer noch drüben bei der türkischen Familie und wird da wohl auch zu Abend essen.« Sie nippte an ihrem Sekt. »So wie es aussieht, scheint sie sich da wohlzufühlen.«

Lucy nickte zustimmend, Heinz hingegen machte ein besorgtes Gesicht. »Aber sie kennt die Leute doch gar nicht, wäre es da nicht besser, sie würde hier bei uns …?« Dann fiel ihm plötzlich ein, dass hier bei ihnen ja bereits alle Betten besetzt waren. Schnell verstummte er.

»Sie wird schon wissen, was sie macht«, vermutete Lucy. »Sie ist ja schon so groß, dass sie ohne Zettel einkaufen gehen kann.« Als sie die erstaunten Gesichter der anderen sah, brach sie in schallendes Gelächter aus. Dann fiel auch bei den anderen der Groschen oder besser das Zehn-Cent-Stück.

»Darauf war ich als kleiner Junge auch sehr stolz«, verkündete Gerhard, »ich kam mir damals sehr erwachsen vor, als meine Mutter mich ohne Zettel, aber dafür mit der großen Milchkanne losschickte.« Dann nippte er gedankenversunken an seinem Bier.

Einen Moment lang herrschte Schweigen, denn alle schienen einen kurzen Abstecher in ihre eigene Kindheit zu machen.

Alinas Stimme holte sie wieder in die Gegenwart zurück. »Ich habe vorhin versucht, Herrn Drescher zu erreichen, aber im Büro lief nur der Anrufbeantworter, und sein Handy ist abgeschaltet. Ich wollte mit ihm klären, wie wir das hier mit den Kosten für die Übernachtungen regeln. Ich hoffe, ich erwische ihn morgen. Aber vielleicht ruft er auch heute Abend noch zurück, ich habe ihm auf Band gesprochen, wo wir sind und was uns passiert ist.«

»Ach, das wird sich schon klären«, verkündete Jakob und winkte schon wieder nach dem Wirt. »Ob ihr es glaubt oder nicht, irgendwie ist mir heute nach Feiern zumute.«

»Ob ihr es glaubt oder nicht, das beste Bier, das ich je getrunken habe, gab's in Marrakesch, als ich diesen Film mit Omar Sharif gedreht habe«, kicherte Lucy und nippte an ihrem Glas Sekt.

Diese Erinnerung kam ihr in den Sinn, weil Gerhard zuvor erklärt hatte, dass er sein bestes Bier im Carl-von-Stahlhaus in den deutsch-österreichischen Alpen getrunken hatte. Nach dem anstrengenden Aufstieg vom Königsee war es damals wie ein eiskalter Gebirgsbach durch seine Kehle geströmt. »Das waren noch Zeiten, wir sind die knapp acht Kilometer damals noch in weniger als vier Stunden gewandert.«

»Geht da keine Seilbahn rauf?«, wollte Heinz wissen, dem anscheinend schon bei dem Gedanken an solche Strapazen der Schweiß ausbrach. Es konnte aber auch an dem Schnaps liegen, zu dem Jakob ihn genötigt hatte. Auch sein neues Bier war plötzlich »bleihaltig«, denn alkoholfreies Bier zu trinken, das sei doch wie Duschen mit Regenmantel, hatte Jakob bei der Bestellung gemeint.

Alina und Christiane verabschiedeten sich und zogen sich zurück, was besonders Mischa und Jakob bedauerten. Lucy hingegen, jetzt das Hühnchen im Korb, genoss die Anwesenheit der vier Männer. Obwohl, wenn sie sich hier so umsah …

»Der Omar Sharif, das war noch ein echter Mann. Mit seinen glühenden Augen, feurig und romantisch«, schwärmte sie.

»Haben Sie den wirklich gekannt?«, wollte Heinz ungläubig wissen. Er beugte sich vor, um an Gerhard vorbeiblicken zu können, der sich seinerseits zurückgelehnt hatte und mit der Hand eine Wischbewegung vor seinem Kopf machte.

»Aber sicher doch, ich erinnere mich nur nicht mehr an den Film, den wir damals gedreht haben.« Man sah Lucy an, dass sie sich krampfhaft zu erinnern versuchte. »Irgendwas mit Alexandria.«

»*Eiskalt in Alexandria*?«, wollte Jakob wissen.

»Ja, genau. Ach, Jakob, du bist ein Schatz.«

Jakob lächelte ihr zu, verkniff es sich aber, ihr zu sagen, dass er sich nicht nur sehr gut an diesen Film erinnern könne, sondern auch daran, dass Omar Sharif darin gar nicht mitgespielt hatte.

Aber warum sollte man Lucy ihre Illusionen nehmen, wenn sie doch in ihrer eigenen kleinen Traumwelt glücklich war?

Nun hatte Gerhard den Wirt zum Tisch gerufen und sah die anderen auffordernd an. »Jetzt bin ich mal dran, eine Runde zu geben. Was möchten Sie trinken?«, fragte er Jakob, »noch ein Bier?«

Der bekam just in dem Moment, in dem er antworten wollte, einen Schluckauf. Alle lachten, als er plötzlich statt einer Antwort hickste. Dann fing er sich aber schnell wieder und überraschte den ehemaligen Richter mit einer Forderung. »Ich nehme gerne noch ein Bier, aber nur um damit Brüderschaft mit Ihnen zu trinken. Wir duzen uns fast alle, nur Sie nicht, und das finde ich irgendwie schade. Vor allem jetzt, wo wir doch aufgrund unserer Panne eine Art Schicksalsgemeinschaft geworden sind.«

Gerhard Kannengießer sah ihn erstaunt an. Bisher hatte er tatsächlich alle gesiezt, und es wäre ihm auch nie in den Sinn gekommen, den anderen das Du anzubieten. Er wollte schon etwas entgegnen, aber Lucy kam ihm zuvor.

»Da hat Jakob vollkommen recht«, dabei stieß sie Gerhard mit ihrem Ellbogen leicht in die Rippen. »Und wer weiß, was noch so alles auf uns zukommt? Ich habe da so ein seltsames Gefühl …«

Heinz Beckmann sah Kannengießer erwartungsvoll an. Er hätte einem ehemaligen Richter niemals das Du angeboten, und genau deshalb war er auch auf dessen Reaktion gespannt. Hoffentlich würde die Abfuhr, die Jakob gleich erhielt, nicht ganz so hart ausfallen, denn das würde die Stimmung ein wenig trüben.

Gerhard Kannengießer schaute mit heruntergezogenen Augenbrauen in die Runde, seine Miene verhieß nichts Gutes. Doch dann entspannte er sich plötzlich und fing an zu lachen. »Okay! Denn wenn wir schon so sind, dann wollen wir auch so sein«, bekannte er und hielt Jakob die Hand hin. »Ich heiße Gerhard, aber du kannst Gerd zu mir sagen.«

Jakob erhob sich leicht von seinem Stuhl, nahm die angebotene Hand und verbeugte sich leicht. »Jakob.«

Gerd drehte sich zu Lucy. »Gerd.«

»Lucy, angenehm. Jetzt gefällst du mir schon viel besser. Jetzt bist du nicht mehr so steif.«

»Steif? Wie meinen Sie, oh Pardon, wie meinst du das?«

»Na, du hast dich immer bewegt, als ob du 'nen Stock im Arsch hättest«, beantwortete Lucy seine Frage ungerührt.

Dafür prustete nun Heinz Beckmann seinen soeben getrunkenen Schluck Bier lang über den Tisch. »Oh, Entschuldigung«, murmelte er und kramte in seiner Hose nach einem Papiertaschentuch.

Gerd ließ sich wieder auf seinen Sitz fallen und schnappte nach Luft. Zwei Sekunden lang herrschte Schweigen über dem großen Tisch, an dem sie saßen. Dann aber fing Gerd an zu lachen und klopfte Lucy auf die Schulter. »So drastisch hat mir das noch keiner vor Augen geführt, aber ich muss zugeben, als Richter und Respektsperson gewöhnt man sich in all den Jahren tatsächlich manch seltsame Eigenart an.« Er blickte den Wirt an, der zwischenzeitlich zur Theke gespurtet war und ein Handtuch geholt hatte. »Na, dann bringen Sie uns doch noch mal eine Runde und eine kräftige Kneifzange.« Als er die verständnislosen Blicke der anderen sah, grinste er. »Na, um den Stock aus meinem Allerwertesten zu ziehen.«

Heinz Beckmann atmete erleichtert auf. Diese Art von Humor lag ihm zwar nicht, aber Gerd schien sie nichts auszumachen.

Der Wirt näherte sich ihrem Tisch und balancierte neben der Bestellung noch eine Lage Schnapsgläser auf seinem Tablett. »So eine lustige Truppe wie euch hatte ich hier schon lange nicht mehr.« Er verteilte die Getränke und stellte dann noch jeweils einen Schnaps daneben. »Der geht aufs Haus.«

»Für mich nicht«, wehrte Heinz ab und schob das Glas von sich. Aber ebenso schnell stand es wieder vor ihm, denn Lucy hatte unmittelbar reagiert. »Von wegen«, kicherte sie. »Mitgehangen, mitgefangen!«

Bevor Heinz ein weiteres Mal ablehnen konnte, hatte der Wirt bereits das letzte Schnapsglas vom Tablett genommen und hielt es nun auffordernd in die Höhe. »Meine Dame, meine Herren, wie heißt es doch so schön? Ist der Arsch auch bemoost, Prost!« Mit diesem Trinkspruch kippte er den Klaren in einem Zug hinunter und schmatzte genüsslich.

Auch die anderen hatten zunächst nur an ihrem Schnaps genippt, dann aber festgestellt, dass er gut trinkbar war, und ihn ebenfalls hinuntergespült.

»Ein verdammt gutes Zeug«, lobte Lucy, und auch Gerd nickte anerkennend.

Jakob und Mischa hatten zusammen angestoßen und beobachteten nun gemeinsam Heinz, dessen Augen immer noch geschlossen waren, während er sich mit der Zunge über die Lippen leckte.

»Freut mich, wenn Ihnen das Feuerwasser schmeckt. Es ist ein Marillenschnaps, den ich aus Österreich beziehe«, verkündete der Wirt mit einem gewissen Stolz in der Stimme.

»Hihi«, kicherte Heinz plötzlich albern. »Feuerwasser? Klingt nach Karl May. Das ist gut!«

Jakob wischte sich soeben den Schaum seines Bieres vom Mund. »Das hat damals der weiße Mann mitgebracht. Leider haben heute noch viele amerikanische Ureinwohner ihre Probleme damit.«

»Winnetou trinkt Feuerwasser!«, verkündete Heinz und stieß plötzlich Lagerfeuergeheul aus.

Mischa erschrak und wunderte sich, was ein Glas Marillenschnaps bei einem ehemaligen Finanzbeamten auslösen konnte.

»Möchten meine Blutsbrüder auch noch ein Glas von dem Feuerwasser?«, wollte er wissen. Noch bevor jemand antworten konnte, hatte er dem Wirt bereits ein Zeichen gegeben.

Dieser schien sich über die Wirkung seines Getränkes bereits im Vorfeld klar gewesen zu sein, denn auf seinem Tablett standen bereits wieder fünf Schnapsgläser. Über denen kreiste auch schon die Flasche.

»Mannomann, das geht ja ab hier wie beim Brezelbacken«, verkündete Jakob und stützte die Unterarme auf die Tischplatte. Er merkte bereits die Wirkung dieses hochgeistigen Getränkes, vor allem in Verbindung mit der Gerstenkaltschale. Man war eben keine zwanzig mehr und im Umgang mit Alkohol auch längst nicht mehr so geübt wie noch vor Jahren.

»Herr Wirt, bringen Sie uns bitte zwei scharfe Tranchiermesser«, forderte Gerd. »Ich möchte mit dem Bleichgesicht zu meiner Rechten Blutsbruderschaft feiern.«

Heinz hätte sich fast an seinem Schnaps verschluckt, als er das hörte, während Gerd bereits begann, seinen rechten Ärmel hochzukrempeln. Als der das erschrockene Gesicht von Heinz sah, prustete er los und hätte dabei fast sein Bierglas umgestoßen. Mischa konnte es im letzten Moment davor bewahren.

»Gut gemacht, Mischa! Lieber eine Kirche abbrennen lassen, als ein Bier zu verschütten«, lobte Jacob dessen Reaktionsschnelligkeit mit einer Stimme, die schon etwas aus dem Takt kam.

»Gut gemacht, junger Mann«, stimmte auch Gerd zu. »Mir ist schon von Anfang an aufgefallen, dass Sie ein helles Bürschchen sind, ein ganz helles. Aus Ihnen wird sicher noch mal was werden. Ich gehe doch davon aus, dass Sie diesen Job als Busfahrer nur so nebenbei machen, oder?«

»Ich wette, er studiert«, vermutete Lucy und blickte Mischa mit schräg gelegtem Kopf an. »Könnte mir gut vorstellen, dass er irgendwas mit Computern macht.«

»Oder vielleicht Veterinärmedizin«, schlug Heinz vor.

»Wie kommst du denn darauf? Ich hätte eher an einen Job bei einer Bank gedacht.« Jakob schüttelte ungläubig den Kopf.

»Ich doch auch, ich doch auch«, echote Heinz. »Der ist da doch sicher für die Krötenwanderung zuständig.« Sobald dieser Witz bei allen gesackt war, machte sich eine Heiterkeit breit, die durch die nächste Runde Schnaps noch gesteigert wurde.

Diesmal zierte sich niemand mehr, und die Gläser gingen schnell zum Mund.

Diese alten Leutchen konnten einen ganz schönen Stiefel vertragen, wunderte sich Mischa, dem schon die zweite Marille nichts mehr ausgemacht hatte, weil er sie in einem unbemerkten Augenblick in die Blumenvase auf der Fensterbank gekippt hatte. Er musste verhindern, dass er sich im angetrunkenen Zustand womöglich verplapperte.

»Volltanken bitte!«, verlangte Jakob und zeigte dem Wirt sein leeres Bierglas. Der nickte nur und begab sich an seine Wirkungsstätte hinter dem Tresen. »Ach was, machen Sie gleich noch 'ne Runde, Herr Dorfschenk!«

Heinz erhob sich, wobei er sich sicherheitshalber mit einer Hand an der Tischkante festhielt. »Freunde, Römer, Landsleute …! Ich habe einen Schwips.« Mit diesen Worten plumpste er zurück auf seinen Platz.

»Was jetzt noch fehlt, wäre eine Tanzkapelle«, meinte Gerd und wunderte sich, weil in diesem Moment, wie aufs Stichwort, die Tür aufging. Herein kam aber keine Tanzkapelle, sondern zwei Jugendliche, die dem Wirt zuwinkten, zwei Cola bestellten und sich dann zu den beiden Geldspielautomaten an der Wand begaben.

»Schade«, sagte Lucy und fuhr sich mit der Hand durch ihre lilafarbenen Haare. »Das Palastorchester wäre mir jetzt lieber gewesen. Da hätte man schön das Tanzbein schwingen können.«

Es dauerte keine Minute, da dröhnte bereits *Kein Schwein ruft mich an* aus den Deckenlautsprechern. Der Wirt hatte Lucys Wunsch gehört und als echter Max-Raabe-Fan die passende CD natürlich sofort griffbereit gehabt.

»Damenwahl«, krähte Heinz und stand bereits auf. Lucy schob sich auf der anderen Seite aus der Bank, nachdem Gerd ihr Platz gemacht hatte. Er wartete noch, ob sie ihn auffordern würde, doch Lucy schob sich auch noch an Jakob vorbei und zog dann Mischa von seinem Stuhl hoch.

»Das Friedhofsgemüse ist mir zu steif«, erklärte sie mit einem Blick auf die alten Männer und zog gleichzeitig ihren verdutzten Tanzpartner in die Mitte der Gaststätte.

Mischa nahm sie in den Arm, und die beiden legten eine kesse Sohle aufs Parkett. Wirkte sie doch sonst etwas schwerfällig und behäbig, so wunderte er sich jetzt, wie schwungvoll die alte Dame noch tanzen konnte. Was aber vermutlich daran lag, dass die Marille mittlerweile in ihren Hüften und Knien angekommen war.

»Potztausend«, staunte Heinz und griff sofort nach dem soeben gebrachten Bier. Dabei musste er vorsichtig sein, denn daneben stand bereits der nächste Schnaps. »Bei den vielen Falten, die diese alte Schachtel hat, hätte ich nie gedacht, dass die genauso beweglich ist.«

»Haha, sozusagen 'ne Faltschachtel«, verkündete Jakob grinsend. »Da sieht man wieder, dass das elfte Gebot aus der Bibel doch tatsächlich stimmt.«

»Das elfte Gebot?« Gerd sah den ehemaligen Buchhändler ungläubig an. »In meiner Bibel stehen nur zehn.«

»Du sollst dich nicht täuschen.« Jakob hob sein Glas und prostete dem ehemaligen Richter zu.

Heinz lachte und strahlte in die Runde.

Mischa schleifte Lucy mehr zum Tisch zurück, als dass sie ging.

»Junge, Junge, du hast aber einen flotten Schritt drauf«, lallte Lucy. Der Tanz hatte ihr den Alkohol nur noch schneller ins Blut getrieben. Dankbar ließ sie sich wieder auf die Bank fallen, griff aber sofort nach dem Schnapsglas. »Prost, Prost, meine Herren!«

Die vier anderen prosteten ihr zu, und die beiden Jungen am Geldspielautomaten glaubten ihren Augen nicht zu trauen. Da saßen ein jüngerer Mann und vier alte Menschen und schütteten sich zu wie die Amtsmänner. So was sollten sie sich mal wagen. Es gab ja schon beim Schützenfest Ärger, wenn sie mehr als ein Bier tranken.

»Gezz bin ich aba ma dran.« Auch Gerds Aussprache schien unter dem Einfluss des Hochprozentigen zu leiden.

»Halleluja!«, stimmte Heinz zu. »Herr Wirt, wir brauchen hinterher eine Wirtungsrechnung … äh nein, eine Aufstandsbescheinigung über die Verwirtung von Gästen, oder so.« Stolz blickte er in die Runde. »Damit können wir uns dann nämlich vom Finanzamt absetzen.«

Die nächste Runde Marille rollte heran. »Biddesehr!« Auch die Aussprache des Wirtes schien bereits etwas in Mitleidenschaft gezogen worden zu sein.

»Ich trinke auf dein Wohl, Marie«, sang Jakob, und Mischa sah ihn verdutzt an.

»Wer ist denn jetzt Marie?«, wollte er von dem ehemaligen Buchhändler wissen.

»Die Freudenin von Zank Frander«, klärte Gerd den jungen Mann auf. »Kennst du wohl nich mehr, oder? Zank Frander, den Ururenkel von Zanderstein?«

»Frank … Zander«, korrigierte ihn Jakob mit unsicherer Stimme. »Das war noch vor Mischas Zeit.«

»Ge-nau«, stimmte Heinz zu und rülpste. »Oh, 'tschuligung. Lebt der eigentlich noch, der alte Raubfisch?«

»Glaub' schon.« Jakob hatte Mühe, sein Schnapsglas sicher zu greifen, und Gerd stierte so vor sich hin, dass man glauben konnte, er wollte den Ururenkel durch reine Willenskraft herbeizaubern. Lucy hingegen sackte immer mehr in sich zusammen.

Der Wirt kam an den Tisch getaumelt und schaute erschrocken auf die Leblose herunter. »Wassen mit der? Iss die tot, oder was?«

»Ach was«, winkte Gerd lässig ab, »mach dir mal keine Sorgen, die stirbt zwar öfter mal, aber ihr Hobby ist Wiederauferstehung.« Er stieß Lucy an, die, in ihrer Ruhe gestört, nun was von »Lass mich endlich zufrieden, Omma Sherriff« murmelte.

»Genau«, stimmte Jakob seinem Vorredner zu. »Und weil sie tot ist, versaufen wir jetzt unser Lucy ihr klein Häuschen!« Dabei klang seine Stimme plötzlich wie die von Marcel Reich-Ranicki.

»Genau, denn man muss die Feste feste feiern, auch wenn sie hinfallen, oder so«, lallte Heinz, wobei sein Kopf schon derart wackelte, dass Jakob befürchtete, dass er ihm gleich von den Schultern fallen würde.

Das hier lief komplett aus dem Ruder. Der ehemalige Buchhändler hielt sich am Tisch fest. Mit dem Alkohol musste umgehend Schluss ein, sonst nahm das noch ein böses Ende. Es würde morgen früh auch so schon ein schlimmes Erwachen geben. Er musste jetzt vernünftig sein und auf die anderen Acht geben. Keinen Tropfen mehr. Feierabend. Dann bestellte er noch eine Runde Marille.

»Jawoll, noch mehr Feuerwasser für mich«, krakelte Heinz, wobei er langsam mit erhobenem Arm von der Bank rutschte.

Da keiner der Senioren mehr aufnahmefähig war, begann der Wirt hinter dem Tresen die bereits eingeschütteten Schnäpse einen nach dem anderen selber auszutrinken. Mit so viel Umsatz hatte er zu Beginn dieses trostlosen Tages nicht gerechnet.

KAPITEL 19

Unverhofft kommt manchmal leider viel zu selten

Während die anderen in der Dorfschänke die Wirtschaft ankurbelten, saß Hannelore am Esstisch der Familie Gökdemir und schnupperte interessiert. »Was ist denn das Leckeres?« Neugierig blickte sie auf die Schüssel, welche Seda gerade auf den Tisch stellte.

Die beiden Kinder hockten rechts und links neben ihr und hielten ihr Besteck schon einsatzbereit in der Hand. Es war weniger der Ruf ihrer Mutter als der Duft aus der Küche gewesen, der sie angelockt hatte.

»Als Vorspeise gibt es eine traditionelle türkische Linsensuppe.« Sie hob den Deckel ab und ließ Hannelore einen Blick darauf werfen.

»Die sieht nicht nur gut aus, die riecht auch sehr gut.« Die ehemalige Autohausbesitzerin legte ihre Stirn in Falten. »Ich komme aber nicht darauf, wonach sie riecht. Auf jeden Fall sehr frisch.«

Seda lächelte und nahm Hannelores Teller, um ihn aufzufüllen. »Probiere sie mal, vielleicht kommst du dann eher drauf.«

Das ließ Hannelore sich nicht zweimal sagen; sobald er letzte Teller gefüllt war, hatte sie auch schon den ersten Löffel im Mund.

»Hm, lecker, also ich schmecke Zitrone raus, aber was ist da noch drin?«

Die beiden Kinder amüsierten sich über Hannelores Unwissen. Elif sah ihre Mutter fragend an, und die nickte. »Da ist Pfefferminz drin«, verriet das kleine Mädchen mit einem spitzbübischen Lachen.

»Da wäre ich nie drauf gekommen …«, Hannelore probierte erneut, »aber jetzt, wo du es sagst …« Welche deutsche Hausfrau würde Pfefferminz in eine Linsensuppe geben?

Auf den zweiten Gang war sie ebenso gespannt. Als sie Seda beim Abräumen der Teller helfen wollte, drückte die sie auf ihren Stuhl zurück. »Du bist Gast in unserem Hause! Ilay, komm, hilf du mir mal.«

Man sah dem kleinen Jungen an, dass er viel lieber am Tisch sitzen geblieben und dem Gespräch dieser Oma mit seinem Vater gelauscht hätte.

Dieses Gespräch drehte sich natürlich um das Problem mit dem Bus. Die beiden waren noch völlig in ihre Fachsimpelei vertieft, als der zweite Gang kam.

»Reis mit weißen Bohnen und Huhn«, kündigte Seda den Inhalt der Schüssel an, die sie nun servierte. Hinter ihr erschien ihr Sohn mit einer großen Schüssel, die voll mit frischem Salat war. So groß, dass er es nur mit Mühe schaffte, sie auf den Tisch zu heben.

»Die türkische Küche ist anscheinend sehr gesund.« Hannelore staunte über die vielen frischen Zutaten. Ihr Mann hätte darüber den Kopf geschüttelt. Seine Devise hatte immer gelautet: »Ich esse gerne Salat, wenn er vorher durch ein Schwein gegangen ist.«

»Man kann das Gericht auch mit Bulgur machen«, erklärte Seda und füllte Hannelores Teller auf. »Kennst du das?« Sie erntete ein Kopfschütteln.

»Das ist Hartweizengrieß, hast du sicher schon mal bei einem türkischen Essen als Salat gesehen«, vermutete Hakan und hielt seiner Frau den eigenen Teller hin.

»Ich muss zugeben, dass ich heute das erste Mal türkisch esse, mein Mann war eher ein Fan der deutschen Küche. Eisbein, Schnitzel oder mal eine Roulade.«

»Wart ihr denn auch noch nie in der Türkei in Urlaub?« Seda bediente jetzt die Kinder. »In den Hotels dort gibt es doch auch solche Spezialitäten.«

»Wir sind immer nach Österreich gefahren«, bekannte Hannelore, »ins Salzkammergut. Das war das Weiteste an Ausland, zu dem ich meinen Mann habe überreden können.«

»Das kann ich verstehen, euer Autohaus hat sicher sehr viel Arbeit gemacht und Zeit in Anspruch genommen.«

»Oh ja, und er war wirklich froh, wenn er in der Zeit auf der Hütte nur den Wind hat rauschen hören.« Sie probierte den Reis und nickte Seda anerkennend zu. »Aber das kennst du ja selber.«

Als Erwiderung seufzte Hakan nur und nickte.

Hannelore hielt die Gabel hoch. »Auch sehr lecker, Seda, ich könnte auf meine alten Tage tatsächlich noch ein Fan der türkischen Küche werden.«

»Wobei die Kinder natürlich auch gerne Pommes essen«, gestand die junge Frau.

»Ich freue mich schon auf den Nachtisch«, lächelte Elif Hannelore an, »und ich weiß auch schon, was es gibt«, verkündete sie stolz.

»Aprikosenkompott«, kam Ilay seiner Schwester zuvor und erntete dafür unter dem Tisch einen Tritt.

Hakan legte die Gabel beiseite und schob den Teller von sich. Nachdem er tief Luft geholt hatte, sah er Hannelore an. »Die Selbstständigkeit habe ich mir ganz anders vorgestellt«, kehrte er zum vorherigen Thema zurück, »aber die Wirklichkeit hat mich eines Besseren belehrt.«

Hannelore blickte ihn aufmerksam an. »Was ist denn das Problem?«

In diesem Moment klingelte das Telefon im Wohnzimmer. Hakan reagierte sofort. »Entschuldigung, bin gleich wieder da.«

Kaum hatte ihr Mann den Raum verlassen, versuchte Seda die Situation zu erklären, allerdings sicher anders, als dieser es getan hätte. »Die Werkstatt läuft gut, es gibt genug Aufträge, aber Hakan schafft das alleine nicht. Wir bekommen keinen Lehrling, nicht mal eine Aushilfe.«

Hannelore kannte die momentane Situation auf dem Arbeitsmarkt und vor allem die im Handwerk.

»Aber dazu kommt noch etwas anderes.« Seda senkte ihre Stimme und sah zur Wohnzimmertür, die Hakan hinter sich zugezogen hatte. »Viele türkische Männer sind sehr gute und geschickte Handwerker, aber leider sind sie dann oft keine guten Kaufleute. Und leider gehört auch mein Mann zu dieser Kategorie. Der ganze Papierkram, das liegt ihm nicht besonders.« Auf ihrem Gesicht erschien ein Grinsen. »Du wärst erstaunt, wenn du sein Arbeitszimmer siehst. Außerdem hat er oft Skrupel, den Kunden überhaupt eine Rechnung zu schicken, weil er meint, seine Arbeit sei zu teuer.«

Hannelore kannte solche Menschen, die gab es nicht nur unter Türken.

»Und ich bin traurig, weil ich ihn da nicht richtig unterstützen kann«, klagte Seda, »ich habe Zahnarzthelferin gelernt und kenne mich mit den Büchern einer Autowerkstatt nicht aus.«

Zu wenig Unterstützung in der Werkstatt und zu wenig Einnahmen wegen nicht geschriebener Rechnungen. Hannelore konnte sich das Dilemma, in dem die Familie steckte, sehr gut vorstellen. Genau in diesem Moment, als Hakan zurückkam und Ilay nach dem Aprikosenkompott verlangte, traf Hannelore eine Entscheidung. »Wenn wir mit dem Essen fertig sind, würde ich mir gerne mal deine Buchhaltung ansehen«, wandte sie sich an ihn. »Ich bin richtig neugierig, wie man das heute macht, denn ich bin ja schon lange aus dem Geschäft.«

Hakan war sprachlos und zog gedankenverloren seinen Teller wieder zu sich heran.

»Äh, ja, die kann ich dir gerne zeigen«, erklärte er immer noch völlig perplex und übersah dabei das Augenzwinkern, mit dem Hannelore seine Frau bedachte.

»So, wer möchte jetzt Aprikosen zum Nachtisch?«, fragte sie, und zwei kleine Arme schossen in die Höhe.

Eine Viertelstunde später saß Hannelore mit Hakan in dessen Büro und raufte sich innerlich die Haare. Wenn dessen handwerkliches Können im genauen Gegensatz zu seinem kaufmännischen stand, dann musste er ein Topmechaniker sein. Seine Ablage hätte den Namen »einfach alles rein und zuklappen« tragen können und der Rest den Namen Chaos. Aber trotzdem war das, was sie hier vor sich sah, nichts, was man nicht mit etwas Anstrengung, einem vernünftigen Ablagesystem und einem großen Schredder würde in Ordnung bringen können.

Hakan sah man seine Verlegenheit deutlich an. Er scheute sich aber auch nicht zuzugeben, dass ihm das alles hier über den Kopf gewachsen war.

»Was hältst du davon, wenn Seda uns noch einen Tee macht und wir dann mal versuchen, hier etwas Ordnung reinzubringen?«

Hakan sah sie entgeistert an. »Aber du bist doch hier zu Besuch.«

»Wer sagt denn, dass eine Besucherin sich nicht nützlich machen darf? Heute Abend bekommen wir das alles ohnehin nicht geregelt, aber durch einfaches Sortieren und Stapeln vielleicht schon mal etwas Ordnung rein.«

Hakan druckste herum. Das Angebot war zu verlockend. Diese Frau kannte sich sicher gut in Sachen Büroarbeit aus. »Na gut, ich nehme dein Angebot sehr gerne an, aber erst mal gehe ich in die Küche und bestelle uns noch Tee.«

Als er wiederkam, war Hannelore bereits dabei, die ersten Papiere zu sichten. Auch den Schredder hatte sie schon gefunden.

»Die Arbeit muss noch warten«, verkündete Hakan, als er wieder das Büro betrat.

Hannelore sah ihn verdutzt an. »Was ist denn passiert? Haben die Wehen eingesetzt?«, fragte sie erstaunt.

»Nein, aber die Kinder sind im Bett und möchten, dass du zu ihnen kommst und ihnen gute Nacht sagst.«

Hannelore sah Hakan verdutzt an und sog dann leise die Luft ein. So ein Wunsch war noch nie an sie herangetragen worden. Aber woher auch? Plötzlich überkam sie ein Gefühl von Wärme und Zuneigung, wie sie es lange nicht mehr erlebt hatte. Und wenn sie sich hier im Büro so umsah, auch das Gefühl endlich wieder gebraucht zu werden.

»Gut, ich gehe mal eben zu ihnen rauf. In der Zwischenzeit kannst du ja schon mal anfangen, diesen Papierberg hier zu sortieren. Ich wette, darunter kommt ein Schreibtisch zum Vorschein.« Lachend verließ Hannelore das Büro und ließ einen verdutzten Mechaniker zurück.

Elif und Ilay lagen schon in ihren Betten, umgeben von der üblichen Menge an Stofftieren. Hannelore setzte sich zu Elif, die daraufhin sofort ein Buch unter der Bettdecke hervorzog. »Liest du uns noch was vor?«

»Oh ja, vorlesen««, verlangte auch Ilay, kroch aus seinem Bett in das seiner Schwester und schmiegte sich an Hannelore. Die musste bei so viel kindlicher Zuneigung erst einmal tief durchatmen, bevor sie ihren Arm um Ilay legte und das Buch aufklappte. Auch Elif hatte sich an sie gekuschelt.

Die Geschichte handelte von zwei Kindern, die durch ein geheimnisvolles Baumhaus in die Zeit der Dinosaurier versetzt wurden und dort Abenteuer erlebten. Aber trotzdem die Geschichte sehr spannend war, so fand zumindest Hannelore, fielen ihren beiden Zuhörern schon bald die Augen zu. Vorsichtig, um sie nicht zu wecken, kletterte sie aus dem Bett und deckte beide zärtlich zu. Dann stieß sie einen Seufzer aus, legte das Buch auf Elifs Nachttisch und schlich zur Tür. Gerade als sie das Licht ausschalten wollte, schien Ilay noch mal aufgewacht zu sein. Seine Stimme klang ganz schlaftrunken, als sie ihn murmeln hörte: »Gute Nacht, Büyükanne!«

Hannelore wischte sich verstohlen eine Träne aus dem Augenwinkel und schloss leise die Tür. Außen lehnte sie sich erst mal dagegen und atmete tief durch. Sie war von dem Vertrauen, welches die beiden Kinder ihr wie selbstverständlich entgegengebracht hatten, völlig überwältigt. Für einen Augenblick schloss sie die Augen, dann straffte sie ihren Körper und stieß sich von der Tür ab.

So, jetzt würde sie sich um Hakans Bücher kümmern. Sie war sich sicher, dass sie da sehr schnell Grund reinbekam. Und noch während sie die Treppe herunterstieg, kam ihr plötzlich ein seltsamer Gedanke.

KAPITEL 20

Wie man mit einem Kater spazieren geht

Sämtliche Soldaten des vorbeimarschierenden Bataillons trugen genagelte Schuhe und führten einen laufenden Presslufthammer mit sich. Das war zumindest das Gefühl, welches Jakob von seinem Kopf vermittelt wurde. Noch nie in seinem Leben hatte er Obst so gehasst wie diese verdammte Marille.

Mühsam rollte er sich auf die Seite und musste einen Moment lang ruhig liegen bleiben, damit die Schockwellen, die durch seinen Schädel rauschten, etwas Zeit bekamen, wieder abzuklingen. Als er es schaffte, die Augen wieder zu öffnen, sah er, dass aus Mischas Ohren zusammengerolltes Toilettenpapier ragte. Er musste nicht lange darüber nachdenken, warum es dort steckte, sondern nur mit der Zunge durch seinen trockenen Mund fahren. Ihn durchlief ein leiser Schreck, wenn er daran dachte, wie laut er letzte Nacht vermutlich geschnarcht hatte. Der arme Junge.

Jakob wäre gern noch länger liegen geblieben, um seinen Kopf zu schonen, doch ein anderer Körperteil zwang ihn dazu aufzustehen. Mühsam schleppte er sich ins Bad, stützte sich an der Wand hinter dem Toilettentopf ab und schloss resigniert die Augen. Schneller, als ihm lieb war, kam er jedoch zu der Erkenntnis, dass es in seinem Zustand besser war, sich hinzusetzen. Was unter anderem daran lag, dass das Badezimmer sich scheinbar um sich selbst drehte.

Dank starker Willenskraft und Entschlossenheit schaffte er es, sich wieder zu erheben, stolperte ans Waschbecken und erledigte seine Morgenroutine. Ein paar Minuten später hatte er sich bereits angezogen und die Zimmertür von außen leise hinter sich geschlossen. So würde Mischa wenigstens noch ein paar Minuten ruhig schlafen können.

Jakob stieg die Treppe hinunter und betrat den Gastraum. »Der Täter kehrt immer zum Ort seiner Verbrechen zurück«, murmelte er leise und blickte ängstlich zum Stammtisch hinüber, an dem er gestern ein paar seiner ihm noch verbliebenen Gehirnzellen ertränkt hatte. Der Tisch war aufgeräumt und sauber. Ebenso wie die Theke. Hatte der Wirt das gestern in seinem Zustand noch gemacht, oder gab es eine Reinigungskraft? Womöglich eine mit Ehering?

Da er hier noch alleine war, ließ er sich auf einem Stuhl nieder und stützte den Kopf in beide Hände.

»Frühstück?« Jakob zuckte zusammen. Anscheinend war er kurz eingenickt. Als er den Kopf hob, blickte er in Christianes Gesicht, auf dem ein amüsierter Ausdruck lag.

»Höchstens einen Kaffee«, stöhnte Jakob und erhob sich mit einem Ächzen.

»Das Frühstücksbuffet ist im Nebenraum«, klärte ihn die ehemalige Ärztin auf und deutete dabei auf eine Schiebetür. »Werden Sie es bis dorthin schaffen, oder soll ich Ihnen einen Kaffee holen?«

Jakob wollte sie gerade daran erinnern, dass sie sich ja seit gestern alle duzten, als ihm einfiel, dass Christiane bei dem Gelage nicht dabei gewesen war. Was vermutlich auch besser war, denn er erinnerte sich nicht mehr daran, wie das Ganze geendet hatte. Wie peinlich! Und passend dazu fiel Jakob ein altes Sprichwort ein: »Wenn es dem Esel zu wohl wird, dann geht er aufs Eis.« Und alte Esel schienen dafür besonders prädestiniert zu sein.

»Nein danke«, lehnte er Christianes Angebot ab. »Ich glaube, wenn ich all meine Kraft und meinen Willen zusammennehme, schaffe ich es gerade noch bis ans Büffet.« Er blieb noch einen Moment lang stehen, weil er merkte, dass der Boden schwankte, erst dann setzte er sich langsam und unsicher in Bewegung.

Kaum war er durch die Tür getreten, da schlug ihm schon der Geruch von Speck und Spiegeleiern entgegen. Sein Magen signalisierte ihm umgehend, er möge sich so schnell wie möglich einen Kaffee organisieren und dann den Raum wieder verlassen, weil es sonst zu einer körperlichen Revolte kommen könnte. Sicherheitshalber verließ er mit der Kaffeetasse in der Hand nicht nur den Frühstücksraum, sondern auch gleich das Gasthaus. Draußen ließ er sich auf die von der Sonne beschienene Holzbank sinken.

Christiane war ihm gefolgt und setzte sich neben ihn. »So schlimm?«

Das in der Frage mitschwingende Mitleid beschämte Jakob noch mehr als die Peinlichkeit, so von ihr gesehen zu werden. »Auf jeden Fall war es feucht und fröhlich«, gab er zu. »Die Stimmung wurde sogar so gut, dass wir uns seit gestern alle duzen. Zumindest diejenigen, die dabei waren, und auch nur, sofern sie sich heute noch daran erinnern können«, setzte er leicht zweifelnd hinzu.

»Das ist aber schade, da scheine ich ja wirklich was verpasst zu haben.« Christiane streckte die Beine von sich und verschränkte die Arme vor der Brust. Dann lehnte sie ihren Kopf an die bereits angewärmte Mauer hinter sich und schloss die Augen.

»Nun ja, wie man es nimmt.« Jakob trank einen vorsichtigen Schluck von seinem Kaffee. Er war heiß, schwarz und stark. »Ich wünschte, ich wäre früher ins Bett gegangen. Aber irgendwie scheinen alle den *point of no return* verpasst zu haben.«

»Ist doch egal, Hauptsache, alle hatten ihren Spaß.« Sie hielt die Augen geschlossen, während sie weitersprach. »Ich heiße übrigens Christiane.«

Jakob wurde von diesem plötzlichen Themenwechsel vollkommen überrascht. »Ein schöner Name, ich heiße Jakob.«

»Ich weiß, und auch das ist ein schöner Name. Ich kannte mal einen sehr netten Menschen, der auch Jakob hieß.« Auf Christianes Gesicht erschien ein Lächeln.

Hübsch, dachte Jakob, das steht ihr. »Ein Mensch, der dir sehr nahestand?«

Das Lächeln verschwand. So wie die Sonne, vor die soeben eine Wolke gezogen war. Plötzlich hatte Jakob das Gefühl, dass Christiane zu zittern schien. Hatte er das mit seiner Frage ausgelöst?

Die ehemalige Ärztin seufzte, richtete sich auf und öffnete erst dann die Augen. Einen Moment lang blickte sie in die Ferne, bevor sie sich Jakob zuwandte und ihn ansah. »Jakob war ein kleiner Junge. Er lebte in Afrika.«

Jakob hielt ihrem Blick stand. Was für schöne graue Augen, dachte er. »Lebte? Ist der denn tot?«, wollte er wissen.

»Ja, schon lange.« Auf ihrem Gesicht erschien unendliche Trauer.

Jakob kam es vor, als hätte er mit seiner Frage den Deckel einer Kiste voller Erinnerungen angehoben. Trauriger Erinnerungen.

»Hast du Lust auf einen Spaziergang?«, wollte Christiane wissen und deutete auf einen Feldweg, der schräg gegenüber der Dorfschänke durch die Wiesen führte.

»Aber sicher, ich glaube, frische Luft ist momentan das Beste, was ich meinem Körper anbieten kann. Außer vielleicht noch ein bisschen mehr Vernunft im Alter.« Er stellte die Kaffeetasse auf die Bank und erhob sich.

Langsam schlenderten die beiden in Richtung Feldweg. Keiner von ihnen sprach, aber beide waren froh, als die große Wolke über ihnen die Sonne wieder freigab. Erst kurz vor dem Waldrand, an dem der Feldweg endete, brach Christiane ihr Schweigen.

»Ich war als junge Ärztin in Afrika. Direkt nach dem Ende des Studiums fand ich, dass ich etwas Sinnvolleres machen sollte, als Plattfüße oder Hämorrhoiden zu behandeln. Also habe ich mich für ein Jahr bei einer Hilfsorganisation verpflichtet, die sich um Kinder in Afrika kümmerte. Genauer gesagt im Tschad, der auch heute noch zu den ärmsten Ländern der Welt gehört.«

»Und wann war das?« Jakob sah eine Bank am Waldrand stehen.

»Das war 1979, zwei Jahre bevor Karl-Heinz Böhm seine Organisation *Menschen für Menschen* gründete und nach Äthiopien ging.« Sie hatten die Bank erreicht, und Christiane ließ sich ungefragt darauf nieder. Einladend deutete sie auf den Platz neben sich. »Ich habe dort zwei Jahre in einer Art Praxis gearbeitet, aber nicht so eine, wie wir sie hier kennen. Wir sind mobil gewesen, von Dorf zu Dorf gefahren und versuchten zu helfen, wo es nur ging. Aber sowohl die Mittel als auch unsere Möglichkeiten waren begrenzt. Es gab keinerlei technische Hilfsmittel, dafür aber viel menschliches Leid. Der Tschad war damals bereits von Bürgerkriegen zerstört und verarmt. Lange Dürreperioden sorgten dann zusätzlich dafür, dass die Bevölkerung hungerte. Es fehlte einfach an allem.« Sie seufzte und legte ihre Hände in den Schoss. Dorthin, wo sie in der damaligen Zeit nie gelegen hatten. Denn wo sie nur konnte, hatte sie mit angefasst. All das Elend sehen zu müssen, war schon schlimm, aber besonders belastet hatte es sie, dass vor allem die Kinder litten. Ausgezehrt von Krankheit und spindeldürr vor Hunger. »Eines Tages kam eine Mutter zu uns und brachte uns ihren Sohn. Er hatte sich beim Spielen den Arm gebrochen. Jakob war ein aufgewecktes, kleines Kerlchen von circa acht Jahren. Seine Mutter wusste nicht mehr genau, wann sie ihn bekommen hatte. Da wir gerade eine Art Feldlazarett aufgebaut und Platz hatten, boten wir ihr an, dass sie für eine Weile bei uns bleiben könnten. Sie nahm das Angebot an, und alle schlossen Jakob schon bald ins Herz.« Christiane schlang die Arme um den Oberkörper, als wäre ihr plötzlich kalt geworden. Dann sprach sie weiter. »Trotz seines gebrochenen Armes lief er im Lazarett herum und versuchte, die anderen Kinder aufzuheitern. Viele von ihnen waren hoffnungslos geworden und hatten sich aufgegeben. Jakob machte Faxen, brachte sie zum Lachen und hatte für jeden ein nettes Wort. Er war sehr bald der Liebling aller im Lager.« Christianes Blick schweifte nun über die Felder, und sie schwieg eine Zeit lang.

Ihr Gesichtsausdruck verriet dem alten Jakob, dass sie sich gerade wieder im Tschad bei dem jungen Jakob befand. Augenscheinlich verbunden mit einer schönen Erinnerung, wie ihm ihre Miene verriet. Doch die änderte sich plötzlich. Denn auch in der Erinnerung blieb die Zeit nicht stehen, sondern lief ständig weiter. Die Sorgenfalten, die sich auf ihrer Stirn bildeten, verrieten ihm, dass die Geschichte mit seinem Namensvetter kein gutes Ende nehmen würde, auch wenn sie bis jetzt so positiv verlaufen war. Als Christiane leicht aufschluchzte, ergriff er aus einer Intuition heraus ihre Hand und hielt sie fest. Was sie zu seiner Überraschung geschehen ließ und weiter berichtete.

»Der Armbruch verheilte gut, doch eines Tages klagte Jakob plötzlich über Bauchschmerzen. Wir nahmen zunächst an, dass es sich um eine Art Kolik handelte, weil er oft zu hastig aß, wenn er irgendwo an etwas Essbares herankam. Doch es stellte sich heraus, dass die Bauchschmerzen von einem Tumor stammten. Der schnell und unaufhörlich wuchs …«

Jakob schwieg und wartete darauf, dass Christiane weitersprach, was allerdings wieder eine Zeit lang dauerte.

»Es war Krebs, und zwar einer der übelsten Sorte. Das arme Kind hat nur noch drei Monate gelebt und trotzdem …« Sie schaute Jakob in die Augen. »Er hat noch bis zum Schluss versucht, für die anderen da zu sein, sie aufzuheitern. Sie sollten keine Angst haben, hat er ihnen erzählt, und dass alles wieder gut werden würde, weil Gott ja auf sie achtgäbe.« In ihren Augenwinkeln erschienen Tränen. »Wir waren so verdammt machtlos, unsere Schmerzmittel halfen nicht, und wir mussten mitansehen, wie sehr Jakob sich bis zu seinem Tod quälte.«

Der ehemalige Buchhändler schluckte. Was war das nur für eine Ungerechtigkeit auf der Welt. Manche Menschen lebten im Überfluss und waren dabei auch noch undankbar, andere hingegen hatten nicht mal sauberes Wasser oder genug zu essen. Er behielt Christianes Hand weiter in seiner. »Wie ging es dann weiter?«, wollte er wissen.

Ein weiterer tiefer Seufzer. »Die Mutter, in deren Armen er starb, hat uns Vorwürfe gemacht, weil wir ihrem Sohn nicht hatten helfen können. Sie beschuldigte uns sogar, dass wir ihn absichtlich hätten sterben lassen.«

»Aber das stimmte doch nicht!«, widersprach Jakob sofort.

»Natürlich nicht, aber wer kann einer Mutter verübeln, dass sie einen Schuldigen sucht, wenn ihr Sohn stirbt?« Man sah der ehemaligen Ärztin an, dass dieser Vorwurf auch heute noch wie ein giftiger Stachel in ihrem Gewissen saß. »Wir haben damals alles getan, was in unserer Macht stand, aber es hat eben nicht gereicht.« Sie wischte sich die Tränen aus den Augen. »Es ist so ungerecht, dass das Leben eines Menschen davon abhängt, wo er geboren wird.«

»Aber selbst die beste Medizin hätte sein Leben doch vermutlich auch nur verlängert, aber nicht gerettet, oder?«, vermutete Jakob, der ahnte, welche Form von Krebs sein Namensvetter gehabt hatte.

Christiane nickte, dann riss sie sich plötzlich sichtlich zusammen und straffte die Schultern. Ihre Hand jedoch ließ sie in der von Jakob ruhen. »Das also hat es mit dem Jakob auf sich«, erklärte sie, »ich werde ihn nie vergessen und auch den Namen nicht, und jetzt weißt du auch, warum ich diesen Namen so schön finde. Ich denke übrigens, dass er sehr gut zu dir passt.«

»Nun ja, dafür, dass ich so heiße, bin ich ja nicht verantwortlich, er war die Idee meiner Mutter«, bekannte Jakob. »Im Gegensatz zu meinem Vater, der wollte, dass ich Carl-Otto heißen sollte. Nach einem Großonkel väterlicherseits.«

»Na, zum Glück hat sich deine Mutter durchgesetzt.«

»Ja, und wer weiß, vielleicht würde man mich heute sogar Caro rufen. Dann doch lieber Jakob.«

Christiane lachte auf, und zu Jakobs Freude glätteten sich dabei auch die Sorgenfalten auf ihrer Stirn.

»Und was hast du nach deinem Afrika-Abenteuer gemacht, wenn man es denn so nennen kann«, wollte er wissen.

»Ich habe ein paar Jahre in einem Krankenhaus gearbeitet und bin dann später als Sozia in die Hausarztpraxis eines Kollegen eingestiegen.«

»Müsste ich dann nicht eigentlich Frau Doktor zu dir sagen?«, wollte Jakob mit spitzbübischem Grinsen wissen.

»Nein, das müsstest du nicht, denn ich habe keinen Doktortitel, es hat sich einfach nicht ergeben.«

»Oje, und ich kann mich noch erinnern, dass bei uns früher so manche Frau ihren Doktortitel per Unterschrift auf dem Standesamt gemacht hat«, erinnerte sich Jakob.

»Ja, das gab es früher. Für manche Leute war die Frau des Doktors automatisch auch Frau Doktor.« Plötzlich lachte sie lauthals los.

Jakob sah sie interessiert an. »Was ist denn daran so lustig?«

Christiane hielt sich verlegen die Hand vor den Mund. »Mir ist gerade eingefallen, wie ein Kollege das mal genannt hat. Also den Doktor durch Heirat zu machen.«

»Ach, und wie?«, wollte Jakob neugierig wissen.

»Vaginale Promotion.«

KAPITEL 21

Ein Kater zum Frühstück

Mischa hatte nach dem Aufwachen festgestellt, dass Jakob bereits unterwegs war, was ihm sehr entgegenkam. Es war ihm lieber, dass der nicht mitbekam, dass er völlig nackt geschlafen hatte. Aber nicht etwa, weil er schamhaft gewesen wäre, sondern weil er seine Unterwäsche und die Socken gestern Nacht noch in der Duschwanne mit Jakobs Haarshampoo gewaschen und auf der Heizung unter dem Fenster zum Trocknen aufgehängt hatte. Er schwang die Beine aus dem Bett und wunderte sich bei dieser Übung, dass es ihm so gut ging. Vermutlich ganz im Gegensatz zu seinem Zimmernachbarn, was aber bei dessen Alkoholkonsum sicher kein Wunder war.

Mein lieber Scholli! Die vier alten Leutchen hatten gestern gebechert, als würde am nächsten Tag die Prohibition verkündet. Er hatte bei dieser Schlagzahl kaum noch mithalten können und war deswegen auch frühzeitig auf Wasser umgestiegen. Ein Umstand, der ihm später dabei behilflich gewesen war, seinen Zimmergenossen ins Bett zu schleppen, der erhebliche motorische Probleme gehabt hatte. Außerdem war ihm noch die Fähigkeit der korrekten Nutzung seiner Muttersprache abhandengekommen. Mit anderen Worten, er hatte schwer gelallt. Ein Wunder, dass der schon wieder auf den Beinen war.

Mischa ging ins Bad und schnappte sich die Zahnbürste. Zum Glück hatte der Wirt ihm eine zur Verfügung stellen können. Während er Jakobs Zahnpasta im Mund verteilte, sah er in den Spiegel. Wie sollte es jetzt weitergehen? Musste er nicht langsam das Weite suchen?

Aber ohne Geld würde er hier kaum wegkommen. Oder sollte er den anderen alles beichten? Besser nicht, denn er traute weder Heinz, diesem Bürokraten, noch Gerd, dem Richter. Die beiden würden ganz bestimmt kein Verständnis für sein Verhalten aufbringen.

Und dann war da ja auch noch Alina. Als er an sie dachte, durchfuhr ihn plötzlich ein wohliges Gefühl, welches durch seine Schuldgefühle aber sofort wieder vertrieben wurde. Was würde sie dazu sagen, dass er weder der offizielle Fahrer war noch wusste, wohin die Reise überhaupt ging?

»Also, Mischa, was wird nun mit dir?« Resigniert stützte er sich auf das Waschbecken, sah sein Spiegelbild noch eine Zeit lang skeptisch an und spülte sich dann, nachdem er vergeblich auf eine Antwort gewartet hatte, den Mund aus.

Es gab nämlich noch etwas, das sein ohnehin schon schlechtes Gewissen zusätzlich belastete. Seine Mitfahrer waren alle sehr nett. Zwar steinalt, aber eben nett. Sogar diese verrückte Lucy. Mit einem Schmunzeln musste er daran denken, wie er mit ihr getanzt hatte – oder besser sie mit ihm.

Was für eine beschissene Situation, dachte er, als er in die noch leicht feuchte Unterhose stieg. Was mache ich nur? In diesem Moment klopfte es.

»Ja, bitte?«

»Ich bin es, Alina. Ich gehe runter zum Frühstück und wollte fragen, ob ihr beiden mitkommen wollt.«

»Jakob ist vermutlich schon unten, und ich komme in einer Minute«, verkündete Mischa und angelte nach seinen Socken.

»Okay, dann warte ich unten, ich muss ohnehin noch telefonieren, also bis gleich!«

Er hörte, wie Alina die Treppe hinunterging. Die knarrenden Stufen waren ihm bereits gestern aufgefallen. Schnell schlüpfte er in seine restlichen Sachen und dann aus dem Zimmer. Auf dem Flur stieß er fast mit Heinz zusammen, der sich ein nasses Handtuch um den Kopf gebunden hatte und aussah wie Harun Al Rashid, der Jüngere.

»Vorsicht!«, mahnte Heinz, »wenn man mich zu stark anstößt, reißt mein Kopf an der perforierten Linie ab.« Er schwankte leicht und musste sich deshalb an der Wand abstützen. »Wie kann man nur so viel trinken?«

Mischa musste grinsen. Es war schon lustig gewesen, mit anzusehen, wie der Alkohol aus dem steifen und verknöcherten Ex-Beamten wieder einen Menschen gemacht hatte.

»Wie bin ich eigentlich ins Bett gekommen?«, wollte der Turbanträger wissen.

»Da musst du mal Gerd und den Wirt fragen, ich glaube, die beiden waren für deinen Rücktransport zuständig. Ich habe mich um Jakob gekümmert.«

Heinz senkte verlegen die Augen. »Oh Gott, wie peinlich.« Dann fiel ihm noch etwas ein. »Und wie ist Lucy ins Bett gekommen?«

Mischa lachte auf. »Die ist vor uns allen, leicht wie Mary Poppins, die Treppe raufgeschwebt, als hätte sie nur Milch getrunken und nicht alles durcheinander. Sekt, Bier und Schnaps.«

Heinz drehte sich plötzlich schlagartig um. »Ich glaube, mir wird schlecht.« Und schon war er wieder hinter seiner Zimmertür verschwunden. Mischa schüttelte belustigt den Kopf und machte sich auf den Weg nach unten.

Im Frühstücksraum war er noch alleine und nahm sich lieber erst mal nur eine Tasse Kaffee. So ganz war sein Magen noch nicht auf feste Nahrung eingestellt. Er hatte sich gerade hingesetzt, als Alina hereinkam, ihr Handy immer noch in der Hand.

»Das ist aber sehr komisch«, verkündete sie.

»Was ist komisch?«, wollte Mischa mit etwas undeutlicher Aussprache wissen, weil er soeben einen zu großen und zu heißen Schluck Kaffee im Mund hatte.

»In der *Abendsonne* geht niemand ans Telefon.« Dabei legte sie ihre Stirn in Falten. »Und Drescher geht immer noch nicht an sein Handy.« Sie ließ sich auf dem gegenüberliegenden Stuhl nieder. »Waldemar erreiche ich auch nicht. Weißt du, was da los sein könnte?«

Mischa streckte beide Arme ergeben zur Seite aus. »Keine Ahnung.«

»Hast du vielleicht noch eine andere Nummer von ihm?«, wollte Alina wissen und sah ihn dabei fragend an.

Mischa hatte das Gefühl, rot zu werden. Was sollte er denn sagen? Ich kenne weder deinen Herrn Drescher noch diesen Waldemar, und auch die *Abendsonne* habe ich zum ersten Mal gesehen, als ich mir den Wagen unter den Nagel gerissen und euch alle entführt habe?

»Tja, da kann ich dir auch nicht weiterhelfen.« Bedauernd zuckte er mit den Schultern. »Mein Handy spinnt seit gestern Abend. Ich habe zwar noch wegen der Kartensperrung anrufen können, danach war es aber plötzlich tot.« Um seine Behauptung zu untermauern, holte er das Gerät aus der Tasche und hielt es Alina hin. Sie warf nur einen kurzen Blick auf das dunkle Display und nickte dann ergeben.

»Da kann man nichts machen. Ich werde es später noch mal versuchen …«, sie schüttelte dazu leicht den Kopf, »aber komisch ist es schon.« Dann ging sie hinüber zum Büffet und füllte sich eine Schale mit Müsli. Mit dieser und einem großen Glas Orangensaft kehrte sie zurück an den Tisch.

Nachdem sie den ersten Löffel im Mund hatte, sah sie Mischa an.

»Sag mal, wann haben Waldemar und du eigentlich die Übergabe des Wagens besprochen? Er war doch gestern Morgen noch da, kurz bevor wir losgefahren sind.«

Mischa verschluckte sich fast an seinem Kaffee. Diese gut aussehende Nervensäge ließ wirklich nicht locker. Er merkte, wie ihm der Schweiß ausbrach, und das kam garantiert nicht nur vom gestrigen Alkoholgenuss oder vom heißen Kaffee.

»Es ging alles sehr schnell, der Anruf mit dem Baby hat ihn ganz plötzlich erreicht.« Er versuchte dabei so lässig wie möglich zu wirken. »Das Baby kam eher als erwartet, und da ist er gleich losgespurtet.«

»Aha!« Alina klang nicht sehr überzeugt. Ganz im Gegenteil. Sie war sich sogar ziemlich sicher, dass dieser Typ ihr nicht die Wahrheit erzählte. Das alles kam ihr wie an den Haaren herbeigezogen vor, und deswegen bohrte sie weiter. »Und du warst gerade mal zufällig da, als er den Anruf bekam? Ich habe dich in der *Abendsonne* nämlich gar nicht gesehen.«

Mischa versuchte, sein Gesicht hinter seiner Kaffeetasse zu verstecken. Er hasste es, sie belügen zu müssen. Wenn es um seine Schulden ging, hatte er mit der Unwahrheit kein Problem, aber hier war es ihm peinlich. Sie war einfach zu nett und hatte es nicht verdient, aber was sollte er machen? Er hatte sich mal wieder tief in einem Netz aus Lügen verfangen.

»Ich war gerade auf dem Weg dahin, weil ich mich mit Waldemar verabredet hatte. Wir wollten besprechen, wann wir uns das nächste Mal zum Joggen treffen.«

Alina setzte ruckartig das Glas Orangensaft ab, das sie soeben zum Mund geführt hatte. »Ihr wolltet joggen gehen?« Irritiert zog sie die Augenbrauen in die Höhe. »Erlaube mal, aber Waldemar ist doch schon an die siebzig. Da geht der noch joggen?«

»Ja, warum denn nicht«, gab Mischa nun schon etwas mutiger und leicht patzig zurück. »Man kann doch bis ins hohe Alter Sport treiben, oder?«

»Das schon«, konterte Alina, »aber mit hundertzwanzig Kilogramm und einer Unterschenkelprothese? Damit kann man joggen?«

Mischa musste schlucken. Es kam ihm vor, als ob er in Treibsand steckte. Je mehr er sich bewegte, umso mehr sackte er ein. Je mehr er sagte, umso unglaubwürdiger wurde er. Was sollte er denn darauf noch erwidern?

Seine Rettung erschien in Person von Lucy, die fröhlich pfeifend den Frühstücksraum betrat. »Na, ihr Hübschen, seid ihr beiden euch schon nähergekommen?« Ihr Lächeln war eine Mischung aus Neugier und Aufforderung.

»Nicht mehr als nötig«, kam Alinas kühle Antwort, und Mischa zugewandt flüsterte sie: »Ich glaube, wir müssen uns noch mal eingehender unterhalten, ich habe nämlich den Eindruck, dass hier irgendetwas nicht stimmt.« Damit wandte sie sich wieder Lucy zu. »Kann ich dir helfen, meine Liebe?«

»Ach, Kindchen, das wäre nett. Ich nehme ein gekochtes Ei und eine Tasse Kaffee. Dazu noch ein Hörnchen, ein bisschen Rührei, drei Scheiben rohen Schinken und zwei von diesen köstlich duftenden Bratwürstchen.«

Alina füllte zwei Teller und trug sie zum Tisch.

Mischa, dessen Magen bisher nur leichtes Unwohlsein angemeldet hatte, schien diesen üppigen Anblick nur schwer zu ertragen. Hastig kippte er seinen Kaffee hinunter und stand auf. »Ich muss mal an die frische Luft«, verkündete er, wobei er jeglichen Blickkontakt mit Alina vermied. Eine Minute später war er froh, dass er draußen war. Resigniert ließ er sich auf die Bank neben dem Eingang fallen.

Verdammt, er wusste immer noch nicht, wie es weitergehen sollte. Einfach abhauen? Zurück bis nach Bielefeld war es ja nicht weit, aber war das eine gute Idee? Zwei ganz besondere Typen würden sich vermutlich ganz besonders freuen, wenn er da auftauchte. Aber wo sollte er sonst hin? In seine Wohnung konnte er nicht, und Freunde, bei denen er unterschlüpfen konnte, hatte er auch keine mehr. Die letzten hatte er angepumpt und sich dann nicht mehr bei ihnen gemeldet.

Nein, da war er in dieser Reisegruppe schon besser aufgehoben. Zumindest war er hier in Sicherheit. Aber er wusste immer noch nicht, wohin die Reise gehen sollte. Als er am Vortag auf der Autobahn versucht hatte, beim Aussteigen nach dem Gerät zu angeln, waren Alina und die herannahende Polizei ihm zuvorgekommen. Sein Hirn arbeitete nun auf Hochtouren. Das Navi befand sich immer noch im Bus, und der stand in der Werkstatt und wartete auf sein Ersatzteil. Ob er mal rübergehen und mit dem türkischen Mechaniker sprechen sollte? Vielleicht kannte der sich ja mit solchen Geräten aus. Er wollte sich gerade erheben, als plötzlich ein Schatten auf ihn fiel.

»Was für ein wunderbarer Morgen«, verkündete Gerd, dessen Gesicht allerdings aussah wie sieben Tage Regenwetter. »Wie schön wäre es, wenn man den nüchtern erleben könnte.«

Mischa blickte zu ihm hinüber und bemerkte, dass ein Pflaster die Wange des ehemaligen Richters zierte. »Oje, was ist denn da passiert?«

»Man sollte sich nicht rasieren, wenn man noch so zittert, dass man einen Faden gefahrlos in eine laufende Nähmaschine einfügen könnte«, beantwortete Gerd die Frage mit einem grimmigen Lächeln. »Außerdem heilen Wunden im Alter nicht mehr so schnell wie früher, weder physische noch psychische.«

Mischa schaute nachdenklich auf seine im Schoß gefalteten Hände. Sollte er sich auf ein Gespräch mit dem

Mann einlassen, der ihm möglicherweise gefährlich werden konnte? »Tja, man weiß nie, welche Schmerzen schlimmer sind, die körperlichen oder die seelischen«, stimmte er vorsichtig zu. »Manch einer ist schon an Liebenskummer zugrunde gegangen, ein anderer an Eifersucht.«

Gerd lachte auf. »Dazu fällt mir ein schöner Spruch von Friedrich Schleiermacher ein: Eifersucht ist Leidenschaft, die mit Eifer sucht, was Leiden schafft.«

Mischa nickte. Das hatte er auch schon erlebt, doch zum Glück frühzeitig erkannt, dass die Dame seines Herzens dieser Eifersucht gar nicht würdig gewesen war. »Ich bin vielleicht indiskret, aber Sie nehmen an dieser Reise alleine teil. Darf ich fragen, warum?«

Gerd sah ihn aufmerksam an. »Normalerweise ginge dich das ja nichts an, mein Junge, aber nachdem wir uns gestern menschlich nähergekommen sind, will ich dir deine Frage mal beantworten. Du erinnerst dich aber noch, dass wir uns gestern alle auf das Du geeinigt haben, oder?«

Mischa schluckte und nickte gleichzeitig.

»Also ich bin alleine unterwegs, weil ich geschieden bin.« Der Mann, der früher knallhart Verbrecher für viele Jahre ins Gefängnis geschickt hatte, machte plötzlich einen verletzlichen Eindruck. Seine sonst immer straffen Schultern waren nach vorne gesackt, der Kopf gesenkt. Es kam Mischa vor, als müsste Gerd sich erst sammeln, bevor er weitersprechen konnte. »Meine Frau hat mich verlassen. Sie ist mit ihrem Friseur abgehauen. Ein Italiener. Die beiden wohnen jetzt angeblich in der Nähe von Mailand. Ich habe keinen Kontakt mehr zu ihr.«

»Das tut mir leid. Es ist nie schön, wenn man plötzlich merkt, dass man betrogen wird.« Mischa sah dabei verlegen auf seine Schuhe. Was sollte man auch sonst zu einem gehörnten Ehemann sagen?

Gerd schwieg eine Zeit lang, und Mischa dachte bereits, dass das Thema damit erledigt sei, doch dann sprach sein Banknachbar weiter. »Ich bin selber schuld daran, dass sie abgehauen ist. Sie hat mich oft genug gewarnt. Eines Abends hat sie mir mal das Familienstammbuch auf den Tisch gelegt. Ich solle mal nachlesen, mit wem ich den Bund fürs Leben eingegangen sei.« Er schnaufte verdrießlich. »Als ich sie ebenso verwundert angesehen habe wie du mich gerade, meinte sie, dass in der Heiratsurkunde ihr Name stünde und nicht das Amtsgericht Bielefeld. Ich sei mehr mit Verbrechern zusammen als mit ihr.«

Mischa musste sich ein Schmunzeln verkneifen. Diese Frau schien nicht auf den Mund gefallen zu sein. »Und wie hast du reagiert?«

»Zunächst mal war ich überrascht und habe versucht, alles abzutun, aber dann habe ich eingesehen, dass sie recht hatte. Ich war tatsächlich mehr im Gericht als bei ihr. Und wenn ich mal zu Hause war, habe ich mir noch Akten aus dem Büro mitgenommen. Ich war ein echter Workaholic, wie man heute sagen würde.«

»Und hast du dir ihre Worte zu Herzen genommen?«, wollte Mischa wissen.

»Anfangs ja, aber mit dieser Sucht nach Arbeit ist es wie mit dem Trinken. Zunächst glaubt man, man komme ohne aus, dann ist es ein Schluck, dann ein Glas, dann eine Flasche, und ehe man sich versieht, ist es wieder zu einer täglichen Gewohnheit geworden. Erst eine Überstunde und eine Akte, dann immer mehr, bis der Schreibtisch wieder voll war.« Gerd schürzte die Lippen. »Ich hätte besser aufpassen müssen, aber ich habe immer geglaubt, wenn ich nicht so viel arbeite, versinkt die ganze Stadt im Sumpf des Verbrechens.«

Mischa holte leise, dafür aber tief Luft. An der Ausbreitung dieses Sumpfes war er ja irgendwie auch beteiligt, als Schuldner und Entführer wider Willen. Und was Sucht anging, damit kannte er sich ebenfalls aus. »Ich kenne das«, entfuhr es ihm, ohne es zu wollen.

»Was kennst du? Arbeitssucht?« Gerd war hellhörig geworden. »Ich dachte, eure Generation wäre mehr an dieser sogenannten Work-Life-Balance interessiert als am Arbeiten.«

»Nein, arbeitssüchtig bin ich nicht, aber ich kann die Finger nicht von den … den Geldspielautomaten lassen.« Er wunderte sich selbst über sein freimütiges Geständnis. Und das einem ehemaligen Richter gegenüber.

»Schlimme Sache«, bestätigte Gerd. »Ja, das kann zu einem echten Problem werden, denn wie bei vielen Süchten muss ja irgendwo das Geld dafür herkommen.«

Mischa nickte, weil Gerd es auf den Punkt gebracht hatte. Auf den schlimmsten Punkt. Ein Spielsüchtiger brauchte das Geld wie ein Trinker den Alkohol oder ein Junkie die Drogen. Oder eben wie ein Workaholic die Arbeit.

»Ich hoffe, du bist dafür noch nicht so weit gegangen, dass du straffällig geworden bist«.

Gerds Worte schreckten Mischa auf. Sollte er jetzt sagen, dass er überall Schulden hatte, dass die Schläger Kuttins hinter ihm her waren und dass er deshalb einen Bus voller Senioren inklusive ihm entführt hatte? Er beschloss, schnell das Thema zu wechseln, bevor die Befragung zu inquisitorisch wurde. »Wie ist es denn dann zum Bruch mit deiner Frau gekommen? War sie ganz plötzlich weg?«

Gerd schnaufte verärgert. Mischa wusste nicht, ob es wegen seiner Frage oder wegen der Erinnerung war. Aber die Antwort darauf bekam er prompt. »Es war eher ein langsamer, von mir unbemerkter Prozess. Sie ist immer öfter mit Freundinnen ausgegangen, später dann auch alleine in den Urlaub gefahren … wir haben uns schleichend auseinandergelebt.« Man sah ihm an, dass er darunter immer noch litt. »Ich hätte mehr für unsere Ehe tun müssen, ihr sagen, dass ich sie liebe, und ich hätte ihr mehr Zeit und Aufmerksamkeit schenken müssen. Das hat dann ein anderer getan …«

»… der italienische Friseur«, vervollständigte Mischa den Satz.

Gerd nickte nur. »Als sie mir sagte, dass sie mich verlassen wird und die Scheidung eingereicht hat, ist in mir eine Welt zusammengebrochen.« In Gerds Augenwinkeln sammelten sich zwar Tränen, aber sie liefen nicht. »Wie ein Irrer habe ich mich dann nur noch mehr in die Arbeit gestürzt.«

»Aber hast du denn nicht versucht, sie umzustimmen? Sie zu halten?«

Gerd schüttelte den Kopf. »Nein, ich war beleidigt, verletzt und fühlte mich hintergangen«, seine Stimme hatte nun einen leicht verärgerten Ton, »und um sie zu bitten, bei mir zu bleiben, war ich damals zu stolz.«

»Und wie ging es dann weiter? Ich meine, warum bist du in das Altersheim gezogen?«

Gerd sah ihn etwas pikiert an. »Na ja, als Altersheim würde ich die *Abendsonne* nun nicht gerade bezeichnen, eher als Seniorenresidenz.«

»Aber das sind doch nur zwei unterschiedliche Begriffe für ein und dasselbe, oder?«

Gerd wollte gerade etwas darauf erwidern, als er aufblickte und Jakob und Christiane auf sie zukommen sah. Im selben Moment öffnete sich auch die Tür der Dorfschänke, und Lucy trat, eingehakt bei Alina, in die Sonne.

»Ach, wie herrlich«, freute sie sich. »Die Sonne ist doch wirklich etwas Schönes.«

Jakob lachte. »Die Mexikaner haben dazu ein schönes Sprichwort: Die Familie ist wie die Sonne, je weiter sie weg ist, umso besser.«

Alle lachten. »Ich liebe sie trotzdem«, bekannte Lucy, »mit zunehmendem Alter und steigender Arthritis weiß man ihre Wärme immer mehr zu schätzen ... also die der Sonne«, fügte sie noch schnell hinzu.

»Wenn ich mich hier so umsehe, dann sind wir ja fast komplett«, stellte Alina fest. »Nur Heinz fehlt noch.«

Wie aufs Stichwort öffnete sich in diesem Moment die Tür, und ein etwas derangiert aussehender ehemaliger Finanzobersekretär trat ins Freie. Er blinzelte in die Sonne und musste daraufhin niesen. Ein Umstand, der für seine Kopfschmerzen nicht gerade förderlich war. »Guten Morgen«, quetschte er zwischen den Zähnen hervor. »Habt ihr etwa auf mich gewartet?«

»Nein, das hier ist eine Spontandemo gegen Alkoholmissbrauch«, grinste Jakob, dem es nach dem Spaziergang nun schon deutlich besser ging.

»Na, dann würde ich vorschlagen, wir sehen mal gemeinsam nach, wie Hannelore die Nacht verbracht hat und wann unser Bus wieder fahrbereit ist.«

Alina wartete gar nicht darauf, ob die anderen ihrem Vorschlag zustimmten, sondern marschierte mit Lucy im Schlepptau einfach drauflos.

KAPITEL 22

Eine überraschende Wendung

»Tja, so wie es aussieht, verspätet sich die Zustellung des Ersatzteils leider noch einmal. Es hat wohl ein Missverständnis beim Zulieferer gegeben.« Bedauernd zog Hakan die Schultern hoch. »Ich hoffe, dass es morgen früh kommt und wir es dann sofort einbauen können. Gegen Mittag könnten Sie dann weiterfahren.«

Lange Gesichter waren die Antwort auf seine Ankündigung.

»Da kann man nichts machen«, versuchte Hannelore die Runde aufzuheitern. »Unmögliches erledigt *Auto Gökdemir* sofort, Wunder dauern eben etwas länger, nicht wahr, Hakan?«

Der lachte, während sie sich die Hände an einem Putzlappen abwischte.

Alina fand, dass sie in Hakans altem Overall irgendwie jünger aussah als in ihrem üblichen Outfit. Damit das zu große Kleidungsstück nicht rutschte, hatte sie sich einen Gürtel umgebunden und ihre grauen Haare unter einer Baseballkappe verborgen. In dieser Aufmachung würde ihr sicher sofort jeder abnehmen, dass sie mal Automechanikerin gelernt hatte. Alina kannte Hannelores Geschichte und auch, dass es in der Familie in den letzten Jahren wohl einigen Ärger gegeben hatte, vor allem nach dem Tod ihres Mannes.

»Da kann man halt nichts machen«, stimmte auch Gerd zu, »aber ich wäre trotz allem froh, wenn es wieder weitergeht. Ich freue mich schon auf unser Wellnesshotel und ein Einzelzimmer.«

Heinz sah ihn etwas pikiert an. »Was soll das denn heißen?«

»Es kann ja keiner was dafür, wenn er schnarcht«, fügte Gerd hinzu, »aber ich kann dabei nur sehr schlecht schlafen.«

Heinz nahm die Farbe einer reifen Tomate an, sagte jedoch nichts.

»Ich denke, wir alle sind froh, wenn der Wagen wieder läuft und wir alle unsere Reise fortsetzen können.« Jakob tätschelte dabei den Bus, der immer noch auf der Bühne stand.

Diesmal war allgemein zustimmendes Nicken die Antwort. Nur Alina nickte nicht, denn ihr fuhr gerade der Schreck durch die Glieder. Sie hatte vergessen, das Hotel von ihrer verspäteten Ankunft zu unterrichten. Womöglich waren die schon in Sorge. Diesen Anruf musste sie schnellstens nachholen.

Hannelore setzte sich seitlich auf einen Stapel Reifen. »Was die Weiterreise angeht, da gibt es noch etwas, das ich euch sagen möchte.«

Alle Augen waren sofort auf sie gerichtet.

»Gibt es etwa noch einen Defekt?«, wollte Christiane mit besorgter Miene wissen.

»Nein, nein, es hat nichts mit dem Bus zu tun, sondern mit den Insassen«, beruhigte Hannelore sie. »Ich wollte euch nur mitteilen, dass ich nicht weiter mitfahre.«

Diesmal hätte man die Gesichtsausdrücke auf eine Skala von Überraschung bis Entsetzen einordnen können.

»Ich bleibe hier bei Hakan, Seda und den Kindern. Ich werde Hakan in der Werkstatt helfen und Seda in die Buchhaltung einführen. Die können meine Unterstützung gut gebrauchen.«

Lucy lächelte still vor sich hin, und Christiane suchte erschrocken nach einem Sitzplatz. Das waren Neuigkeiten, die einem in die Beine gingen. Dankbar nahm sie auf dem Hocker Platz, den der aufmerksame Hakan ihr hingeschoben hatte.

»Aber das geht doch nicht, du kennst diese Leute doch kaum, und außerdem sind das doch …« Heinz konnte sich noch soeben bremsen, bevor er weitersprach.

»Was wolltest du gerade sagen? Dass es Ausländer sind?« Hannelore sah ihn kopfschüttelnd an. »Was soll das denn heißen? Sind das für dich Menschen zweiter Klasse, mit denen man am besten nicht verkehren sollte?« Dabei war sie aufgestanden und ihre Stimme etwas lauter geworden.

Die anderen schwiegen und Heinz wechselte betreten von einem Bein aufs andere. »Ich meine doch nur … wo ihr euch doch erst seit gestern kennt … man schaut einem Menschen doch nur vor den Kopf.«

»Mein Lieber, das Wesentliche ist für die Augen unsichtbar«, konterte Hannelore. »Außerdem bin ich alt genug, um meine eigenen Entscheidungen zu treffen, da brauche ich keine antiquierten und verknöcherten Bürohengste, die mir sagen, was ich tun soll.«

Heinz schluckte und wollte etwas erwidern, hielt dann aber inne. Einen Moment lang stand er noch unentschlossen da, dann wandte er sich abrupt um und verließ schnellen Schrittes die Werkstatt.

»Das tut mir alles sehr leid …«, begann Hakan, wurde aber sofort von Hannelore unterbrochen.

»Du kannst da gar nichts für, dieser stieselige Opa weiß doch gar nicht, wovon er redet.« Sie schnaufte erbost. »Zumindest hoffe ich das für ihn.«

»Na, das sind ja mal Neuigkeiten«, sagte Alina und ging auf Hannelore zu. »Hast du dir das auch gut überlegt? Ach was, ich denke schon.« Sie nahm die Ältere in die Arme und drückte sie an sich.

Hannelore ließ es geschehen. »Ja, das habe ich. Ich weiß genau, was ich tue. Alt genug dafür bin ich ja.« Als Alina sie losließ, lächelte sie. »Weißt du, ich habe gestern mehrere Dinge erfahren. Zum einen, dass ich mich für das Rumsitzen in irgendeinem Altersheim noch zu jung fühle. Zum anderen, dass man meine Hilfe hier gut gebrauchen kann. Das wiederum vermittelt mir den Eindruck, dass ich noch zu etwas nütze bin.« Sie sah Hakan an, der ihr Lächeln erwiderte.

In diesem Moment betrat Seda mit den Kindern die Werkstatt. Beide liefen sofort auf Hannelore zu und drängten sich an ihre Oberschenkel.

»Seht ihr, und das ist ein weiterer Grund, warum ich hierbleiben werde. Diese beiden hier können eine Oma ganz gut gebrauchen, auch wenn ich nur Ersatz bin.«

»Büyükanne«, verkündete Ilay und schaute liebevoll zu Hannelore auf, die seinen Blick ebenso erwiderte.

»So heißt Oma auf Türkisch«, erklärte Hannelore den anderen stolz.

»Na, immerhin besser als Teekanne«, kommentierte Lucy, und ein befreiendes Lachen machte sich daraufhin in der Werkstatt breit.

Mischa sah die ältere Frau an, die gerade den beiden Kindern über die Köpfe strich. Er musste zugeben, dass Hannelore sehr viel Mut aufbrachte. In ihrem Alter so eine Entscheidung zu treffen, das hätte er sich vermutlich nicht mal mit zwanzig getraut. Und die Familie Gökdemir schien mit dieser Entscheidung ebenfalls sehr glücklich zu sein, wenn man deren Gesichter so sah.

Er würde Alina mal fragen, was sie über die Familie von Hannelore wusste, denn die würde diesen Schritt doch ganz sicher nicht gutheißen. Und dann spürte er plötzlich ein ganz anderes Gefühl in seiner Brust. Eifersucht. Hannelore hatte plötzlich ein Zuhause, eine Familie und eine Aufgabe. All das, was er nicht hatte.

»Ich möchte euch gerne heute Abend in meine neue Wohnung einladen«, verkündete die Glückliche.

»Deine neue Wohnung?« Gerd schien völlig perplex zu sein. »Du hast eine neue Familie, einen neuen Job – und nun auch noch eine neue Wohnung? Und das alles in einem Tag? Hannelore, Hannelore, langsam wirst du mir unheimlich.«

»Ich hoffe, bei der Einweihungsparty gibt es wieder ordentlich was zu trinken«, wünschte sich Lucy und leckte sich dabei über die Lippen.

»Nein danke, mir reicht das alkoholische Feuerwerk von gestern noch«, bekannte Jakob. »Aber ich komme natürlich gerne.«

»So und nun schmeißen wir euch raus, denn wir haben noch zu tun«, verkündete Hannelore resolut und stand auf. Dabei schob sie die beiden Kinder von sich, wenn auch sehr zärtlich. »Das gilt auch für euch zwei, und außerdem habt ihr ja beide noch was zu tun, oder? Auch wenn heute keine Schule ist, könnt ihr trotzdem mal eure Nasen in die Bücher stecken!«

»Na, dann kommt«, fordert Seda die beiden auf. »Unsere neue Chefin hat soeben ein Machtwort gesprochen.«

»Okay, dann verabschieden wir uns auch mal wieder«, verkündete Alina. »Wann sollen wir heute Abend kommen?«

Hannelore sah ihren Mechanikerkollegen an. »Was meinst du, Hakan? Schaffen wir es, den Motor bis fünf Uhr so vorzubereiten, dass wir morgen nur noch das Ersatzteil einbauen müssen?«

»Alleine vermutlich nicht, aber wir beide zusammen …?« Hakan grinste. »Ganz sicher!«

»Okay, dann erwarten wir euch um 18 Uhr.« Hannelore lächelte jeden Einzelnen noch mal an, dann wandte sie sich bereits wieder der Werkbank zu und griff nach einem großen Maulschlüssel.

KAPITEL 23

Jeder liebt den Verrat, aber keiner den Verräter

Nachdem sie die Werkstatt verlassen hatten, entschlossen sich Christiane und Jakob zu einem weiteren Spaziergang. Christiane liebte die frische Luft, und Jakobs Kopf tat sie immer noch gut. Eine Zeit lang gingen sie schweigend nebeneinanderher, ohne dass das einem von ihnen peinlich wurde. Dann begann Jakob plötzlich zu summen.

»Da war ich schon mal«, verkündete Christiane.

»Wo warst du schon mal?«

»Na, in New York.«

Jakob blieb stehen und sah sie überrascht an.

»Wie kommst du jetzt ausgerechnet auf New York?«

»Das hast du doch gerade gesummt, oder nicht? *Ich war noch niemals in New York*, diesen alten Udo Jürgens Schlager, oder täusche ich mich da?«

Jakob war einem Moment lang sprachlos, was bei ihm eher selten der Fall war. Dann beeilte er sich zu antworten. »Nein … also ja, du hast völlig recht, aber frag mich nicht, wie ich ausgerechnet auf dieses Lied gekommen bin.«

Christiane lachte. »Vielleicht war ja der Wunsch der Vater des Gedankens oder besser des Liedes?«

Jakob lächelte zurück. »Nein, denn dann hätte ich wohl

eher die kanadische Nationalhymne anstimmen müssen.«

»Oh, du würdest lieber nach Kanada reisen als nach Paris?«, wollte Christiane überrascht wissen.

Jakob schluckte. »Also in Paris war ich auch noch nicht, aber ...« Er hielt inne.

»Wieso aber, ich war zwar schon mal in Paris und fand die Stadt auch sehr schön, aber ich war auch noch nie in Kanada und würde das Land gerne mal sehen. Vor allem die Westküste«, bekannte Christiane.

Jakob war erneut sprachlos, dann sprudelte es nur so aus ihm heraus. »Oh ja, Vancouver und Vancouver Island, die Rocky Mountains und die ganzen Nationalparks.« Er seufzte. »Leider kenne ich das nur aus Bildbänden und Fernsehdokumentationen. Es muss ein wunderbares Land sein«, schwärmte er.

»Und die Menschen sollen sehr freundlich und aufgeschlossen sein«, steuerte Christiane ihren Beitrag zu seiner Einschätzung hinzu.

»So eine Wohnmobiltour, die fände ich toll.« Jakob bekam bei dem Gedanken an Campen in der Wildnis und Lagerfeuerromantik leuchtende Augen.

»So mit Bären und Elchen, die einem beim Grillen über die Schulter schauen?«, wollte Christiane lachend wissen.

»Also Elch ginge noch, aber ich glaube, bei Bären hätte ich die Hose gestrichen voll.«

»Ich habe mal gehört, dass man die Bären mit einer Trillerpfeife vertreiben kann«, schlug die ehemalige Ärztin als Sicherheitsmaßnahme vor.

»Dann müsste ich ja den ganzen Tag trillern.« Beide lachten bei dem Gedanken, wie Jakob pfeifend die Steaks wendete.

»Ich würde diese Tour lieber mit einem Mietwagen und Übernachtungen in echten Häusern machen«, gestand Christiane. »Nichts gegen Bären, aber bitte nicht in meinem Schlafzimmer.«

»Leider ist man für so was ja schon zu alt«, bedauerte Jakob. »Aber man wird ja noch träumen dürfen.«

»Ja, leider.« Christiane nickte bestätigend. Wo er recht hatte, hatte er recht.

»Wollen wir noch mal zu der Bank am Waldrand hinübergehen?«, wollte Jakob wissen.

»Wenn da keine Bären sind, die uns fressen.«

»Keine Angst, ich werde dich beschützen«, verkündete Jakob verwegen wie der weiße Ritter und freute sich, als Christiane sich bei ihm einhakte.

Während die beiden dem ungefährlichen heimischen Forst zustrebten, saßen Gerd und Heinz in ihrem Zimmer auf den Betten. Man konnte Heinz deutlich anmerken, dass er immer noch beleidigt war. Gerd las in einem Kriminalroman und musste sich erst sammeln, als Heinz ihn ansprach.

»Fandest du es falsch, dass ich mir Sorgen um Hannelore gemacht habe?«

»Nein, das nicht, aber vielleicht hättest du es anders ausdrücken sollen«, schlug Gerd vor, während er sein Buch zur Seite legte. Das folgende Gespräch würde sicher länger dauen. »Du kennst diese Leute doch gar nicht.«

»Aber so eine alte Frau, die kann doch nicht so mir nichts, dir nichts zu einer türkischen Familie ziehen«, insistierte Heinz erneut.

Gerd sah ihn erstaunt an. »Also liegt es doch an der

Nationalität? Wenn es eine deutsche Familie wäre, dann ginge das in Ordnung?«

»Nein, ich meine … ach, was soll ich dazu sagen …?« Man merkte, dass ihm der Gesprächsverlauf unangenehm wurde. »Die haben doch nun mal ganz andere Wertvorstellungen als wir. Denk' doch nur mal an deren Einstellung zu Frauen.«

Gerd musste sich bemühen, sein Schmunzeln zu verbergen. »Also mir kam Seda nicht unterdrückt vor, und ich glaube, Hannelore weiß sich da auch durchzusetzen.«

»Ja, aber trotzdem, sie kann doch nicht einfach hierbleiben und uns alleine weiterfahren lassen. Was wird denn dann aus ihr?«

»Ach, Heinz, wie sie schon sagte, sie ist alt genug, um das selber zu entscheiden. Lass ihr doch einfach den Spaß.«

»Aber wenn es nicht klappt?« Heinz wurde immer aufgebrachter. »Was soll denn dann werden? Dann ist sie ganz alleine hier.«

»Aber das hier ist doch nicht der Dschungel von Papua-Neuguinea«, versuchte Gerd ihn zu beruhigen. »Sie muss sich nur in einen Zug setzen und ist ruckzuck wieder in Bielefeld.«

»Trotzdem, ich finde es nicht gut, und andere werden das garantiert auch nicht gut finden.« Er erhob sich und griff nach seiner Jacke.

»Wohin willst du?«, fragte Gerd überrascht.

»Ich brauche frische Luft, um denken zu können.« Heinz rauschte ohne ein weiteres Wort aus dem Zimmer, und Gerd griff wieder nach seinem Roman. Er war sich allerdings schon vor dem Weiterlesen sicher zu wissen, wer der Mörder war.

Während oben noch geklärt wurde, ob Gerds Verdacht stimmte, stand Alina vor der Dorfschänke und telefonierte mit dem Wellnesshotel.

»Ja genau, wir werden wohl erst … Was sagen Sie …? Ich kann Sie nur schlecht verstehen, der Handyempfang scheint hier nicht so gut zu sein.«

»Na, ick sachte, dett Se kommen können, wann Se woll'n.« Der Dialekt des Mannes klang für Alina stark nach Berlin. Aber lag dieses Hotel nicht in Brandenburg? Sprachen die da auch so?

»Das klingt gut, ich hatte schon Angst, dass Sie die Zimmer vergeben würden, weil wir nicht rechtzeitig erschienen sind.«

»Nee, Froilein, wir sind ja froh, dett überhaupt wer kommt. In diese Jahreszeit ham wa hier wenich Jäste.«

Alina glaubte im Hintergrund ein Klingeln zu hören. War das die Klingel auf dem Empfangstresen? Geklungen hatte es jedoch mehr wie eine Glocke, die über der Eingangstür eines Lebensmittelladens angebracht war. Sie wollte noch etwas fragen, doch der Mann am anderen Ende der Leitung sprach anscheinend gerade mit einem neu angekommenen Hotelgast.

»Na, Helmut, wie immer? Ne´ Molle und een Korn zum Frühschoppen?«

Der angesprochene Helmut brummte etwas Unverständliches.

»Ja, is jut, mach' ick dir.« Dann widmete sich der Empfangschef des *Spreewälder Hofes* wieder dem Telefonat. »Kann ick sonst noch watt für Se tun?«

Alina glaubte ihn dabei mit Gläsern hantieren zu hören. Am Empfang eines Hotels? Da stimmte doch was nicht. »Äh, sagen Sie mir doch bitte noch die Adresse Ihrer Homepage.«

»Hompetsch? So watt ham wa nüsch. Ick kann Ihnen 'ne Ansichtskarte von unsern Haus schicken, wenn Se wollen.« Ein heiseres Lachen folgte. »Wir sind hier uff'm Acker, das ham se noch keene Glasfiberstrippen hinjelecht.«

Alina war sprachlos. Das war doch garantiert kein Wellnesshotel, wie Manfred Drescher es den alten Leuten versprochen hatte.

»Wenn Se allet gehört ham, watt Se wissen wollten … ick muss gezz Schluss machen, die Skatrunde wartet. Uff Wiedasehen.« Und schon war die Leitung abgebrochen.

Alina starrte ungläubig auf das Telefon in ihrer Hand. Das war doch wohl ein Scherz! Hatte sie sich verwählt? Aber nein, die Nummer stimmte, denn ihr Gesprächspartner hatte ja bestätigt, dass bei ihm Zimmer gebucht worden seien.

Sie wechselte auf die Suchfunktion in ihrem Handy und gab *Spreewälder Hof* und den Ortsnamen *Würzewitz* ein. Was erschien, war ein Hinweis auf einen Eintrag im Telefonbuch, wobei die Nummer mit der soeben von ihr gewählten übereinstimmte. Sonst fand sie nichts weiter. Keine Bewertungen, keine Bilder.

Sie wechselte zum Suchbegriff *Würzewitz.* Ein bekanntes Onlinelexikon wusste zu berichten, dass Würzewitz ein Ort im östlichen Teil Brandenburgs war. Bewohnt wurde er von 397 Einwohnern, und sein einziges touristisches Highlight war eine alte Dorfkirche aus dem Jahr 1770.

Und ausgerechnet hier sollte es ein Wellnesshotel geben?

Alina wechselte erneut die Anwendung. Diesmal suchte sie in einem einschlägigen Portal nach Hotels in Würzewitz und Umgebung. Fehlanzeige. Das nächstgelegene Hotel war fünfunddreißig Kilometer entfernt.

Plötzlich lief es ihr eiskalt den Rücken herunter. Da hockte sie hier nun mit sechs Senioren, einem netten, aber undurchsichtigen Fahrer und einem defekten Bus – und ihr Reiseziel war ganz offensichtlich nicht das, was man ihnen versprochen hatte.

Sie wählte erneut die Rufnummer der *Abendsonne* und wurde erneut vom Anrufbeantworter begrüßt. Sie bat erneut um dringenden Rückruf und wechselte dann zur Handynummer von Manfred Drescher.

»Der von Ihnen angerufene Teilnehmer ist zurzeit nicht zu erreichen …«

Ohne große Hoffnung hinterließ sie eine weitere Rückrufbitte per SMS und drückte dann das Gespräch weg. Einen Moment lang stand sie völlig ratlos auf der Straße und überlegte, was sie jetzt tun sollte. Die alten Leutchen darüber informieren, was sie herausgefunden hatte, und ihnen dadurch einen Schock versetzen? Nichts sagen und einfach weiterfahren? Aber dann würde die Ernüchterung spätestens am Zielort kommen. Verdammter Mist.

Sie setzte sich auf die Bank vor der *Dorfschänke* und hätte so losheulen können. Warum blieb das alles an ihr hängen? Warum war Drescher nicht zu erreichen?

Sie schluchzte kurz auf, dann griff sie erneut zum Handy und wählte Waldemars Nummer. Ihre Hoffnung, dass sie ihn erreichen würde, tendierte gegen null, umso überraschter war sie, als sie den Klingelton hörte.

»Ja bitte?« Das war eindeutig Waldemars Stimme.

»Hallo, Waldemar, hier ist Alina. Wir haben eine Panne mit dem Bus, und ich wollte dich fragen, was es mit …«

»Hallo? Hallo?« Waldemars Stimme war klar und deutlich zu verstehen. »Ich kann Sie nicht hören, wer ist denn da? Hallo?«

»Waldemar, hier ist Alina.«

»Sie sind nicht zu verstehen, rufen Sie doch bitte noch mal an«, forderte Waldemar sie auf. Alina schenkte seinen Worten jedoch keinen Glauben. Im selben Moment hatte er das Gespräch bereits beendet. Der lügt doch, vermutete Alina wütend. Anscheinend wollte keiner mit ihr sprechen. Ärgerlich drückte sie die Wiederwahltaste.

»Der von Ihnen angerufene Teilnehmer ist zurzeit nicht zu erreichen …«

Alina hätte ihr Handy am liebsten auf den Boden gedonnert, hielt sich aber im letzten Moment noch zurück. Sie wurde hier doch gerade mächtig verarscht. Warum wollte niemand mit ihr sprechen, und warum hatte sich das Wellnesshotel plötzlich in eine Kneipe verwandelt?

Wütend stand sie auf. Sie würde sich Mischa vornehmen, der musste doch wissen, was hier los war. Na warte, Bürschchen, nicht mit mir.

Keine Minute später lief er ihr im Treppenhaus vor die Füße. Sie schleifte ihn ins Erdgeschoss und schob ihn in den leeren Schankraum. Dort drückte sie ihn auf einen Stuhl und baute sich drohend vor ihm auf.

»So, mein Freundchen, ich will jetzt sofort wissen, was hier gespielt wird!«

Mischa sah sie entgeistert an. Woher wusste die denn auf einmal, was mit ihm los war? Und was sollte er jetzt machen? Ihr die Wahrheit gestehen?

»Ich lasse mich doch von euch nicht verarschen«, schnaubte Alina mit zornesrotem Gesicht. »Du sagst mir jetzt sofort, was los ist, oder ich veranstalte hier einen riesigen Auftritt. Notfalls hole ich auch noch die Polizei dazu.«

Mischa rutschte das Herz in die Hose. Dass sie so temperamentvoll sein konnte, hätte er ihr nicht zugetraut, machte sie aber irgendwie noch attraktiver. Doch dieser Gedanke tauchte nur für den Bruchteil einer Sekunde in seinem Gehirn auf und wurde von dem abgelöst, der ihm sagte, dass nun alles vorbei war. Er sah sich schon in Handschellen auf dem Rücksitz eines Streifenwagens sitzen.

»Also, was ist nun?« Alina trommelte mit den Fingern auf die Tischplatte und ließ keinen Zweifel aufkommen, dass sie es ernst meinte.

»Ich muss dir was gestehen …«, begann Mischa und schaute dabei verlegen zu Boden.

»Na, das wird auch höchste Zeit, und was will der Herr mir beichten?«

Wo fange ich bloß an, überlegte Mischa. »Also es ist so, dass ich in Bielefeld mit einigen Leuten Probleme habe.«

»Und? Was hat das mit unserer Reise zu tun?« Alina schien noch ungehaltener zu werden. »Ich will wissen, warum plötzlich keiner zu erreichen ist und was es mit dem angeblichen Wellnesshotel in Würzewitz auf sich hat.«

Mischa sah sie voller Unverständnis an.

»Das weiß ich auch nicht …« begann er, wurde aber sofort unterbrochen.

»Komm schon, lüg mir hier nicht die Hucke voll. Du steckst doch mit Drescher und Waldemar unter einer Decke.«

»Nein, ich schwöre es dir, ich habe keine Ahnung, und ich kann es dir sogar beweisen«, schlug Mischa kleinlaut vor.

»Da bin ich aber mal gespannt.« Alina stemmte demonstrativ die Hände in die Hüften und wechselte das Standbein. So als wollte sie sich auf einen Angriff vorbereiten.

»Ich weiß nichts, weil ich weder deinen Herrn Drescher noch diesen Waldemar kenne.« Damit war es raus.

Alina sah ihn an, als hätte er soeben behauptet, die Erde habe zwei Monde. »Wiederholst du das bitte noch mal?«, forderte sie ihn ungläubig auf. Ihre Angriffslust war völliger Überraschung gewichen.

»Ich wurde verfolgt, und weil ich nicht mehr wusste, wohin ich fliehen sollte, bin ich in euren Bus gesprungen. Es ging um Leben und Tod, ehrlich.« Mischa hob die Hand zum Schwur.

Alina wich zurück, bis ihre Kniekehlen an einen Stuhl stießen. Sie ließ sich automatisch darauf fallen. »Aber Waldemar ... Du hast doch gesagt, dass du als Ersatz für Waldemar ...«

»Sorry, das war gelogen«, gab Mischa verlegen zu, »aber was hätte ich denn machen sollen? Wenn die Russen mich in die Finger bekommen hätten, läge ich jetzt vermutlich mit gebrochenen Knochen im Krankenhaus.«

»Welche Russen, ich versteh hier immer nur Bahnhof.« Alina schüttelte den Kopf, so als wollte sie einen bösen Traum loswerden.

Mischa holte tief Luft und begann ihr seine Geschichte zu erzählen. Genau bis zu dem Moment, in dem sie selber vor dem Bus aufgetaucht war. Alina brauchte ein paar Sekunden, um das alles zu verarbeiten.

»Jetzt verstehe ich auch, warum ich dich vorher noch nie in der *Abendsonne* gesehen habe.« Sie schlug sich mit der flachen Hand gegen die Stirn, doch dann kam ihr plötzlich ein ganz anderer Gedanke. »Aber woher wusstest du, wohin du fahren musstest, wenn du nicht die Vertretung von Waldemar bist?«

»Das Navi!?« Mischa traute sich, ihr wieder in die Augen zu sehen.

Alina nickte. Na klar, Waldemar hatte dort den Zielort eingegeben, also musste dieser kleine Verbrecher nur den Anweisungen der elektronisch erzeugten Frauenstimme folgen.

Was sollte sie jetzt machen? Die Polizei rufen? Das wäre vermutlich am besten. Und was sollte sie denen dann sagen? Dass sie entführt worden waren? Wie sollte sie diesen Kerl denn bis zu deren Eintreffen festhalten, der würde doch garantiert das Weite suchen. Und was sollte sie dann mit den alten Leuten machen? Kamen sie überhaupt wieder in die *Abendsonne*? Und wie groß würde die Enttäuschung sein, dass ihr Ausflug nun doch nicht stattfand? Was für eine beschissene Situation.

»Und du weißt bestimmt nicht, was Drescher und Waldemar vorhaben? Warum sie nicht zu erreichen sind?«

Mischa schüttelte den Kopf. »Nein, wie ich schon sagte, ich kenne die beiden nicht.« Er dachte einen Moment lang nach. »Gibt es denn sonst niemanden, der mal dort hingehen und nachsehen kann? Kannst du keine anderen Bewohner erreichen?«

Alina schüttelte den Kopf. »Vier Appartements standen vor unserer Abreise schon länger leer, weil die Besucher verstorben oder in ein Pflegeheim umgezogen waren. Diese Räume sollten als Erstes renoviert werden. Deswegen hat Drescher meinen beiden anderen Kolleginnen auch Urlaub gegeben.«

»Ist denn euer Heim so klein, dass ihr nur zehn Appartements habt?«, wollte Mischa erstaunt wissen, er kannte Altenheime nur als große Kästen mit vielen Zimmern.

»Ja, insgesamt haben wir nur zehn Wohnungen. Bei der *Abendsonne* wurde eben mehr Wert auf Qualität als auf Quantität gelegt. Kleiner, aber dafür feiner.«

Und teuer, vermutete Mischa, hielt aber den Mund.

»Kannst du nicht mal eine deiner Kolleginnen anrufen und sie bitten, dort mal vorbeizugehen und nachzusehen?« Er war froh, dass Alina sich momentan mehr mit dem Heim als mit seinem Verhalten beschäftigte.

Alinas Miene hellte sich auf. »Das ist eine gute Idee, ich werde Brigitte anrufen, die wohnt ganz in der Nähe.« Dann aber verfinsterte sich ihr Gesichtsausdruck wieder. »So lange unternehme ich noch nichts gegen dich, aber sobald ich mehr weiß, werde ich die notwendigen Konsequenzen ziehen.« Sie erhob sich und sah mit ernster Miene auf ihn hinab. »Du bleibst hier sitzen, bis ich Brigitte erreicht habe! Haben wir uns verstanden?«

Mischa nickte ergeben. Was sollte er auch machen? Zu Fuß weglaufen?

KAPITEL 24

Die *Abendsonne* bekommt Besuch am Morgen

Der Anrufbeantworter blinkte Manfred Drescher rot leuchtend und provozierend entgegen, als er sein Büro in der *Abendsonne* betrat. Eigentlich hatte er nicht vorgehabt, hier noch mal aufzutauchen, aber zu Hause war ihm siedend heiß eingefallen, dass im Safe noch Unterlagen waren, die dringend entsorgt werden mussten. Die durften weder dem Finanzamt noch der Staatsanwaltschaft in die Hände fallen. Die Lage war auch so schon schlimm genug.

Die Einlagen der Bewohner hatte er bereits aufgebraucht. Und heute im Laufe des Tages würde hoffentlich noch das Geld eingehen, welches er sich mit einer weiteren Gaunerei verschafft hatte. Sobald das da war, würde er es auf ein ausländisches Konto überweisen und um 21.20 Uhr seinen Flug auf die Bahamas antreten. Es war zwar nicht viel Geld, über das er dort verfügen konnte, aber er war sich sicher, dass er damit zunächst mal über die Runden kam. So wie er sich ebenso sicher war, dass er schon bald wieder eine neue Einnahmequelle finden würde. Findiger Geschäftsmann, der er nun einmal war.

Aber um 21.20 Uhr würde er nicht nur dieser trostlos gewordenen Republik den Rücken kehren, sondern auch seiner Ehefrau, die von ihrem Glück oder Pech, je nachdem, noch nichts wusste. Da ihre Ehe ebenso marode war wie die Finanzen der *Abendsonne,* würde er mit diesem Flug also gleich zwei Fliegen mit einer Klappe schlagen. Schade nur, dass er ihr Gesicht nicht würde sehen können, wenn der freundliche Bankberater ihr mit Bedauern erklärte, dass sämtliche gemeinsamen Konten so leer waren wie ein Brunnen in der Wüste.

It's better in the Bahamas. Der Werbeslogan des Sechzehn-Insel-Staates, der vor Florida und Kuba lag, drohte Manfred Drescher mal wieder in seinen geliebten Tagtraum abrutschen zu lassen. Deshalb riss er sich zusammen und kniete sich vor den Safe, der im untersten Regal des Aktenschrankes untergebracht war. Er hatte gerade die zweite der dreistelligen Zahlenkombination eingegeben, als der Tresor schlagartig auf ihn zusprang. Zumindest kam es ihm so vor. In Wirklichkeit aber war es der Tritt in seinen Rücken gewesen, der ihn gegen den Stahlschrank katapultiert hatte.

Drescher jaulte vor Schmerzen und wand sich auf dem Boden. Doch noch ehe er sich herumwälzen konnte, beugte sich bereits eine Person über ihn und ergriff ihn an der Jacke. Brutal zerrte sie ihn hoch und warf ihn in seinen ergonomisch geformten Drehstuhl, der durch den Schwung gegen das Regal hinter ihm knallte. Ein gläserner Elefant und eine chinesische Blumenvase kippten heraus und beendeten ihr dekoratives Leben als Scherbenhaufen auf dem Parkettboden.

Drescher schnappte nach Luft und riss die Augen auf. Verdammt, diese beiden Typen kannte er doch. Das waren doch die beiden, die ihn schon mal sehr unsanft gefragt hatten, wohin der Bus mit den Senioren fahren würde. Was wollten die denn schon wieder hier?

Drescher wurde zwar übel, wenn er an das Springmesser dachte, das noch vor Kurzem in seinem Schreibtisch gesteckt hatte, aber die beiden hier waren immer noch besser als die Bullen. Im Gegensatz zur Polente konnte man mit denen hier sicher verhandeln.

»Was wollen Sie von mir?« Er versuchte seiner Stimme einen festen Klang zu geben, scheiterte damit aber kläglich. Es klang eher wie ein ängstliches Krächzen.

»Wir waren in Würzewitz, da ist nix Bus! Wo ist?«

Was haben die nur immer mit diesem dämlichen Bus? Drescher rieb sich die schmerzende Stelle am Kopf.

»Ich weiß nicht, wo der Bus ist«, verkündete er kleinlaut, aber immerhin wahrheitsgemäß. »Ich weiß nur, dass er nach Würzewitz fahren sollte. Keine Ahnung, warum er dort noch nicht angekommen ist.«

»Du nix lügen!« Diese Aufforderung wurde von dem Geräusch des sich schlagartig öffnenden Springmessers noch unterstrichen.

»Ehrlich! Ich schwöre, ich weiß es wirklich nicht.« Er sah dabei zufällig auf den Anrufbeantworter, der immer noch stumm vor sich hin blinkte. In diesem Moment kam ihm die hoffentlich rettende Idee. »Vielleicht ist einem der Insassen was passiert, oder es gab eine Panne. Es kann sein, dass man mich angerufen hat.« Er deutete auf das Gerät neben seinem Telefon. »Darf ich?« Vorsichtig streckte er seine Hand in Richtung des blinkenden Knopfes aus.

Die beiden Russen sahen sich kurz an, dann nickte erst der eine dem anderen zu und der dann seinerseits Drescher. »Nix Tricks!«

Der Seniorenresidenzbetreiber beugte sich vor, stöhnte kurz auf und drückte dann die Wiedergabetaste.

Dreißig Sekunden später wussten alle Anwesenden, warum der Bus noch nicht in Würzewitz angekommen war. Alinas Stimme hatte beim letzten Anruf übrigens sehr ungehalten geklungen. Aber die Wut seiner demnächst ehemaligen Mitarbeiterin war momentan Manfred Dreschers kleinste Sorge.

»Meine Herren, ich weiß immer noch nicht, warum Sie so scharf auf den Bus sind, da sitzen doch nur alte Leute drin.«

»Du Schnauze halten!«, kam der gebellte Befehl. »Gib Handy her!«

Widerstrebend griff Drescher in die Tasche und reichte es über den Tisch. Eine Sekunde später war es nur noch Elektronikschrott. Als Nächstes landete das Festnetztelefon neben seinem mobilen Gegenstück auf dem Boden. Dann riss ein sehr ungehalten wirkender Mann die Kabel aus der Wand, und nur Sekunden später hatte Drescher das ihm bereits bekannte Klappmesser am Hals.

»Du rufst nix mehr an? Kapiert?«

Nett, dass man wenigstens noch fragte, ob er die Aufforderung verstanden habe, anstatt ihm gleich die Kehle durchzuschneiden. »Ja, alles verstanden«, sagte mit gebrochener Stimme – in der Hoffnung, dass die Herrschaften sich damit zufriedengeben würden. Doch weit gefehlt.

»Hast du noch Telefon?«

»Nein, ich habe kein anderes Telefon mehr, ich schwöre.« Drescher hob vorsorglich die Hand zum möglicherweise verlangten Schwur.

»Was in Safe?«, wollte der Mann ohne Messer plötzlich wissen.

»Nur Papiere«, antwortete Drescher. »Soll ich ihn aufmachen?«

Der Fragesteller nickte. Drescher erhob sich aus dem Sessel und ging erneut auf die Knie. Er stellte die letzte Zahl der Kombination ein und öffnete den Safe. Ohne Aufforderung nahm er den Stapel Papiere heraus und wollte ihn gerade auf den Tisch legen, als daraus plötzlich ein Handy rutschte. Geistesgegenwärtig fing Drescher es auf, und ehe er sich versah, spürte er schon einen Fuß in seinem Gesicht. Dann wurde er brutal hochgerissen und angebrüllt.

»Du hast kein Telefon mehr? Verdammter Lügner!«

Und dann prasselten die Schläge von vier Fäusten auf Drescher ein, wie Regentropfen auf ein Blechdach. Innerhalb weniger Sekunden lag er wieder am Boden. Zusammengerollt, um sich gegen die nun folgenden Tritte zu schützen.

Erst als die beiden außer Atem und ihre Wut anscheinend verraucht war, ließen sie von ihm ab. Einer zerstörte auch das neu aufgetauchte Handy, welches nur als vergessene Fundsache im Tresor gelegen hatte, der andere filzte Dreschers Kleidung und nahm dessen Geldbörse an sich. Er zog die Scheine heraus und warf das leere Portemonnaie dann direkt vor Dreschers Gesicht.

»Schmerzensgeld für uns«, sagte er dabei lachend und steckte die Scheine ein.

»Wenn du Leute in Bus anrufst, du bist tot«, verkündete der Messerartist noch mal, und Sekunden später waren die beiden verschwunden.

Drescher blieb nicht nur sicherheitshalber noch paar Minuten liegen, sondern auch, weil die Schmerzen ihn am Aufstehen hinderten. »Diese verdammten Schweine«, fluchte er durch die zusammengebissenen Zähne. Er hatte sich gerade mit einer Hand an der Tischkante hochgezogen, als sich die Bürotür erneut öffnete. Drescher zuckte zusammen wie unter einem elektrischen Schlag. Was wollten die denn jetzt noch von ihm?

Doch es waren nicht die beiden Handwerker, die zurückkehrten, sondern Waldemar. Als er Dreschers zerschlagenes Gesicht sah, stürzte er auf ihn zu und half ihm, sich in seinen Drehstuhl zu setzen. »Mein Gott, was ist passiert?«, fragte Waldemar mit kreidebleichem Gesicht.

»Die Typen wollten wissen, wo der Bus ist«, japste Drescher und hielt sich dabei die Rippen. »Keine Ahnung, warum.« Dabei traten ihm Tränen des Schmerzes in die Augen.

»Dann müssen wir sofort Alina anrufen und sie vor denen warnen«, schlug Waldemar vor.

»Kommt nicht infrage, davor haben die mich besonders eindringlich gewarnt.« Er wollte ein gequältes Lachen folgen lassen, doch der Schmerz, der ihm dabei durch die Rippen fuhr, hielt ihn umgehend davon ab. »Ich rate dir, verschwinde und lass dich hier nicht mehr blicken, wer weiß, was die noch wollen.«

Waldemar schüttelte den Kopf. »Nein, zuerst rufe ich einen Krankenwagen. Sie müssen sofort ins Krankenhaus.« Gleichzeitig zückte er sein Handy.

»Lass es bitte sein, weil …« Abschließend äußern konnte sich Manfred Drescher nicht mehr, weil er ohnmächtig wurde und aus seinem Bürostuhl rutschte.

Waldemar stürzte auf ihn zu und fing ihn gerade noch rechtzeitig auf, bevor er komplett zu Boden ging. Mit einer Hand hielt er Dreschers Kopf hoch, mit der anderen sein Handy.

»Hallo, ist da der Notruf?«

KAPITEL 25

Familienstreit zu dritt

Der Abend in Hannelores neuer Wohnung war sehr harmonisch verlaufen. Alkohol hatte keine nennenswerte Rolle gespielt, dafür hatte es viele gute Gespräche gegeben, und alle hatten bei den Leckereien, die Seda zu dem Abend beigesteuert hatte, zugegriffen. Dabei hatte es Lucy besonders auf das *Baklava* abgesehen, ein in Honig oder Zuckersirup eingelegtes Gebäck aus Blätter- oder Filoteig, welchen Seda mit Pistazien gefüllt hatte.

Jakob erzählte Geschichten aus seinem Buchladen, Gerd steuerte Anekdoten aus seiner Zeit als Richter bei, und Alina erinnerte sich an viele tragikomische Erlebnisse während der Zeit ihrer Ausbildung auf einer Demenzstation. Als Mischa dabei den Blick durch die Runde der Anwesenden schweifen ließ, bemerkte er auf allen Gesichtern die Erleichterung, dass diese Krankheit sie noch nicht erwischt hatte. Außer vielleicht Lucy, die sich soeben mit Ilay um das letzte Stück Baklava stritt.

Nur einer hockte abseits, lachte nicht und beteiligte sich auch nicht an den Gesprächen. Selbst ein Getränk hatte er abgelehnt. Normalerweise wäre Heinz auch gar nicht mitgekommen, doch die anderen hatten ihn dazu genötigt. Er könne doch Hannelores Einladung nicht ausschlagen, zumal es ihr letzter gemeinsamer Abend sei. Nur sehr widerstrebend und des lieben Friedens willen war er mitgegangen und hockte nun wie ein trotziger Teenager auf dem Sessel am Fenster.

Was diese Frau nur an diesen Leuten fand. Missmutig beobachtete er Hannelore, auf deren Schoß es sich Elif gemütlich gemacht hatte. Mischa unterhielt sich angeregt mit Hakan und Christiane mit Seda. Nun ja, es würde sich ja bald alles wieder zum Guten wenden, vermutete Heinz, und ein kleines Lächeln schlich sich auf sein Gesicht.

Tapfer blieb er sitzen, bis Alina zum Aufbruch mahnte. Denn wenn am nächsten Morgen das lang ersehnte Ersatzteil kam und eingebaut wäre, würde die Reise endlich weitergehen. Die Altenpflegerin versuchte zwar, ihrer Stimme einen neutralen Klang zu geben, aber ganz wohl war ihr dabei nicht, mit diesen ganzen Ungewissheiten im Hinterkopf.

Morgen früh wollte ihre Kollegin, die sie vor dem Besuch bei Hannelore noch telefonisch erreicht hatte, zur *Abendsonne* gehen und versuchen herauszufinden, warum sich dort niemand meldete. Dann wüsste sie vielleicht mehr, denn dass Drescher oder Waldemar sie zurückrufen würden, diese Hoffnung hatte sie mittlerweile aufgeben.

Und so verließen alle, bis auf Heinz, traurig ihre Mitreisende und machten sich auf den Weg in ihre Zimmer. Dort fielen zwar alle wieder in ihre Betten, aber diesmal lag es nicht am Alkohol, sondern an der Müdigkeit. Man war eben keine zwanzig mehr.

Ein Hahnenschrei als Weckruf wäre am nächsten Morgen zwar romantisch, aber überflüssig gewesen, denn die meisten Teilnehmer der Reise lagen bereits wach in ihren Betten – und das aus unterschiedlichsten Gründen.

Alina hatte bereits ihr Mobiltelefon in der Hand und wartete auf den Anruf ihrer Kollegin. Sie wollte endlich wissen, was da in der *Abendsonne* los war. Erst dann konnte sie entscheiden, wie sie weiter vor- und mit Mischa umgehen sollte.

Heinz war gespannt darauf, ob eine Entscheidung, die er gestern getroffen und auch in die Tat umgesetzt hatte, heute Früchte tragen würde.

Gerd starrte an die Zimmerdecke und ärgerte sich. Mal wieder darüber, dass man ihm nach seinem Ausscheiden aus dem Richteramt doch tatsächlich eine Dozentenstelle an der Fachhochschule für öffentliche Verwaltung angeboten hatte. Glaubten die wirklich, er würde sich jeden Morgen in einen Klassenraum setzen und angehenden Polizisten oder womöglich sogar noch Politessen die Feinheiten des deutschen Rechtssystems beibringen? Das war doch wohl deutlich unter seiner Würde als ehemaliger Richter. Jedes Mal, wenn er nur daran dachte, bekam er Sodbrennen.

Mischa wälzte sich von einer Seite auf die andere. War das Geständnis Alina gegenüber richtig gewesen? Hätte er nicht besser den Mund gehalten und sich irgendwo vom Acker gemacht? Er konnte nicht annähernd abschätzen, was sie als Nächstes tun würde. Aber aufgrund ihrer Erzählung war über Nacht in ihm der Verdacht gewachsen, dass er es nicht alleine war, der ein krummes Ding gedreht hatte. Da stimmte doch etwas mit diesem Seniorenheim nicht. Also abwarten, auch wenn es schwerfiel.

Jakob hingegen war einer der wenigen, der positive Gedanken wälzte. Er dachte an seine Gespräche mit Christiane und an die schönen Stunden, die sie miteinander verbracht hatten. Es kam ihm vor, als würde er sie seitdem viel besser kennen, so wie man einen Menschen kennt, mit dem man eine lange Zeit verbracht hat. Wie mit einem guten Freund oder einer Partnerin. Ein wohlig-warmes Gefühl hatte sich in ihm breitgemacht, und mit diesem Gefühl drehte er sich noch mal auf die andere Seite und schloss zufrieden die Augen.

Christiane erging es seltsamerweise nicht viel anders. Jakob hätte sich wie ein Schneekönig gefreut, wenn er gewusst hätte, dass auch sie an ihn dachte. An die Gespräche und daran, wie er ihre Hand genommen und gehalten hatte. Ein schönes Gefühl. Eines, welches sie schon lange nicht mehr gespürt hatte.

Lucy war das, was man gern als die Ausnahme der Regel bezeichnet. Sie dachte gar nicht, sondern schlief wie ein Stein.

Hannelore und Hakan hingegen waren bereits beide wach und steckten schon wieder im Motorraum des VW-Busses. Das lang ersehnte Ersatzteil war endlich per Express angekommen, und die beiden bemühten sich darum, es einzubauen.

Seda hatte die beiden Kinder geweckt, ihnen Frühstück gemacht und sie dann zum Schulbus begleitet. Dann war sie nach Hause zurückgekehrt und hatte damit begonnen, Hannelores Wohnung aufzuräumen.

Gestern Abend hatten beide Frauen keine Lust mehr dazu verspürt, und Seda hatte sich angeboten, es heute Morgen zu erledigen. Ein Angebot, das Hannelore dankbar angenommen hatte.

Sie lag gerade auf einer Rollliege unter dem Bus, als sich die Werkstatttür öffnete. Als sie den Kopf zur Seite drehte, sah sie zwei Paar Beine, die in teuren Schuhen steckten und auf sie zukamen.

»Guten Morgen, wo finden wir denn den Besitzer?«, ertönte eine Stimme, die Hannelore so verdammt bekannt vorkam, dass sie sofort unter dem Wagen hervorrollte. Und es war genau so, wie sie es sich gedacht hatte. Die Stimme gehörte ihrem jüngeren Sohn Martin, und in dem Paar Schuhe daneben steckte, wie erwartet, sein älterer Bruder Jürgen.

»Aber Mutter!«, entfuhr es diesem lautstark, als Hannelore sich nun komplett unter dem VW-Bus hervorschob.

»Ja bitte?« Sie stand auf und streifte sich den Schmutz von ihrem Overall ab.

»Was machst du denn da?«, wollte ihr Erstgeborener wissen.

»Wonach sieht es denn aus?«, antwortete Hannelore mit einer Gegenfrage, was eigentlich nicht sehr höflich, aber in diesem Falle sehr praktisch war, um Zeit zu gewinnen. Denn sie musste sich erst von dem Schock erholen, dass die beiden hier plötzlich aufgetaucht waren.

»Du kannst doch hier nicht auf dem Boden rumrutschen«, kam Martin seinem Bruder zu Hilfe. »Mutter, ich bin von deinem Verhalten völlig überrascht.«

»Ich bin überrascht, dass ausgerechnet ihr beide hier auftaucht. Woher wisst ihr überhaupt, dass ich hier bin?«

»Das tut doch wohl nichts zur Sache.« Jürgen schüttelte resigniert den Kopf. »Eine Frau von über siebzig – und schraubt an Autos rum. Glaubst du, dass das hier das Richtige für jemand in deinem Alter ist?«

Hannelore glaubte sich verhört zu haben. »Was ist denn deiner Meinung nach das Richtige für eine alte Frau wie mich? Strickend am Fenster sitzen und auf den Tod warten?«

Martin legte seinem Bruder beschwichtigend die Hand auf den Arm, weil er bemerkte, dass der sofort zu einer harschen Erwiderung ansetzen wollte. »Das verlangt ja niemand von dir, aber es gibt sicherlich adäquatere Beschäftigungen, da muss ich Jürgen recht geben.« Er sah sich um. Und das, was er sah, machte keinen sehr vertrauenswürdigen Eindruck auf ihn. In ihrer Werkstatt hätte es so ein Durcheinander nicht gegeben. Das hier war das, was man abfällig als Schrauberbude oder Hinterhofwerkstatt bezeichnet hätte, auch wenn sie an der Durchgangsstraße lag. »Wir sind hier, weil wir mit dir reden müssen, Mutter, es geht doch nicht an, dass …«

»Ich habe gefragt, von wem ihr wisst, dass ich hier bin«, hakte Hannelore nach. »Wenn ich das weiß, können wir weiterreden, ansonsten ist das Gespräch an dieser Stelle für mich beendet.«

»Du kannst uns doch nicht einfach …«, brauste Jürgen auf, wurde jedoch umgehend erneut von Martin eingefangen.

»Jemand, den ich kenne, hat mich angerufen. Er macht sich Sorgen um dich, weil du angeblich eine Entscheidung getroffen hast, die völlig schwachsinnig ist.« Kaum, dass er das vorletzte Wort ausgesprochen hatte, wusste Martin Winterstein bereits, dass er einen Fehler gemacht hatte.

»Heinz Beckmann!« Hannelore schnaufte verärgert. »Das kann nur Heinz Beckmann gewesen sein«, sie sah ihren Sohn herausfordernd an. »Woher kennt der dich?«

»Aus dem Geschäft. Er war mal da, weil er sich für einen Vorführwagen interessiert hat, dabei kamen wir ins Gespräch. Da er beim Finanzamt war, habe ich den Kontakt gehalten, so jemand kann einem ja immer mal nützlich sein.«

Hannelore schüttelte nur den Kopf. »Und? Was wollt ihr beiden jetzt hier?«

Die Brüder sahen sich verblüfft an.

»Ich dachte, das wäre klar, Mutter«, begann Martin. »Du willst doch wohl nicht echt hierbleiben, bei dieser *Familie*?«

Hannelore biss verärgert die Zähne zusammen, die Betonung des Wortes Familie hatte ihr überhaupt nicht gefallen.

»Das hier ist doch nichts für eine Frau deines Standes«, setzte Jürgen nach. »Wenn es dir im Altersheim nicht mehr gefallen hat, dann kann ich das ja verstehen, aber da muss es doch adäquatere Lösungen geben, statt hier …«

Weiter kam er nicht, weil Hakan soeben die Werkstatt betrat. »Kann ich Ihnen helfen?«, fragte er die beiden Männer.

Bevor die etwas sagen konnten, klärte Hannelore ihren neuen Arbeitgeber auf.

»Die beiden hier sind meine Herren Söhne, und sie machen sich Sorgen, weil ich hierbleiben will.« Sie lächelte dabei abfällig. »Ich kann mir auch schon denken, worum es ihnen dabei geht.«

»Natürlich nur um deine Gesundheit, Mutter.« Jürgen spielte den Empörten. »Wir können doch nicht zulassen, dass du hier ausgebeutet wirst.«

Die Frau im ölverschmierten Overall lachte laut auf. »Ausgebeutet? Sagt mal, spinnt ihr jetzt komplett? Dass ich hierbleiben und Hakan in seiner Werkstatt helfen will, ist mein freier Entschluss.«

»Aber du kennst die Leute doch gar nicht, wer weiß denn, was die von dir wollen?« Dabei sah Martin Hakan aber nicht an, das war ihm dann doch zu peinlich.

»*Diese Leute*, wie du sie nennst, haben sich in den letzten zwei Tagen mehr und vor allem liebevoller um mich gekümmert als ihr in den ganzen letzten Jahren. Wann seid ihr denn mal vorbeigekommen? Doch nur, um euch notwendige Unterschriften von mir zu holen, wenn es um das Geschäft ging …«

»Mutter, ich muss doch sehr bitten«, fuhr Jürgen dazwischen. »Ich war an jedem deiner Geburtstage da und auch an Weihnachten.«

Erneut lachte Hannelore laut auf. »Mein Lieber, deine Geburtstagsbesuche haben doch nie länger als eine halbe Stunde gedauert, und selbst das war nur lästiges Pflichtprogramm. Du bist übrigens ein lausiger Schauspieler. Und noch was: Letztes Jahr Weihnachten warst du übrigens nicht da.«

»Moment mal«, kam Jürgens prompter Einwand.

»Red nicht, du warst letztes Jahr zum Skilaufen in der Schweiz. Wenn ich mein Handy hole, kann ich dir darauf sicher noch deine Weihnachtsnachricht bei Whats-

App zeigen. Aber im Gegensatz zu deinem Bruder bist du ja wenigstens in der Richtung noch aktiv.« Dabei sah sie zu Martin, der mit in den Hüften gestemmten Händen die Unterhaltung verfolgt hatte. »Dein Bruder hat es ja nicht mal nötig anzurufen, sondern schickt mir eine Weihnachtskarte ...«, fuhr sie mit bebender Stimme fort, »so eine, wie sie alle Kunden unseres Autohauses automatisch bekommen. Und zu Besuch kommt er grundsätzlich nie, ab und zu mal ein schnelles Treffen in einem Café in der City, und das war es dann.« Martin holte Luft, um sich zu rechtfertigen, doch Hannelore kam ihm zuvor. »Ich kann dir sogar sagen, woran das liegt. Deine Frau kann mich nicht leiden, und um mit der keinen Ärger zu bekommen, lässt du mich links liegen. Ich bin ja nur deine dumme, alte Mutter.« Ihr schossen die Tränen der Wut in die Augen, und Hakan machte einen Schritt auf sie zu, doch sie gab ihm durch ein Handzeichen zu verstehen, dass er sich nicht einmischen sollte. Das hier war eine Familienangelegenheit.

»Wenn Vater sehen würde, was du hier so treibst«, Jürgen schüttelte den Kopf, »ich glaube, er würde sich im Grabe umdrehen.«

»Im Grabe umdrehen? Dein Vater wurde eingeäschert, hast du das schon vergessen? So vergessen wie sein Grab auf dem Sennefriedhof? Wann warst du denn das letzte Mal da?« Sie schnaufte erbost. »Ich wette, nach der Beerdigung kein einziges Mal mehr. Und an seiner Beerdigung habt ihr beide ja wohl vor allem deshalb teilgenommen, weil es Werbung für die Firma war.«

»Mutter, ich muss doch sehr bitten. Was sagst du denn da?« Martin blieb fast die Spucke weg.

»Ach, halt doch deinen Mund. Du warst doch derjenige, der Vater nicht schnell genug aus dem Laden drängen konnte, nachdem ihr die Firma überschrieben bekommen habt. Danach habt ihr uns doch beide kaum noch beachtet.«

»Wir hatten viel zu tun, der gesamte Betrieb musste umgestellt, modernisiert werden«, rechtfertigte sich Jürgen. »Vor allem die EDV-Anlage und der Prüfstand für die Sachverständigen.«

Nun stemmte Hannelore die Hände in die Hüften. »Papperlapapp, ihr habt euch ins gemachte Nest gesetzt und euren Vater und mich aus der Firma gedrängt. Er hat das nur schwer, wenn nicht sogar überhaupt nicht verkraftet. Aber das war euch ja egal.« Sie drehte sich um und schaute durch die Werkstatt. »Also hier gibt es noch jede Menge an Arbeit und deshalb werde ich jetzt dieses unfruchtbare Gespräch beenden, es kommt sowieso nichts Gescheites dabei raus.«

Die beiden Söhne wechselten einen überraschten Blick.

Martin fing sich als Erster. »Heißt das, dass deine Entscheidung feststeht? Du bliebst bei dieser Türkenfamilie? Ist das dein letztes Wort?« Sein Bruder klopfte ihm dabei zustimmend auf die Schulter.

»Nein, das ist nicht mein letztes Wort, das kommt noch. Vorher möchte ich euch noch sagen, dass ich umgehend meine letzten Anteile aus der Firma ausbezahlt bekommen haben möchte. Das Geld überweist ihr mir bitte schnellstmöglich auf mein Konto. Deiner Frau, mein lieber Martin, kannst du schöne Grüße bestellen, sie soll aufpassen, dass ihre Affäre mit dem Reitlehrer nicht öffentlich wird, denn das würde dem Ansehen der Firma schaden.«

Ihr Sohn starrte sie mit offenem Mund an.

»Ach komm, jetzt sag bloß, das wusstest du nicht? Dann bist du wahrscheinlich der Einzige.« Sie drehte sich nur ein kleines Stück zur Seite, um ihren anderen Sohn ins Auge fassen zu können. »Und du, Jürgen, du solltest aufpassen, mit wem du dich wo in der Öffentlichkeit zeigst. Ich glaube, man hat dich neulich in der Gay Sauna gesehen. Und nicht nur dich …« Ihre Miene blieb ausdruckslos. »Mir ist das egal, aber nicht alle Leute sind so tolerant wie ich. Vor allem eure älteren Kunden nicht.«

Jürgens Unterkiefer schien fast den Brustkorb zu berühren, so tief hing er ihm herunter.

»Und jetzt, meine Lieben, gebe ich euch einen guten Rat. Lasst mich in Frieden! Ich mache, was mir gefällt. Und jetzt kommt mein letztes Wort, dass ihr ja unbedingt hören wolltet: Raus!« Dabei zeigte sie auf die Werkstatttür und drehte sich dann demonstrativ um.

Jürgen machte noch einen Versuch, sie anzusprechen, wurde aber von seinem jüngeren Bruder davon abgehalten. Der hatte erkannt, was die Stunde geschlagen hatte, denn ihm war klar, dass sie die auszuzahlenden Firmenanteile nur sehr schwer würden kompensieren können. Es war also besser, Mutter nicht noch weiter zu reizen. Wer konnte wissen, auf welche Ideen die sonst noch kam? Vielleicht konnte man sie ja später, zum Beispiel im Rahmen eines Telefonates, noch umstimmen. Jetzt war erst mal taktischer Rückzug angeraten. Rückzug nach einer vollkommen unerwarteten Niederlage.

Die Tür hatte sich hinter den beiden begossenen Pudeln noch nicht ganz geschlossen, als Hakan auch schon auf Hannelore zutrat und ihr den Arm um die Schultern legte. »Du bist aber eine sehr energische Frau. Immerhin waren das deine Söhne.«

Hannelore seufzte und tätschelte dann zärtlich seine Hand auf ihrer Schulter. »Ich habe mich schon seit Jahren über die beiden geärgert, und heute kamen sie mir genau richtig.«

»Gut, dass du es jetzt mal ausgesprochen hast. Aber du musst kein Geld aus der Firma ziehen, du wohnst doch jetzt bei uns und hilfst uns.«

Hannelore lächelte dankbar. »Das ist zwar nett, Hakan, aber ich glaube, es ist besser, wenn ich da einen Schlussstrich ziehe. Vor allem möchte ich nicht, dass sich meine arrogante Schwiegertochter später das Geld unter den Nagel reißt.« Sie drehte sich um und sah ihn an. »Außerdem könnte ich mir sehr gut vorstellen, Teilhaberin von *Auto Gökdemir* zu werden. Was meinst du?«

Hakan war einen Augenblick lang perplex, dann schlich sich langsam ein Lächeln in sein Gesicht. »Ich wüsste nicht, wen ich lieber zur Teilhaberin hätte«, bekannte er und griff nach ihren Händen. »Es würde mich und sicher auch Seda sehr stolz machen.«

Hannelore schüttelte seine Hände und atmete tief durch. »Du sagtest eben, ich wäre eine energische Frau, und diese energische Frau wird dir gleich mal zeigen, was sie mit einem Verräter macht.« Ihr Blick ging zur Uhr an der Werkstattwand. »Die anderen müssten ja gleich rüberkommen, um den Bus abzuholen, dann kann der gute Heinz sein blaues Wunder erleben.«

KAPITEL 26

Da waren's nur noch fünf

Alina wunderte sich, dass Lucy plötzlich am Stock ging, und vor allem darüber, wie sie an selbigen gekommen war. »Wo hast du denn den her?«, hatte sie daher wissen wollen, bevor sie zu einem kleinen Spaziergang rund um die *Dorfschänke* aufgebrochen waren.

»Ach, den habe ich gestern Abend aus Hannelores neuer Wohnung mitgenommen. Er gehörte wohl der Mutter des ehemaligen Hausbesitzers. Passt doch wohl sehr gut zu mir, oder? In meiner Rolle als Queen Mum habe ich damals auch einen benutzt.« Sie sah Alina fragend an. »Und Hannelore wird den doch wohl in naher Zukunft noch nicht brauchen, oder?

»Nein, keineswegs, denn sie kam mir gestern irgendwie total verändert vor. Früher war sie immer so ernst und damenhaft, und gestern sprühte sie förmlich vor Fröhlichkeit. Ich hatte auch den Eindruck, dass sie mehr aus sich herausging.« Alina freute sich für die nun bald ehemalige Heimbewohnerin.

»Ist das ein Wunder, wenn du plötzlich zwei reizende Enkelkinder und eine neue Aufgabe hast?«

Alina nickte.

»Apropos Großmutter und Enkel, habe ich dir eigentlich erzählt, dass ich vor Jahren mal die Rolle der Mary Poppins in einem Musical in Hamburg gespielt habe?«, fragte Lucy, beantwortete diese Frage aber sogleich selber. »Aber nein, das kannst du ja nicht wissen, dafür bist du noch zu jung. Aber es war toll, weißt du, wer mein Partner war?«

Ohne auf eine Antwort zu warten, legte Lucy los und versank mal wieder in eine in ihrer Fantasie entstandenen Realität. Die junge Frau hörte zu und nickte dann und wann gespielt erstaunt. Nach einer Weile hatten sie die Dorfschänke umrundet und Alina begleitete Lucy in den Gastraum. Dann entschuldigte sie sich. »Ich will noch mal versuchen Herrn Drescher zu erreichen, und außerdem muss ich auch noch mal im Wellnesshotel anrufen und sie über unsere erneut verspätete Ankunft informieren.« In Wirklichkeit jedoch wartete sie auf einen ganz anderen Anruf.

»Okay, ich mache es mir hier schon alleine gemütlich, geh du nur«, forderte Lucy sie fröhlich auf, und Alina hoffte, dass der Wirt sie nicht zu sehr mit Alkohol verwöhnte. Noch war er allerdings nicht zu sehen, dafür betraten gerade Jakob und Christiane den Raum.

»Seid bitte so nett und achtet darauf, dass Lucy sich nicht wieder so abschießt wie vorgestern«, flüsterte sie den beiden zu und zückte bereits ihr Handy.

»Ich passe auf wie ein Turmfalke«, versprach Jakob und hob die Hand zum Schwur.

»Und ich passe auf den Turmfalken auf«, lachte Christiane. »Geh du ruhig telefonieren.«

»Ich bin schnell wieder da«, versprach Alina, »denn wir wollen ja gleich weiterfahren.«

»Ein nettes Kind.« Lucy sah der Verschwindenden mit zärtlichem Blick hinterher. Dann richtete sie ihr Augenmerk auf Jakob und Christiane.

»Na, ihr Turteltäubchen? Wie soll es denn jetzt mit euch weitergehen?«

Die beiden sahen sich kurz an und erröteten dann wie zwei Teenager, die bei ihrem ersten Kuss erwischt werden.

»Wie kommst du denn auf Turteltauben?«, wollte Christiane scheinheilig von der ehemaligen Schauspielerin wissen.

»Na, dass ihr beide euch mögt, sieht doch ein Blinder mit 'nem Krückstock.« Dabei reckte sie ihre neuste Errungenschaft stolz in die Höhe.

Jakob konnte sich ein Grinsen nicht verkneifen. Er wollte Lucy gerade antworten, als die Tür aufging und Mischa hereinkam.

»Ich soll euch abholen kommen, der Wagen ist fertig. Heinz und Gerd habe ich auch schon Bescheid gesagt. Alina wartet vor der Werkstatt auf uns. Galant bot er Lucy seinen Arm an, den sie gerne ergriff.

Kurze Zeit später standen alle mit ihren Reisetaschen oder Rollköfferchen vor der Werkstatt, aus der Hakan soeben rückwärts den reparierten VW-Bus fuhr. Dann sprang er vom Fahrersitz und hielt Mischa die Tür auf.

»Hier bitte, dein Arbeitsgerät ist wieder in Ordnung. Die Reise kann weitergehen, aber fahr die ersten hundert Kilometer bitte noch nicht volle Kanne.«

Mischa musste lachen. »Okay, ich werde mir Mühe geben und unter zweihundert bleiben.«

In diesem Moment kamen auch Hannelore und Seda aus der Werkstatt, wobei Letztere ein Körbchen in der

Hand hielt, mit dem sie auf Alina zusteuerte. »Ein bisschen Proviant für den Rest der Reise.«

»Oh, vielen Dank, das ist aber nett«, bedankte sich Alina artig und lächelte dabei. Obwohl ihr eigentlich gar nicht nach lächeln zumute war, denn vor wenigen Minuten hatte sie den erwarteten Anruf ihrer Kollegin erhalten. Die *Abendsonne* sei geschlossen, und ein Schild im Eingang habe darüber informiert, dass es sich dabei um einen dauerhaften Zustand handele.

Aber sie sei noch mal um das Gebäude herumgegangen und habe einen Blick ins Büro von Manfred Drescher werfen können. Darin habe es ausgesehen, als hätte jemand versucht, aus dem Mobiliar Gulasch zu machen. Als sie dann auf die andere Seite des Gebäudes gegangen sei, habe sie Herrn Willers getroffen.

»Du weißt schon, diesen Typen, der jeden Tag in seinem Garten herumwurschtelt. Egal, ob Sommer oder Winter.«

Alina wusste sofort, wen ihre Kollegin gemeint hatte. Tja, und der habe ihr erzählt, dass gestern ein Krankenwagen hier gewesen sei und ihren Chef abgeholt habe. Waldemar habe er auch gesehen, ihn aber nicht fragen können, was passiert sei, denn der sei mit dem Krankenwagen mitgefahren.

Was das Schild an der Tür sollte, habe Willers aber auch nicht gewusst, so Alinas Kollegin. Und auf ihre Nachfrage, wohin der Krankenwagen gefahren sei, konnte sie auch keine Angaben machen, aber vermutlich ins Klinikum Mitte, denn das sei das nächstgelegene Krankenhaus, wie ja auch Alina wisse.

»Was wird denn jetzt aus unserem Arbeitsplatz?«, hatte die Kollegin noch wissen wollen, was aber eine rein rhetorische Frage war, denn wie sollte Alina das wissen?

Erschüttert hatte die sich bei ihrer Kollegin – oder musste man schon Ex-Kollegin sagen – bedankt und dann noch eine Weile fassungslos auf das Handy in ihrer Hand gestarrt. Was sollten sie denn jetzt machen? Zurückfahren? Dann stünden sie im wahrsten Sinne des Wortes vor verschlossenen Türen. Okay, sie würden zwar noch ins Gebäude kommen, aber was dann? Es gab garantiert kein Küchenpersonal, keine Betreuung mehr, und wer wusste schon, ob nicht möglicherweise bereits Strom und Wasser abgestellt worden waren?

Was blieb als Alternative? Hierbleiben konnten sie nicht. Also weiter? Aber was würde sie in Würzewitz erwarten? Und jetzt stand sie hier am Bus mit einem Picknickkorb in der Hand und spielte die Unbekümmerte. Als sie zu Mischa hinübersah, trafen sich ihre Blicke, und die verhießen nicht gerade Zuversicht. Weder ihre noch seine.

Alina atmete noch einmal tief durch, dann beschloss sie, erst mal einfach weiterzumachen. Sie wusste einfach nicht, was sie anderes tun sollte.

»Ich wünsche euch eine gute Fahrt.« Hannelore nahm einen nach der anderen in den Arm, wobei sie darauf achtete, dass Heinz als Letzter an der Reihe war. Sie blieb vor ihm stehen und sah ihm in die Augen. »Ich wollte nicht vergessen, mich bei dir noch mal ausdrücklich dafür zu bedanken, dass du mir meine Söhne auf den Hals gehetzt hast. Was bist du doch für ein armseliger Denunziant.«

Die anderen, die gerade dabei waren, ihr Gepäck in den Bus zu laden, hielten inne und drehten sich wie auf Kommando um.

»Warum bringst du nicht erst mal dein Leben in Ordnung, anstatt dich in meines einzumischen?«

Eine Sekunde später hätte der Kopf des so Gescholtenen farblich jeder Warnweste Konkurrenz machen können. »Ich … ääh«, begann er stotternd, »also von wegen deines Alters, ich meine, wegen der Arbeit hier und überhaupt …« Vor lauter Verlegenheit brachte er keinen vollständigen Satz mehr zustande.

»Was bedeutet denn *überhaupt*?«, wollte Hannelore wissen, die sich ihm dabei bis fast an die Nasenspitze näherte.

Gut, dass die jetzt kein Messer in der Hand hat, dachte Mischa, als er sah, wie wütend Hannelore war.

»Damit meinst du Vorzeigedeutscher doch wohl, dass ich hier bei einer türkischen Familie bleiben will, oder?« Sie trat einen Schritt zurück und sah ihm dabei immer noch in die Augen. »Ich habe wenigstens eine Familie, im Gegensatz zu dir. Denk mal darüber nach, anstatt dich in die Angelegenheiten anderer Leute einzumischen!« Damit machte sie auf dem Absatz kehrt und wandte sich wieder den anderen zu. »Ihr müsst schon entschuldigen, aber ich bin momentan stocksauer.« Dann erklärte sie ihnen, was vorgefallen war. Während sie von dem Zusammenstoß mit ihren Söhnen berichtete und davon, wer sie informiert hatte, richteten sich alle Augen auf Heinz, dem daraufhin nichts anderes übrig blieb, als betreten zu Boden zu blicken.

Alle schwiegen betroffen, nachdem Hannelore geendet hatte, nur Lucy musste noch ein Statement loswerden. »Jeder mag den Verrat, doch niemand mag den Verräter«, verkündete sie vergnügt und kletterte dann als Erste in den Bus. Diesmal zur Überraschung der anderen allerdings auf den Beifahrersitz.

Jakob und Christiane schüttelten Hakan und Seda noch die Hand, und der ehemalige Buchhändler steckte der werdenden Mutter augenzwinkernd noch ein paar Geldscheine in die Tasche. Verbunden mit der Auflage, sie gerecht auf demnächst drei Spardosen zu verteilen. Seda wollte es ablehnen, doch Jakob drohte ihr damit, dann schwer beleidigt zu sein.

»Passt mir gut auf Hannelore auf und seht zu, dass die hier keine Dummheiten macht«, lachte er noch und wartete, bis auch Christiane sich mit einer Umarmung von den werdenden Eltern verabschiedet hatte. Dann stellte er seine Reisetasche auf den Boden und öffnete sie. Als er sich wieder aufrichtete, sah Mischa, dass er die Bücher in der Hand hatte, die auf seinem Nachttisch gestapelt gewesen waren. »Hier, Hannelore, als kleines Abschiedsgeschenk meinerseits. Wenn du nach der Arbeit mal etwas Entspannung brauchst oder den Kindern etwas vorlesen möchtest.« Er drückte ihr den ganzen Stapel in die Hand.

Die Beschenkte machte einen verdutzten Eindruck und wusste zunächst nicht, was sie sagen sollte. Doch dann fasste sie sich ein Herz, gab die Bücher an Hakan weiter und nahm Jakob in den Arm. »Vielen Dank für dieses großzügige Geschenk, ich weiß, was diese Bücher für dich bedeuten«, flüsterte sie.

Jakob errötete leicht und schaute dabei über ihre Schulter zu Christiane, die ihn anlächelte. Was war das doch für ein feinfühliger Mensch, dachte die im Stillen.

Nur ungern löste sich Jakob aus Hannelores Umarmung und räusperte sich. »Da ja heute anscheinend alles neu gemischt wird, können wir ja auch mal auf die hintere Bank gehen«, verkündete er, und Christiane folgte ihm auf ihre neuen Sitzplätze.

»Es war ein unerwarteter, aber schöner Aufenthalt«, verabschiedete sich nun auch Gerd. »Grüßen Sie die Kinder von mir, und alles Gute für Sie und das Baby.« Er steckte Hakan einen Umschlag in die Brusttasche seines Overalls, der sich wegen des Bücherstapels in seinen Händen nicht dagegen wehren konnte. Noch bevor er die Bücher auf der Fensterbank ablegen konnte, war Gerd bereits in den Bus gestiegen. Aber nicht ohne Heinz zuvor noch schnell einen strafenden Blick zugeworfen zu haben, um sich dann neben Christiane und Jakob auf die hintere Sitzbank zu verkrümeln.

Der ehemalige Finanzbeamte sah die beiden türkischen Eheleute und Hannelore nur ganz kurz an, hob die Hand verschämt nur halb hoch und verschwand dann zügig im Bus. Man merkte ihm deutlich an, dass er nicht schnell genug von hier wegkommen konnte.

»Vergiss nicht, dich anzuschnallen, Judas«, krähte Lucy von vorne und kicherte.

»Nochmals vielen Dank für alles«, seufzte Alina und drückte Seda an sich. Hakan schüttelte sie herzlich die Hand. »Die Rechnung für die Reparatur schicken Sie bitte an die Adresse, die ich Ihnen hier aufgeschrieben habe.« Mit einem mulmigen Gefühl im Bauch reichte sie ihm einen Zettel mit der Adresse der *Abendsonne*.

»Ach, lass mal stecken.« Hannelore versuchte Hakan den Zettel aus der Hand zu nehmen. »Das regele ich schon.«

Doch Hakan ließ nicht los. »Betrachtet es als Geschenk von uns dreien«, schmunzelte er und nahm die beiden Frauen dabei in seine Arme.

Alina fiel ein Stein vom Herzen, sie war sich bis vor einer Sekunde noch als Betrügerin vorgekommen. Ihr Bauch sagte ihr, dass Hakan diese Rechnung wohl nicht bezahlt bekommen hätte, aber zum Glück würde ihm, und auch Hannelore, diese Enttäuschung jetzt erspart bleiben.

»Also, macht es gut«, sagte sie, setzte sich zu Heinz auf die mittlere Bank und zog, bevor ihr noch die Tränen kamen, die Schiebetür zu.

Mischa war noch mal ausgestiegen und drückte Hakan die Hand. »Alter, ich beneide dich um so eine Familie. Ich wünschte, ich hätte auch so eine. Pass gut auf alle auf.«

Hakan nahm seine Hand in seine beiden und hielt sie einen Augenblick lang fest. »Du darfst die Hoffnung einfach nicht aufgeben, du bist doch noch jung.« Plötzlich lachte er laut auf. »Dazu fällt mir ein türkisches Sprichwort ein: Lass die Beine nicht hängen, bevor du auf dem Pferd sitzt.«

Mischa sah ihn einen Augenblick lang verblüfft an, dann musste auch er lachen. »Werde ich mir merken, cooler Spruch!«

Nachdem er sich auch von Hannelore und Seda verabschiedet hatte ließ er den Bus vom Hof rollen. Aber nicht nur der rollte, sondern auch ein paar Tränen.

KAPITEL 27

Eine Reise in Richtung Vergangenheit

Mischa benutzte den rechten Fahrstreifen und achtete zum einen darauf, den Motor nicht zu hochtourig laufen zu lassen, zum anderen aber auch darauf, keinen der vielen LKW zu behindern, die alle in Richtung Osten rollten. Im Rückspiegel sah er, dass Alina mit einem nachdenklichen Gesichtsausdruck aus dem Fenster blickte. Sie hatten zwar noch nicht miteinander gesprochen, er ahnte aber, dass die Nachrichten, die sie bekommen hatte, nicht besonders gut gewesen sein konnten. Er wünschte sich so sehr, ihr helfen zu können, wusste aber nicht wie und hatte außerdem genug eigene Probleme. Sein Blick glitt zum Navi, welches ihm anzeigte, dass sie noch eine Strecke von etwas über dreihundert Kilometern vor sich hatten. In zwei Stunden würden sie ihr Ziel erreicht haben. Und was dann? Er wünschte sich, sein Leben wäre so problemlos wie das seiner Beifahrerin, denn Lucys Kopf war schon wieder gegen die Seitenscheibe gesunken, und sie schlief mit offenem Mund.

War man alle Sorgen los, wenn man dement war, und endete er auch mal so, fragte sich Mischa. In einem Altersheim? Geistig und körperlich eingeschränkt? Einsam und alleine? Natürlich alleine, denn wer sollte ihn besuchen, wenn er keine Kinder hatte? Er hoffte nur, dass es dort dann immer noch solche netten Menschen wie Alina gab, die sich um einen kümmerten. Er sah sie durch den Rückspiegel an. Die alten Leute konnten sich glücklich schätzen, jemanden wie sie zu haben.

Dann drängte sich plötzlich ein anderer Gedanke nach vorne. War er jetzt etwa eifersüchtig auf die Senioren? Sein Blick ging weiter. Der Mann, der neben Alina auf der mittleren Bank saß, hatte den Kopf gesenkt und schien auf seine Hände zu starren. Mit Heinz würde er momentan auch nicht tauschen wollen. Was war nur in den gefahren, dass er Hannelores Söhne angerufen hatte? Was hatte ihn gestört? War der wirklich ausländerfeindlich, oder hatte er sich daran gestoßen, dass Hannelore beschlossen hatte, in ihrem Alter noch ein neues Leben zu beginnen? Oder war er einfach nur ein Klugscheißer und Besserwisser? Einen besonders glücklichen Eindruck hatte er seit der Abfahrt eigentlich nie gemacht, außer bei dem feuchtfröhlichen Umtrunk.

Mischa seufzte. In diesem Bus schien es niemanden zu geben, der ohne Sorgen war. Aber vielleicht gab es ja auf der ganzen Welt niemanden. Mischa schaute auf den Tacho und stützte dann die Unterarme aufs Lenkrad. Noch zweihundertfünfundneunzig Kilometer Fahrt, und was dann?

Fünfzig Kilometer weiter hielten sie bereits wieder an, weil Heinz verkündet hatte, dass ihm schlecht sei. Mischa fuhr auf den nächsten Autobahnparkplatz, und kaum, dass der Bus stand, wälzte Heinz sich auch schon aus dem Wagen und wankte auf das nächste Gebüsch zu.

»Sind wir schon da?«, wollte Lucy wissen, die soeben aufgewacht war.

»Nein, wir müssen nur mal kurz anhalten, weil es Heinz schlecht geworden ist.«

»Ha, da kommt das schlechte Gewissen raus«, krähte Lucy, öffnete die Tür und rutschte vom Sitz. Auf ihren Stock gestützt humpelte sie los.

»Wo willst du denn hin?«, wollte Mischa besorgt wissen.

»Dahin, wohin selbst der Kaiser zu Fuß gehen muss, mein Junge«, verkündete Lucy und deutete mit ihrem Stock auf das Toilettenhäuschen.

Auch die anderen waren ausgestiegen, und Alina ging zu Heinz hinüber, der immer noch vorgebeugt am Gebüsch stand. Sie stellte sich neben ihn und hielt ihm eine Wasserflasche hin. »Na, geht es wieder?«

Der ehemalige Finanzobersekretär blies die Backen auf und stieß die Luft dann geräuschvoll aus. »Ich weiß auch nicht, was mit mir los ist.« Sein Gesicht war kreidebleich. »Muss mir wohl den Magen verdorben haben.«

»Oder die ganze Angelegenheit setzt dir so zu«, vermutete Alina und legte ihm mitfühlend den Arm um die Schultern. »Wollen wir uns nicht setzen, bis es dir ein wenig besser geht?« Sie deutete auf eine der Bänke.

Heinz nickte dankbar und ließ sich von ihr dorthin führen. Die anderen hielten respektvoll Abstand.

»Ich weiß auch nicht, was mit mir los ist«, Heinz' Stimme klang dünn und zittrig, »warum ich das getan habe. Also Hannelores Söhne anzurufen.«

Alina schwieg. Sie ahnte zwar, was in Heinz vorgegangen sein könnte, überließ es ihm aber, erst mal selber darüber nachzudenken.

»Eigentlich hätte ich mich doch für Hannelore freuen sollen, man sah doch, wie glücklich sie plötzlich war.« Er wischte sich mit einem Taschentuch über den Mund und trank dann einen Schluck Wasser. »Sie hatte auf einen Schlag nicht nur eine neue Aufgabe, sondern sogar noch zwei Enkelkinder. Auch wenn es nicht ihre eigenen sind«, fügte er noch schnell hinzu.

»Kann es sein, dass du eifersüchtig warst?«, wollte Alina wissen.

Heinz' Kopf fuhr hoch, und er sah sie überrascht an. »Na, hör mal, warum ...?« Doch mitten im Satz brach er ab und sackte dann in sich zusammen. Es schien, als hätte ihn soeben der Hammer der Erkenntnis getroffen. »Eifersüchtig ...?«, wiederholte er leise.

Alina schwieg und ließ ihm Zeit, über diese Vermutung nachzudenken.

Das Erste, was er von sich gab, war ein herzzerreißendes Seufzen. Er hatte die Ellbogen auf die Knie gestützt und starrte auf den Boden. »Eifersüchtig ...?«, murmelte er noch einmal und schüttelte ungläubig den Kopf. Dann hob er ihn langsam und sah Alina an. »Ich glaube, du könntest recht haben, vielleicht war ich wirklich eifersüchtig. Darauf, dass es Hannelore so gut geht, dass sie plötzlich eine Art Familie, ein Zuhause hat und nicht, wie ich, wieder in ein Heim abgeschoben wird.« Seine Stimme war zwar brüchig geblieben, klang aber trotzdem ein wenig trotzig. »Was bleibt mir denn noch vom Leben? Ein Zimmer in einem Altersheim, ein Fernseher, demente Nachbarn und die Hoffnung, dass der Tag schnell umgeht, nur damit ein neuer trostloser beginnt?« Er schüttelte resigniert den Kopf. »Es gibt doch nichts mehr, auf das man sich noch freuen könnte. Einige der anderen bekommen wenigstens ab und zu mal Besuch oder werden an den Feiertagen von ihren Kindern abgeholt, aber ich …?« Er richtete sich auf und drückte dann den Rücken durch. »Ich habe mein ganzes Leben lang gearbeitet. Als Finanzbeamter wirst du dann ja auch noch oft als Feind angesehen, die Leute machen Witze über dich, und kaum einer mag dich. Kein Wunder, wenn wir ihnen ans Geld gehen müssen, aber daran gewöhnst du dich wie ein Bestatter an die Toten.«

»Aber du warst doch verheiratet, oder?« Alina kannte die Antwort, wollte das Gespräch mit dieser Frage in andere Bahnen lenken.

Heinz sog geräuschvoll die Luft ein. »Ja, das war ich, und wir waren auch mal eine Familie. Marianne, Alexander und ich.« Für einen ganz kurzen Augenblick trat ein Strahlen in seine Augen, doch das verblasste schnell wieder. »Wir waren sehr glücklich, daher war der Schlag umso härter, als Marianne plötzlich starb.«

»Was hatte sie denn?«, wollte Alina wissen.

»Es war eine Art Sekundentod. Wir waren auf der Geburtstagsfeier eines Kollegen eingeladen und wollten eigentlich schon nach Hause, aber dann spielten sie unser Lieblingslied. *Der letzte Walzer,* gesungen von Peter Alexander. Also entschlossen wir uns, diesen letzten Walzer noch zu tanzen.« Sein Blick ging ins Unendliche, und in seinen Augen sammelten sich Tränen. »Wir konnten ja nicht ahnen, dass es nicht nur der letzte Walzer dieses Abends, sondern der letzte Walzer ihres Lebens sein würde.«

Alina sah ihn erschrocken an. »Oh, mein Gott, heißt das …?«

Heinz nickte nur stumm und faltete die Hände wie zu einem Gebet. Erst viele Sekunden später sprach er weiter.

»Sie ist mitten im Tanz in meinen Armen gestorben …«

Alina bemerkte, dass ihr die Tränen in die Augen schossen.

»Und plötzlich stand ich ganz allein da, mit dem Haus, mit meiner Arbeit und dem Jungen.«

Was konnte das Schicksal doch manchmal für ein Arschloch sein, dachte Alina verbittert. Sie hatte zwar gewusst, dass Heinz' Frau verstorben war, aber die Dramatik dieser Geschichte kannte sie noch nicht. Kein Wunder, dass er damit nicht hausieren ging, denn er litt augenscheinlich immer noch sehr darunter.

»Wir haben uns dann beide mehr schlecht als recht durchgekämpft«, fuhr Heinz fort. »Alexander war damals gerade mit der Schule fertig geworden und hatte sein Studium begonnen, und ich habe versucht, das Haus und den Garten in Ordnung zu halten. Es sollte ja mal ihm gehören, doch er ist einfach gegangen.«

Alina horchte auf. Da stimmte etwas nicht. So einfach ging keiner, da musste etwas vorgefallen sein. Sie erinnerte sich nicht daran, dass Heinz in der *Abendsonne,* außer behördlichen Schreiben, jemals private Post bekommen hätte, geschweige denn Besuch. Sollte sie es wagen? Sie atmete noch einmal durch, erst dann traute sie sich zu fragen: »Warum hast du denn keinen Kontakt mehr zu deinem Sohn?«

»Weil er ein Arschloch ist«, fuhr Heinz sie an. »Ein gefühlloses Arschloch, das nicht mal der Tod seiner Mutter berührt hat.« Sein vorher noch blasses Gesicht rötete sich nun sehr schnell. »Weißt du, was der mich damals auf der Beerdigung gefragt hat?« Er wartete Alinas Antwort gar nicht erst ab. »Ob ich den Tod meiner Frau auch von der Steuer absetzen wolle?«

Alina hoffte, dass er hier auf der Bank keinen Herzinfarkt bekam, so wie er sich plötzlich echauffierte.

»Dabei habe ich hinterher, beim Kaffeetrinken, doch nur nach einem Bewirtungsbeleg gefragt …« Plötzlich sackte er wieder in sich zusammen wie ein Ballon, aus dem man die Luft abgelassen hat. »Das war doch so eine Art Automatismus, wenn man sein Leben lang mit so was zu tun hat«, versuchte er sich zu rechtfertigen.

»Und was ist dann passiert?«

»Wir haben uns gestritten, vor all den Leuten, den Trauergästen. Es wurde sehr laut, und dann ist Alexander aufgesprungen und gegangen. Als ich nach Hause kam, hatte er schon ein paar Sachen gepackt und war zu einem Freund gezogen. Eine Woche später räumte er sein Zimmer aus und verschwand, während ich auf der Arbeit war.« Aus der plötzlichen Wut wurde jetzt wieder Trauer.

Er tat Alina sehr leid. Erst verlor er ganz überraschend seine Frau und dann, auf ihrer Beerdigung, auch noch den Sohn. Kein Wunder, dass er verbittert und auch eifersüchtig auf Hannelore war.

»Und dabei hatten wir drei doch noch so viel vor.« Heinz schluckte und wischte sich erneut mit dem Taschentuch über den Mund. Auf seinem Gesicht erschien ein gequältes Lächeln.

»Der Traum der Familie Beckmann war immer, einmal mit einem Wohnmobil bis zum Nordkap zu fahren und dort die Mitternachtssonne zu sehen.« Sein Blick glitt in die Ferne, vermutlich sogar bis an die Nordspitze Norwegens. »Aber leider hat sich dieser Traum nie erfüllt, und jetzt ist es zu spät«, gab er resigniert auf.

Alina schloss traurig die Augen. »Und jetzt musstest du auch noch mit ansehen, wie Hannelore plötzlich wieder eine Familie bekam, nicht wahr? Eine Familie, die du nicht mehr hast.«

Er nickte und schluchzte plötzlich. »Ich hätte nicht gedacht, dass so was möglich ist, und ... ich habe es ihr einfach nicht gegönnt. Ich war neidisch. Und das hatte auch nichts mit der Familie Gökdemir und ihrer türkischen Herkunft zu tun, die sind wirklich sehr nett. Vor allem die beiden Kinder.«

Alina legte ihm mitfühlend den Arm um die Schultern. Sie konnte ihn nur zu gut verstehen. Einsamkeit und Trostlosigkeit waren schlimme Lebensumstände, sie brachten so manchen dazu, schwermütig zu werden, und förderten nicht selten auch den Glauben an Verschwörungstheorien. Man tauschte sich nicht mehr aus, hörte keine anderen Meinungen mehr, sondern konsumierte nur noch das, was zu der eigenen traurigen und depressiven Gemütsstimmung passte. »Hast du denn später noch jemals Kontakt mit deinem Sohn gehabt?«

Heinz schüttelte den Kopf und wischte sich über die Augen. »Nein, nie mehr. Ich habe auch nicht nach ihm gesucht, er ist doch gegangen«, rechtfertigte er sich trotzig. »Er hätte sich ja auch mal melden können.«

Super, genau so lief es ab, wenn zwei Dickköpfe aufeinandertrafen.

»Ein Kollege von mir hat ihn mal in Wolfsburg getroffen, da soll er wohl eine Stelle angetreten haben, aber das hat mich nicht interessiert.«

Damals vielleicht nicht, aber heute umso mehr, vermutete Alina, als sie seinen Gesichtsausdruck sah.

»Gibt es denn sonst noch Familienangehörige?«, wollte sie wissen.

Heinz schüttelte erneut den Kopf. »Nein, meine Frau und ich waren Einzelkinder, und unsere Eltern sind bereits alle gestorben.«

Alina nahm den Arm von seinen Schultern und stand auf. »Wollen wir wieder zu den anderen gehen?«

Ohne zu antworten, stand auch Heinz mit einem Ruck auf und marschierte los. Doch schon nach ein paar Metern blieb er plötzlich stehen und deutete in Richtung des Toilettenhäuschens. »Was ist das denn?«, wollte er erstaunt wissen. Bei seinem Ausruf hatten sich auch die Köpfe der anderen in diese Richtung gedreht, und was sie sahen, versetzte sie in Erstaunen. Lucy kam soeben von der Toilette zurück, aber sie war nicht allein.

KAPITEL 28

Auf den Hund gekommen

»Den habe ich da hinten gefunden«, erklärte Lucy und deutete dabei auf den beigefarbenen Mischlingshund, der an einer Leine neben ihr herlief.

»Lucy, du kannst doch nicht einfach einen Hund mitnehmen, der gehört doch jemandem«, rief Alina und lief ihr aufgeregt entgegen.

»Das glaube ich kaum«, rechtfertigte sich Lucy, »da standen nämlich keine Autos mehr. Und von alleine wird der Hund ja hier nicht hingekommen sein und sich selber angebunden haben, oder?« Zusätzlich wedelte sie mit einen Stück Papier. »Der hier hing an der Leine.«

Mischa kam ebenfalls auf sie zu und nahm den Zettel entgegen. »*Bitte bringen Sie mich zum nächsten Tierheim*«, las er mit belegter Stimme vor.

»Sonst steht da nichts?«, wollte Christiane wissen und ging in die Hocke, um den Hund zu streicheln.

»Vorsicht!«, mahnte Gerd, »vielleicht beißt der.«

»Ach, das glaube ich nicht«, erwiderte Christiane und kraulte den Vierbeiner hinter den Schlappohren. Dem schien es zu gefallen, denn sobald sie aufhörte, stieß er sie auffordernd mit der Schnauze an.

»Der sieht ja richtig niedlich aus«, mischte sich nun

auch Jakob in die Unterhaltung ein. »Was ist das denn wohl für eine Rasse?«

»Das ist ein Senfhund.« Alle Augen richteten sich erstaunt auf Gerd. »So ein Köter, zu dem alle möglichen Rassen ihren Senf dazugegeben haben.«

Lucy zog erbost die Augenbrauen zusammen. »Köter, was ist denn das für eine Ausdrucksweise?« Sie zog den Hund näher zu sich heran, als wollte sie ihn vor Gerd beschützen.

»Ich vermute mal, da steckt ein Labrador drin«, kam es schüchtern von der Seite. »Unser früherer Nachbar hatte auch so einen.« Heinz war langsam und leise näher gekommen. Froh darüber, dass sich das Augenmerk der anderen nun nicht mehr auf ihn richtete.

»Und was machen wir jetzt mit dem?« Gerd sah dabei auf seine Armbanduhr. »Wir wissen doch gar nicht, wo das nächste Tierheim ist. Womöglich viele Kilometer von unserer Fahrtroute entfernt.«

»Und was wäre deiner Meinung nach die Alternative? Sollen wir ihn wieder anbinden und weiterfahren?«, wollte Jakob erstaunt wissen.

»Dann könnt ihr mich gleich daneben festmachen«, mischte sich Lucy sofort ein.

»Wir könnten die Polizei anrufen und denen den Hund übergeben«, schlug Gerd als Alternative vor.

»Das arme Tier«, seufzte Christiane. »Es landet also so oder so im Tierheim, weil es jemandem lästig geworden ist.«

»So wie wir im Altersheim.« Heinz errötete, als die anderen ihn verblüfft ansahen.

»Welch passender Vergleich, gut erkannt«, lobte Jakob

seinen Mitfahrer. »Nur mit dem Unterschied, dass der nicht so alt ist wie wir. Außerdem sind wir freiwillig ins Heim gegangen.«

»Der Hund kommt mit«, kommandierte Lucy.

»Der Hund bleibt hier«, widersprach Gerd ihr sofort.

Die anderen machten betretene Gesichter, bis Mischa eine Lösung vorschlug.

»Was haltet ihr davon, wenn wir darüber abstimmen? Wir könnten ihn ja zunächst mitnehmen. Wer weiß, vielleicht finden wir ja unterwegs oder am Zielort jemanden, der ihn nimmt. Der Polizei übergeben können wir ihn ansonsten ja immer noch.« Er blickte in die Runde und sah nickende Zustimmung. »Okay, dann stimmen wir also ab. Wer ist dafür, dass wir den Hund mitnehmen?«

Sofort schnellten drei Arme in die Höhe. Lucy, Jakob und Christiane. Langsamer folgten die von Mischa und Heinz, als Letzte entschloss sich Alina dazu dafürzustimmen.

»Ich glaube, die Gegenprobe können wir uns sparen, oder, Gerd?« Jakob blickte dabei in ein missmutiges Gesicht.

»Ach, macht doch, was ihr wollt, aber lasst mich mit dem …«, einen Augenblick lang war er geneigt, wieder Köter zu sagen, doch ein warnend-funkelnder Blick Lucys ließ ihn davon absehen, »… Vieh zufrieden. Ihr wollt ihn mitnehmen? Na schön, dann kümmert euch auch um ihn.«

Mit diesen Worten drehte er sich um und stieg wieder in den Bus.

»Vielleicht sollten wir ihm erst mal etwas zu trinken geben«, schlug Mischa vor. Wer weiß, wie lange er dort schon angebunden war?«

»Gute Idee«, lobte Alina. »Seda hat uns im Proviant auch eine Plastikschüssel mitgegeben, mit der kann ich Wasser holen.« Sie wandte sich um, machte sich an dem Körbchen zu schaffen. Als sie in Richtung Toilettenhaus losmarschieren wollte, nahm ihr Mischa nicht nur die Plastikdose, sondern auch den Weg ab.

»Wir müssen noch ganz etwas anderes machen«, wandte Lucy ein.

»Ach ja, was denn? Futter besorgen?« Jakob überlegte bei seiner Frage sofort, wie man dieses Problem lösen konnte.

»Nein, das meine ich nicht«, widersprach die ehemalige Schauspielerin. »Wir müssen ihm einen Namen geben.«

Der Hund hatte sich auf seine Hinterläufe gesetzt und sah nun einen nach dem anderen an. Es schien, als wüsste er, dass sich das Gespräch um ihn drehte.

»Was haltet ihr von Brutus?«, wollte Lucy wissen.

»Ich finde, das ist eher ein Name für einen Kampfhund und nicht für so einen Süßen wie den hier«, wandte Christiane ein, die immer noch neben ihm hockte. »Ach, Jakob, hilf mir doch mal bitte hoch«, bat sie und bekam prompt und zärtlich Hilfe.

Nein, wie ein Kampfhund sah der wirklich nicht aus, dachte Heinz, der sich mit solchen Hunderassen noch aus seiner Zeit beim Finanzamt auskannte. Nicht, dass sie die Hundesteuer eingezogen hätten, das war Sache der Städte, aber es kamen trotzdem immer wieder Anfragen. Und irgendwann hatte er sich eben mit Hunderassen beschäftigt. Aus reiner Langweile – nicht etwa, weil er einen hätte haben wollen. Das wäre ihm zu viel Verantwortung gewesen.

Er sah auf den Labrador-Mischling mit der fleischfarbenen Nase hinunter. Dabei kam ihm eine Idee. »Also, so lieb und gemütlich, wie er da so sitzt, würde ich ihn eher … Balu nennen.« Er sah erwartungsvoll in die Runde, aber gleichzeitig auch in fragende Gesichter. »Ihr wisst schon, so wie der Bär aus dem *Dschungelbuch*, der mit dem Lied *Versuch's mal mit Gemütlichkeit*.«

So einen Vorschlag hätte sie jedem, aber nicht Heinz zugetraut, fand Alina. Seine Idee war wirklich nicht schlecht.

»Ich finde den Namen gut, auf jeden Fall besser als Brutus«, lachte Christiane.

Lucy nahm es gelassen. »Egal, Hauptsache, er hat überhaupt einen Namen. Ah, da kommt ja das Wasser für unseren Balu.«

Mischa stellte die Plastikdose vor dem Hund hin, der auch sofort anfing zu trinken. »Balu?«, fragte er.

»Wir haben beschlossen, ihn so zu nennen, weil er so viel Ruhe und Gemütlichkeit ausstrahlt«, erklärte Alina ihm. »Wir brauchen nur noch deine Zustimmung.«

Mischa erwiderte ihr Lächeln. »Die habt ihr, aber trotzdem müssen wir jetzt weiter. Also alles einsteigen.« Wenn es nach ihm gegangen wäre, hätten sie hier ruhig noch drei Wochen stehen und über Hundenamen diskutieren können. Er wusste zwar nicht, was sie alle am Zielort erwartete, aber ihm schwante nichts Gutes.

»Okay, dann wollen wir mal weiter«, stimmte auch Lucy zu und ging mit Balu zum Bus. »Na, dann steig mal ein«, forderte sie ihn auf.

Sie hatte dieses Kommando kaum ausgesprochen, da war der Vierbeiner auch schon mit zwei Sprüngen auf der hinteren Sitzbank und schmiegte sich sofort an den dort sitzenden und lesenden Gerd.

Der erschrak und schob den Hund zur Seite. »Was soll das denn? Seid ihr jetzt komplett übergeschnappt? Haltet mir bloß diese Töle vom Hals.«

»Er scheint dich zu mögen«, konterte Lucy lakonisch, aber grinsend.

»Ja, aber ich ihn nicht. Schaut euch mal an, wie meine schwarze Hose aussieht. Komplett voller Hundehaare!« Gerds Gesicht war zornesrot.

Balu machte sich auf dem Sitz ganz klein und behielt den Kopf unten. Es schien, als wäre er solche Anranzer gewohnt.

»Ich sitze auf jeden Fall wieder vorne«, trompetete Lucy und ließ sich von Alina in den Bus helfen. Kaum war diese Aufgabe erledigt, kletterte sie neben die alte Schauspielerin auf den Sitz.

Jakob und Christiane eroberten die mittlere Sitzbank, und Heinz gesellte sich zu ihnen.

»So viel Platz wie die beiden dahinten möchte ich auch mal haben«, flüsterte Jakob Christiane zu.

Die beugte sich ihm entgegen. »Ich finde es so eng aber auch ganz angenehm«, gestand sie lächelnd, nahm seinen Arm und schmiegte sich an ihn, was er sich gerne gefallen ließ.

Heinz blickte noch mal nach hinten. Ein begossener Labrador und ein grummeliger Richter, was für eine Kombination.

KAPITEL 29

Ein schöner Platz zum Sterben

Die ganze nächste Stunde über konnte Mischa ohne Störungen durchfahren. Ein Schild hatte soeben verkündet, dass sie sich nur noch hundertvierzig Kilometer vor Berlin befanden. Der Bus lief wie ein Uhrwerk, Hannelore und Hakan hatten ganze Arbeit geleistet.

Seit einer halben Stunde hatte kaum jemand gesprochen, alle hingen ihren Gedanken nach. Nur Jakob und Christiane tuschelten leise miteinander. Doch mit dieser Ruhe und der ungestörten Fahrt war es nur wenige Kilometer später auch schon wieder vorbei.

»Ich glaube, der Hund muss mal raus«, kam es knurrig von der letzten Bank. »Er ist so unruhig.«

Es wäre auch zu schön gewesen, dachte Mischa. Also richtete er seine Aufmerksamkeit erneut darauf, einen Parkplatz zu finden. Doch es kam keiner. Daher sah er sich gezwungen, die Autobahn zu verlassen und nach ein paar Kilometern auf einer Landstraße direkt an einem Waldweg anzuhalten.

»Ich gehe übrigens mit dem Vieh nicht Gassi, falls ihr das geglaubt habt«, verkündete Gerd trotzig.

Jakob und Christiane waren ausgestiegen, nachdem Heinz den Wagen verlassen hatte. Alina kletterte vom

Beifahrersitz, ging nach hinten und nahm Balu an die Leine, woraufhin der sofort schwanzwedelnd aus dem Fahrzeug sprang. Doch er weigerte sich, mit ihr zu gehen, stemmte sich sogar mit allen vier Pfoten dagegen. Er drehte sich um, und sein Blick blieb an Gerd hängen, der nun ebenfalls ausstieg und versuchte, die hellen Hundehaare von seiner schwarzen Hose zu entfernen.

»Nun komm schon«, forderte Alina den Vierbeiner erneut auf und zog ihn mit sich. Gerd sah den beiden nach, dann marschierte er, ohne die anderen eines Blickes zu würdigen, in Richtung Waldweg.

»Ist der jetzt sauer auf uns?«, wollte Heinz mit besorgter Miene wissen. »Weil wir uns für den Hund und damit gegen ihn entschieden haben?«

»Ach, der kriegt sich schon wieder ein«, vermutete Jakob. »Er soll ihn ja nicht adoptieren, Balu fährt doch nur ein Stück mit uns mit.« Doch dann verdunkelte sich seine Miene, denn ihm fiel ein, dass es für das Hundeproblem ja noch keine konkrete Lösung gab. Eine Sekunde lang hing er diesem Gedanken noch nach, dann wischte er ihn resolut zur Seite. »Kommt Zeit, kommt Rat«, machte er sich selbst Mut.

»Was für ein schöner Wald«, kommentierte Lucy, die an Mischas Arm auf und ab ging. »Er erinnert mich an einen Film, den ich mal mit Sean Connery gedreht habe. Ich glaub, er hieß *Robin und Margret* und spielte in so einem Wald wie hier.«

»Das ist aber nicht der Sherwood Forrest«, lachte Jakob, der Lucy auch diese Geschichte nicht glaubte. Sie hatte garantiert nicht Lady Marian gespielt, da erschien eher Audrey Hepburn vor seinem inneren Auge.

»Wir haben damals ja auch nicht in England gedreht, wegen der Kosten, sondern in der Nähe von Kloster Oesede«, erklärte Lucy und sah zu Mischa auf. »Ach bitte, können wir mal ein Stückchen tiefer in den Wald gehen?«

Mischa sah die anderen an, die allesamt ergeben mit den Schultern zuckten. Was machte eine kleine Verspätung noch aus? Außerdem war Gerd auch aus ihrem Blickfeld verschwunden. Wobei Heinz vermutete, dass der ehemalige Richter mal aus der Hose musste und deshalb nicht zu sehen war.

Galant legte Mischa seine Hand auf Lucys Arm, der auf seinem ruhte, und ging mir ihr zu den nahe stehenden Bäumen. Als sie an einen umgefallenen Stamm kamen, nahm Lucy darauf Platz und hob ihren Kopf. Ihr Blick ging hinauf zu den Kronen, durch die man den Himmel sehen konnte. »Oh, mein Liebster, wie wird mir?« Sie sah Mischa an, verdrehte die Augen und rutschte plötzlich vom Stamm auf den Waldboden.

Dem jungen Mann blieb für einen Augenblick das Herz stehen. Er stürzte auf sie zu und tätschelte ihre Wange. »Lucy, was ist los? Lucy, hörst du mich?«

Keine Antwort. Hilfesuchend sah er sich um, doch die anderen blickten alle in die entgegengesetzte Richtung. Nämlich in die, aus der Alina soeben kam.

Mischa wollte schon die anderen rufen, als ihn eine Hand am Kinn berührte.

»Oh, du bist da«, hauchte Lucy und sah Mischa wie einen lange verschollen geglaubten Geliebten an. »Ich wusste, dass du da sein würdest, wenn es mit mir zu Ende geht.«

Mischa musste schlucken. Das fehlte ihm noch, dass ihm Lucy hier im Wald unter den Händen wegstarb.

Er schob ihr seinen Arm unter den Rücken und hob ihren Oberkörper leicht an. Ihr dankbarer Blick berührte ihn, dann schloss sie langsam die Augen. Aber das hier konnte doch nicht das Ende sein! Man starb doch nicht einfach so in einem Waldstück an der Autobahn. Nein, das durfte nicht sein.

Lucy stöhnte, und Mischa zuckte zusammen. So nahe war er dem Tod noch nie gekommen.

»Oh, liebster Robin, ich wusste, dass du es schaffst, aus dem Gewahrsam des Sheriffs zu flüchten und zu mir zu eilen.« Sie hob den Arm, legte ihn um seinen Nacken und zog ihn mit einer für Mischa unerwarteten Kraft zu sich herunter. Ehe er sich versah, gab sie ihm einen Kuss.

»So, Klappe, diese Szene hätten wir im Kasten«, verkündete die ehemalige Mimin und richtete sich auf. »Hilf mir mal, mein Junge, ich muss in meinen Wohnwagen, ich bin abgedreht.«

Mischa konnte nicht glauben, was soeben geschehen war. Nicht nur, dass ihn diese alte Frau leidenschaftlich geküsst hatte, sondern auch, dass er auf ihre Schauspielerei hereingefallen war. Als er ihr aufhalf, sah er, dass sie ein völlig entspanntes Gesicht machte, anscheinend war sie in ihrer Traumwelt glücklich und zufrieden. Na ja, warum auch nicht, dachte Mischa, wer wusste denn schon, wie lange Lucy das noch würde genießen können?

Erst in diesem Moment wurde ihm bewusst, dass die anderen nach ihnen riefen und dabei heftig gestikulierten. Er nahm Lucy in Schlepp und beeilte sich, zu ihnen zu kommen.

»Was ist denn passiert?«

»Das hier ist passiert«, sagte Alina mit belegter Stimme und hielt dazu die Leine und das daran hängende leere Halsband hoch. »Balu ist weg!«

KAPITEL 30

Von Menschen und Tieren

Er wusste nicht, woher seine plötzliche Wut kam. Stammte sie tatsächlich von diesem blöden Köter, der ihm die Hose versaut hatte? Oder lag es daran, dass die anderen sich alle gegen ihn entschieden hatten? Sahen die denn nicht, dass sie sich mit diesem Vieh noch jede Menge zusätzliche Verantwortung aufgehalst hatten? Der Hund würde doch in jedem Fall in einem Tierheim landen. So realitätsbezogen musste man doch wohl sein.

Er hatte sich auf einer Bank niedergelassen, von der aus er die anderen nicht mehr sehen konnte. Ebenso wenig wie sie ihn. Und das war gut so, denn er sehnte sich nach einem kurzen Augenblick der Ruhe. Bislang war er in seinem Leben nur sehr schwer aus der Ruhe zu bringen gewesen. Weder von irgendwelchen Ganoven noch von den Leuten, die sie vor Gericht vertraten und oftmals die Bezeichnung Rechtsanwalt nicht verdienten. Auch seine Kollegen oder Vorgesetzten hatten es nicht geschafft, dass sich sein Herzschlag bei nervigen Diskussionen erhöht hatte. Selbst die Trennung von seiner Frau hatte ihn zwar tief getroffen, aber nicht in Panik versetzt.

Das aber war hier und jetzt anders. Er hatte plötzlich Schmerzen in der linken Brustseite und im linken Arm und spürte, dass seine Wut nicht dazu beitrug, dass die abklangen. Sollte er etwa kurz vor einem Herzinfarkt stehen? Ging sein Leben hier zu Ende?

Wie würde sich sein Ende überhaupt gestalten? Seltsamerweise hatte er bisher noch keinen Gedanken daran verschwendet. Gab es jemand, der ihn vermissen würde? Seine Frau garantiert nicht, die würde noch nicht mal zu seiner Beerdigung kommen. Wenn sie denn überhaupt davon erfuhr. Von wem auch?

Seine Kollegen? Es würde vermutlich nur die übliche Rundmail geben, mit der die Mitarbeiter des Amtsgerichtes in solchen Fällen informiert wurden. *Mit Bedauern müssen wir das Ableben unseres geschätzten Kollegen und Richters a. D. Gerhard Kannengießer bekanntgeben, der am …* Dazu ein Kranz des Behördenleiters, Beleidschreiben an die Angehörigen, die es nicht gab, Freistellung zur Beisetzung (falls erwünscht) und so weiter. Der übliche bürokratische Ablauf eben. Ein Trauerredner würde dann am Sarg oder an der Urne, auch diese Frage war noch offen, die Stationen seines Lebens Revue passieren lassen. Studium, Staatsexamen, Ernennung, Dienststellen, Ruhestand, Ableben.

Wobei der sich den vorletzten Punkt würde sparen können, denn nach seiner beruflichen Tätigkeit gab es nichts – außer dem tiefen Loch, in das er gefallen war. Seinen Kollegen hatte er auf ihre Frage, womit er denn gedenke, nach seiner Pensionierung die Zeit zu verbringen, vollmundig vorgelogen, dass er wohl kaum genug davon haben würde, um all das zu tun, zu dem er bisher nicht gekommen war. Die Wirklichkeit jedoch hatte ganz anders ausgesehen. Er hatte ihnen verschwiegen, dass sein Antrag auf Verlängerung seiner Dienstzeit abgelehnt worden war. Angeblich wolle man jüngeren Kollegen die Möglichkeit geben nachzurücken, und außerdem habe er ja in all den Jahren so viel geleistet, dass er sich nun wohlverdient auf diesen Lorbeeren ausruhen könne. Da er mit dieser Entscheidung nicht einverstanden gewesen war, hatte er nochmals das Gespräch mit seinem Vorgesetzten gesucht. Doch der hatte sich nicht erweichen lassen.

Wutentbrannt war er damals aus dem Büro seines Chefs gerauscht und verbittert in Pension gegangen. Auf der kleinen Abschiedsfeier im Büro hatte er zwar noch gute Miene zum bösen Spiel gemacht, die Behörde danach aber nie mehr betreten. Eine Anfrage der Fachhochschule, welche garantiert auf dem Mist seines Chefs gewachsen war, landete bei ihm umgehend und unbeantwortet in der Mülltonne – und zwar korrekt in der blauen.

Wieder fuhr ein Stich durch seine Brust. Warum regte er sich ausgerechnet heute darüber auf? War es tatsächlich die Sache mit dem Hund oder war er sauer, weil Hannelore mit ihrer Entscheidung bewiesen hatte, dass man im Alter nicht alles einfach hinnehmen musste? War er sauer auf sie, weil sie eine neue Aufgabe hatte und er nicht? Dass sie nun eine neue Familie und er noch nicht mal eine alte hatte?

Was hatte sie vor dem Bus noch zu Alina gesagt? Dass sie sich zum Rumsitzen in irgendeinem Altersheim noch zu jung fühle? Dass die Familie Gökdemir ihre Hilfe gut gebrauchen könne? Und dass sie dadurch das Gefühl habe, noch zu etwas nutze zu sein?

Er musste an die anderen denken. Lucy war dement, und Heinz war anscheinend in einer ähnlichen Situation wie er selbst. Zwei alte, weiße Männer in einem Altersheim. Ein grausamer Gedanke. Aber anstatt nach der Trennung von seiner Frau in die kleine Eigentumswohnung zu ziehen, die sie nach dem Kauf sofort vermietet hatten, war er noch eine Zeit lang in ihrem viel zu großen Haus wohnen geblieben. Er zog erst in die *Abendsonne*, als er feststellte, dass ihm die Haus- und Gartenarbeit über den Kopf wuchs. Letztere im wahrsten Sinne des Wortes.

Zwischen Jakob und Christiane schien sich auch etwas anzubahnen. Die beiden hielten oft Händchen und tuschelten miteinander, das war ihm sehr schnell aufgefallen. Für so was hatte er einen Blick. Was Christiane nur an diesem Jakob fand? Einem Mann, dessen Frisur aussah, als hätte er mit den Fingern in der Steckdose geschlafen. War er etwa auch auf den eifersüchtig? Darauf, dass eine Frau, die Ärztin gewesen war, sich zu einem ehemaligen Bücherwurm hingezogen fühlte? War er sauer, dass nicht er es war? Aber er hatte sich ja auch nicht darum bemüht. War er sauer, dass die beiden sich nun hatten?

Was für ein Scheißleben, dachte er und wunderte sich, dass ihm so ein Wort in den Sinn kam. Erschöpft und resigniert schloss er die Augen. Gut, dass ihn niemand so sah. Er war doch immer der kluge, ausgeglichene, souveräne Mensch gewesen, den alle bewundert hatten. Der Mann, den nichts aus der Ruhe bringen konnte. Niedergeschlagen ließ er den Kopf auf die Brust sinken und schloss die Augen.

Ihm war plötzlich zum Heulen zumute, und ganz heimlich, quasi durch den Hinterkopf, schlich sich ein Gedanke an ihn heran, der schon einmal versucht hatte, sich in seinem Denken einzunisten. Aber nur ganz kurz, als seine Frau ihn verließ. Er hatte noch nie mit jemand darüber gesprochen. Dieser Gedanke hatte mit der Pistole zu tun, die er drei Tage vor Antritt dieser Fahrt in seinem Bankschließfach untergebracht hatte. Die Pistole, für die er als Richter einen Waffenschein besaß, der noch aus der Zeit des RAF-Terrorismus stammte. Munition hatte er auch noch eine ganze Schachtel, doch davon würde er ja nur einen Schuss brauchen.

Was bot ihm dieses Leben denn noch? Welchen Sinn hatte es für ihn noch weiterzuleben? War eine der 9-mm-Patronen der Ausweg? Mit einem lauten Knall alle Sorgen los sein?

Er erschrak, weil ihn plötzlich etwas am Bein berührte. Als er die Augen öffnete, sah er, dass Balu vor ihm saß, eine Pfote auf sein Knie gelegt hatte und ihn mit schiefem Kopf ein wenig traurig ansah. Gerd kam es vor, als hätte der Hund ihn gesucht und ausgerechnet in diesem düsteren Augenblick gefunden.

Während Gerd noch auf der Bank saß und über die wundersamen Wege des Schicksals grübelte, liefen Jakob und Christiane durch den Wald, um nach Balu zu suchen. Nach einer Weile blieb sie stehen, weil Jakob sie am Arm festhielt.

»Ich weiß, dass das jetzt der unpassendste Augenblick ist, aber mir ist eben danach.«

Christiane sah ihn verdutzt an. »Wonach ist dir?«

»Dir zu sagen, dass ich mich in dich verliebt habe.« Sein Gesicht lief dabei so rot an wie das eines Teenagers vor dem ersten Kuss. »Entschuldige bitte, aber das musste ich dir jetzt sagen.«

Nun war es an Christiane zu erröten. »Wie schön.«

Jakob behielt sie fest im Blick. »Und du bist mir nicht böse?«

»Wie kann ich dir böse sein, wenn ich genauso empfinde?«, antwortete Christiane, und Jakob glaubte, sich verhört zu haben. Waren die Batterien in seinen Hörgeräten plötzlich leer?

»Du meinst ... du sagst ...« Er bekam keinen ganzen Satz mehr heraus. Seine Gefühle hatten ihn übermannt, und er hatte einfach nur den Wunsch verspürt, ihnen Ausdruck zu verleihen. Aber mit einer solchen Antwort hatte er nicht gerechnet.

Er nahm all seinen Mut zusammen und Christiane in den Arm. Einen Augenblick später küssten sie sich. Die Rotation der Erde schien für beide einen Moment lang aufgehört zu haben, es war so, als ob die Zeit stillstand. Erst als sich ihre Lippen wieder voneinander lösten, drehte sich die Welt weiter, und sie hörten plötzlich auch wieder die Vögel singen.

Doch nicht nur deren Gesang, sondern auch die Rufe Alinas, die verkündeten, dass sowohl Gerd als auch Balu wieder aufgetaucht seien.

Da sich die Suche dadurch erledigt hatte, schlenderten die beiden Arm in Arm zurück zum Bus. Mischa hatte Lucy bereits auf die mittlere Sitzbank im Bus geholfen, und Alina legte Balu, der brav neben Gerd hergetrottet war, wieder das Halsband um. Als sie Gerd ansah, erschien es ihr besser, Balu mit zu sich nach vorne zu nehmen.

Der hingegen sagte kein Wort, sondern setzte sich wieder auf die hintere Sitzbank und rutschte dann weiter durch, damit auch Heinz einsteigen konnte. Mischa schloss hinter Jakob und Christiane die Tür und schwang sich dann auf den Fahrersitz. Ein Blick auf das Navi sagte ihm, dass ihre Reise bald zu Ende war. Er scrollte mit dem Finger über das Display und sah, dass sie nicht mehr weit von Berlin entfernt waren. War das eine Lösung? Nachdem er die Alten abgeliefert hatte, nach Berlin zu gehen und dort ein neues Leben anzufangen? Aber wovon?

»Robin, wir können losfahren, es sind alle schon lange wieder im Bus«, riss Lucy ihn aus seinen Gedanken.

»Robin?«, fragte Christiane, die neben ihr saß. »Wieso Robin?« Sie sah, dass Mischas Ohren bei Lucys Aufforderung rot geworden waren. Doch die sagte nichts, sondern lächelte nur versonnen.

KAPITEL 31

Berlin, Berlin, wir fahren nach Berlin

Die ersten Hinweisschilder für Berlin waren soeben an ihnen vorbeigerauscht, als Christiane sich plötzlich zu Wort meldete. Bis dahin hatten Jakob und sie sich die ganze Zeit leise unterhalten. Gerd war es auf der Rückbank vorgekommen, als wälzten sie dabei ein Problem und suchten nach einer Lösung. Dass er damit nicht ganz falschlag, bestätigte ihm Christianes Bitte.

»Mischa? Könnten wir wohl einen Abstecher nach Berlin machen?«

Alle Köpfe, bis auf die von Jakob und Mischa, fuhren zu ihr herum.

»Was willst du denn in Berlin«, wollte Heinz erstaunt wissen, »das Brandenburger Tor besichtigen?«

Christiane schüttelte den Kopf. »Nein, ich möchte gerne zu meiner Tochter.« Dann räusperte sie sich verlegen. »Oder besser gesagt, wir möchten zu meiner Tochter«, sagte sie und legte Jakob dabei sanft ihre Hand auf den Arm.

»Oh ja, wir fahren zum Kaffeetrinken zu deiner Tochter«, meldete sich Lucy erwartungsvoll zu Wort. »Da gibt es bestimmt auch Champagner!«

»Sorry, Christiane, für einen Verwandtenbesuch haben wir keine Zeit, wir müssen zusehen, dass wir endlich nach Würzewitz kommen«, bedauerte Alina.

»Das wird kein Verwandtenbesuch«, korrigierte Christiane sie. »Jakob und ich werden dort aussteigen und euch verlassen.«

Einen Moment lang hörte man nur das Brummen des Motors und die anderen Fahrgeräusche. Diese überraschende Eröffnung hatte alle sprachlos gemacht.

Es war Heinz, der sich als Erster wieder fing. »Wie, ihr wollt uns verlassen? Aber wir wollen doch alle in dieses Wellnesshotel, bis die *Abendsonne* renoviert ist.«

Heinz' Frage und die Erwähnung der *Abendsonne* jagte Alina einen Schauer über den Rücken. Sie war froh, dass Jakob an Christianes Stelle antwortete und ihr momentan keine verhängnisvollen Fragen gestellt wurden.

»Wir beide haben beschlossen, dass wir ab sofort einen gemeinsamen Schatten werfen«, verkündete der ehemalige Buchhändler nicht ohne Stolz. »Außerdem wollen wir beide uns endlich einen Herzenswunsch erfüllen.«

»Wollt ihr etwa nach Berlin ziehen? Gute Idee, da habe ich auch viele Jahre gewohnt und Theater gespielt«, erklärte Lucy.

»Nein, wir wollen nach Kanada«, beantwortete Christiane ihre Frage.

»Ihr wollt auswandern?« Heinz traute seinen Ohren kaum.

»Erst mal haben wir vor, uns ein Auto zu mieten und ein paar Monate durchs Land zu fahren.«

»So lange, wie das mit einem Touristenvisum möglich ist«, fügte Christiane noch hinzu.

»Das sind sechs Monate«, wusste Gerd von der Rückbank seinen Teil zu diesem Gespräch beizutragen.

»Habt ihr euch das auch gut überlegt?«, wollte Alina wissen, die etwas blass geworden war. Wie sollte sie das Manfred Drescher erklären, schoss es ihr durch den Kopf. Doch dann fiel ihr wieder das Gespräch mit ihrer Kollegin ein. Womöglich interessierte den das gar nicht mehr, oder noch schlimmer, es war ihm sogar recht. Erst Hannelore – und nun auch noch die beiden.

»Oh ja, das haben wir«, bestätigte ihr Jakob, »auch wenn ich zugeben muss, dass die Entscheidung sehr spontan kam. Aber sind wir doch mal ehrlich, wie viel Zeit haben wir denn noch? In unserem Alter kannst du nicht erst ein Jahr zum Kennenlernen vertrödeln, dann noch ein Jahr verlobt sein, bis man heiratet.«

»Ihr wollt heiraten?« Lucy wurde ganz nervös. »Dann will ich aber die Blumen streuen«, hauchte sie. »Ich liebe Hochzeiten.«

»Nein«, wehrte Christiane ab. »So weit sind wir noch nicht, aber wir wollen unsere Zeit zusammen verbringen und die mit einer Autotour durch Kanada beginnen. Wenn das klappt, dann können wir immer noch weitersehen.«

Einen Moment lang herrschte Stille im Bus. Mischa durchbrach das Schweigen als Erster. »Ich finde die Idee gut, schade, dass ich nicht mitkann, Kanada hat mich auch schon immer gereizt.«

»Solche Reisen …«, sinnierte Heinz mit einem seligen Gesichtsausdruck, »… es war schon immer mein Traum, mal solch ferne Länder zu sehen, wobei mir Norwegen für den Anfang schon gereicht hätte.«

Jakob sah ihn an und lächelte. »Wer hindert dich denn daran, dorthin zu fahren?«

»Ach, so alleine? Ich weiß nicht. Ihr beide habt ja jetzt euch, da ist das viel einfacher.«

»Komm schon, Heinz, das würdest du auch alleine hinbekommen«, versuchte Jakob ihn zu ermutigen, wusste aber im Innersten, dass der Einwand seines Mitreisenden berechtigt war. Wenn es so einfach wäre, dann hätte er es ja auch schon längst alleine wagen können.

»Und was sagt deine Tochter dazu?«, wollte Gerd von der Rückbank wissen.

»Meinst du, dass wir sie besuchen kommen oder dass wir nach Kanada wollen?«

»Beides, Christiane.«

»Sie findet es gut, zumindest hat sie das geschrieben, als ich es ihr per WhatsApp mitgeteilt habe.« Die ehemalige Ärztin hielt wie zur Bestätigung ihr Handy hoch. »Wir beide haben aber noch einen Vorteil«, verkündete sie dann. »Der Lebensgefährte meiner Tochter ist Reiseverkehrskaufmann, der wird uns sicher bei der Planung unseres Abenteuers helfen können.«

»Das nenne ich aber mal Glück«, verkündete Mischa und wollte wissen, wo er die beiden hinbringen sollte.

»Wir müssen nach Reinickendorf.« Christiane nannte ihm die Adresse, die Alina sofort ins Navi eingab.

»Oh Mann, das nenne ich mal eine turbulente Reise«, schnaufte Mischa vergnügt.

»Und dabei sind wir noch nicht mal in Dingsbums angekommen«, fügte Lucy hinzu – und alle außer dem Fahrer sahen sie verblüfft an.

KAPITEL 32

Schlechte Neuigkeiten

Während alle Mitreisenden auf der Terrasse von Christianes Tochter Platz gefunden hatten und mit Kaffee und Gebäck versorgt worden waren, stand Alina im hinteren Teil des Gartens und telefonierte. Als sich ihr Handy bemerkbar gemacht hatte, war sie überrascht gewesen, denn das Display zeigte eine der Nummern an, die sie in den letzten zwei Tagen x-mal gewählt hatte. Sofort nahm sie das Gespräch an.

»Waldemar! Endlich! Sag mal, was ist da eigentlich in der *Abendsonne* los? Ich kann Drescher nicht erreichen, und er ruft nicht zurück.«

»Also weißt du … es ist so … also genau gesagt …«

»Mensch Waldemar, komm endlich zur Sache. Ich sitze hier gerade in Berlin und weiß nicht, was ich machen soll.«

»Was machst du denn in Berlin, ihr solltet doch nach Würzewitz fahren …?« Dann stockte er. »Und wer fährt eigentlich den Bus?«

Alina seufzte. »Das ist eine lange Geschichte, und ich könnte dir die Gegenfrage stellen, wo du warst, als wir abgefahren sind.«

Sie hörte Waldemar tief einatmen und dann die Luft anhalten. Diese atemtechnische Übung dauerte nur ein paar Sekunden, dann sprudelte es aus ihm heraus, als hätte man ein Ventil aufgedreht. Er erzählte ihr davon, dass Drescher das Heim an die Wand gefahren und die Einlagen der Bewohner veruntreut hatte, dass ihn zwei Russen aufgesucht hatten, die hinter dem Bus her waren, und dass sie Drescher zu einem längeren Aufenthalt im Städtischen Klinikum verholfen hatten.

Alina stockte der Atem. Das durfte doch wohl nicht wahr sein! Drescher, dieser Drecksack, hatte doch tatsächlich vorgehabt, sich abzusetzen und sie mit den alten Leuten alleine zu lassen?

»Wie sollte das denn in Brandenburg ablaufen?«, wollte sie wissen.

»Würzewitz war nur als Übergangsstation geplant. Sobald ihr dort ankommt, soll der Wirt des Hotels eine Nummer in Polen anrufen. Dann sollt ihr abgeholt und in ein Heim nach Polen gebracht werden.«

Alina merkte, wie ihr langsam, aber sicher die Hutschnur platzte. »Das ist doch die reinste Entführung und das auch noch über Landesgrenzen hinweg. Und wie wollte er das den Leuten erklären?«

»Es sollte als Tagesausflug auf einen Polenmarkt getarnt werden«, gestand Waldemar kleinlaut.

Alina musste tief durchatmen, um nicht loszuschreien. Wie hätte sie das den anderen erklären sollen? Dann kam ihr noch ein Gedanke.

»Apropos Hotel, was ist das denn da für ein angebliches Wellnesshotel?«

Waldemar musste schlucken, bevor er antworten konnte. »Das ist kein Hotel, das ist eine normale Dorfkneipe, ich weiß nur, dass die Fremdenzimmer haben.«

Das wurde ja immer schöner. »Und was hat Mischa mit der ganzen Sache zu tun? Wusste er von Dreschers Plan? Steckt er mit drin?«

»Wer ist Mischa?«, wollte Waldemar wissen.

»Na, dein Ersatzfahrer, er hat zwar behauptet, weder dich noch Drescher zu kennen, aber ganz traue ich dem nicht.«

»Es stimmt, denn ich kenne ihn auch nicht. Ich sollte und wollte fahren, musste aber noch mal aufs Klo, und als ich wiederkam, war der Bus plötzlich weg. Und dann tauchten auch noch diese Russen auf. Was könnte denn im Bus Wertvolles sein, dass sie ihn unbedingt haben wollen?«

»Ich glaube, denen geht es um Mischa. Die haben wohl noch ein Hühnchen mit ihm zu rupfen«, vermutete Alina.

»Auf jeden Fall solltet ihr auf euch aufpassen, mit diesen Burschen ist nicht gut Kirschen essen, wie du an Dreschers Gesundheitszustand siehst.« Waldemars Stimme klang nun ehrlich besorgt.

»Okay, ich muss jetzt Schluss machen, ruf mich bitte wieder an, wenn du etwas Neues hörst. Versprichst du mir das?« Dabei hätte Alina ihr Handy am liebsten auf den Mond geschossen und Drescher gleich dazu.

»Das tue ich, versprochen.« Waldemar schien erleichtert zu sein, dass er sich endlich alles von der Seele geredet hatte. »Ich habe so eine Ahnung, als würden diese Schläger bald bei euch auftauchen. Seid bitte vorsichtig.«

Als das Gespräch beendet war, kehrte Alina an die Kaffeetafel zurück. Dort war ein angeregtes Gespräch im Gange, das sich in erster Linie um die Reise nach Kanada drehte.

»Ihr seid ganz schön mutig«, gestand Heinz und sah dabei bewundernd von Jakob zu Christiane.

»In Kanada, da habe ich damals diesen Western mit John Wayne gedreht«, erklärte Lucy mit verklärtem Blick. »Oder täusche ich mich da, und es war James Stewart …?«

Christianes Tochter sah die ehemalige Schauspielerin mit offenem Mund an. »Sie haben mal mit John Wayne gedreht?«

»Ja, oder eben mit Jimmy, wie wir ihn immer genannt haben, ich bin mir da nicht mehr sicher. Ich werde doch wohl nicht alt?«, schob sie zweifelnd hinterher.

Gerd zog Christianes Tochter etwas zu sich heran und tippte sich mit dem Finger an die Stirn. »Glauben Sie bloß nichts von dem, was unsere gute Lucy erzählt. Sie war zwar Schauspielerin, ist aber über Engagements an den ostwestfälischen Theatern nie hinausgekommen.«

»Also hat sie nie in einem Western mitgespielt?« Christianes Tochter stand die Überraschung immer noch ins Gesicht geschrieben.

»Nein, ich glaube sie hat höchstens mal in einem Werbespot für ein Waschmittel mitgewirkt.« Gerd griff nach seiner Kaffeetasse.

»Also ist sie …?« Die junge Frau schien nach dem richtigen Wort zu suchen.

»Es ist eine Art Demenz, wie ihre Ärzte sagen, aber Lucy ist ganz harmlos und liebenswert. Und deshalb lassen wir sie auch in ihrer Traumwelt. Warum sollten wir ihr das kaputt machen? Es stört keinen, und sie ist glücklich.« Gerd zuckte dazu mit den Achseln.

»Ja, das ist wohl besser so.« Sie stand auf und warf noch einen Blick auf die ältere Dame mit den lilafarbenen Haaren. »Ich will mal noch etwas Kaffee kochen.« Wer konnte wissen, wie sie selbst später mal sein würde, fragte sie sich und marschierte dann in Richtung Küche.

»Und ihr wollt wirklich mit einem Auto durch Kanada fahren, nicht mit einem Wohnmobil?« Für Heinz schien es völlig unverständlich, wie man sich so ein Erlebnis entgehen lassen konnte.

Jakob tätschelte Christianes Hand. »Es war ihr Wunsch. Sie wollte ungern auf solche Annehmlichkeiten wie ein eigenes Bad und eine richtige Dusche verzichten.«

»Außerdem wollte ich nicht zwischen Elchen und Bären schlafen«, fügte Christiane lachend hinzu.

»Aber immerhin. Hut ab, dass ihr euch das traut, in eurem Alter.« Gerd lehnte sich entspannt zurück und genoss die Anwesenheit seiner Freunde. Komisch, dachte er sofort, vor dieser Reise hätte er sie nur als Nachbarn oder Bekannte bezeichnet …

»Unsere Bewegungen werden zwar langsamer, aber unsere Zeit verrinnt immer schneller«, kommentierte Jakob Gerds Äußerung. »In unserem Alter darf man nicht mehr lange überlegen, da muss sogar eine Verlobung aus Zeitgründen ausfallen.

»Also wollt ihr doch heiraten?« Lucy wurde plötzlich ganz hektisch. »Und ich habe gar nichts Passendes anzuziehen.«

»Keine Sorge«, entgegnete Christiane. »Ich glaube zwar, das hat Jakob nur als Beispiel angeführt«, dabei lächelte sie ihn an, »aber wenn er fragen würde?«

Ihre Aussage ließ dem ehemaligen Buchhändler die Schamesröte ins Gesicht steigen, und er war froh, dass Heinz das Thema wechselte.

»Habt ihr denn schon eine Route im Kopf?«

»Zuerst mal wollen wir an die Ostküste fliegen. Es gibt da eine bekannte kanadische Dichterin. Ruth Zardo, sie lebt in einem kleinen Dorf in der Nähe von Quebec. Angeblich zusammen mit einer Ente.«

Die anderen sahen Jakob skeptisch an.

»Ja, ehrlich, zumindest liest man das über sie. Ich habe ihre Gedichte schon immer sehr geliebt und dachte, vielleicht können wir sie dort ja mal treffen.«

»Und dann geht es per Flieger weiter nach British Columbia. Ich möchte doch zu gerne mal Vancouver und Vancouver Island sehen. Beides soll wunderschön sein«, schwärmte Christiane.

»Und die Rocky Mountains nicht zu vergessen, inklusive einer Fahrt über den Icefield Parkway«, fügte Jakob noch hinzu, »und zum Lake Peyto.«

Mischa hatte zwar zugehört, sich aber sofort umgedreht, als Alina an den Tisch zurückkehrte. »Was ist denn mit dir los?«, flüsterte er ihr zu. »Du bist ja kreidebleich.«

Die anderen lauschten dermaßen interessiert Jakobs Ausführungen, dass sie es nicht bemerkten.

»Mir ist ja auch übel, nach dem, was ich gerade gehört habe, aber das erzähle ich dir später«, flüsterte sie zurück und wandte sich dann Heinz zu. »Na, wie ist der Kaffee?«

»Genau richtig für so ein schwaches Herz wie meines. Wo ist eigentlich der Hund?«, wollte er im Gegenzug wissen.

Mischa hob die Decke hoch und sah unter dem Tisch nach. Balu hatte es sich ausgerechnet wieder bei Gerd gemütlich gemacht, seine Schnauze lag auf dessen Schuhen, was der aber nicht zu bemerken schien. Zum Glück, denn seine Abneigung gegen den Hund hatte er ja schon deutlich zum Ausdruck gebracht. Mischa griff nach Balus Halsband und zog ihn vorsichtig zu sich herüber.

»Bevor es wieder Ärger gibt«, erklärte er Alina, die ebenfalls unter den Tisch gesehen hatte.

KAPITEL 33

Ein paar fällige Geständnisse

Sie verbrachten noch eine schöne und unterhaltsame Stunde, doch dann drängte Alina zum Aufbruch. Sie wollte diese Fahrt jetzt schnell hinter sich bringen, auch wenn sie sich vor dem Ende und vor allem vor der bitteren Wahrheit, die sie dort erwartete, fürchtete.

Man lag sich in den Armen, und Mischa hatte das Gefühl, dass es keinem leichtfiel, sich zu trennen, auch Jakob und Christiane nicht. Irgendwie war diese seltsame Gruppe von Menschen nicht nur immer mehr zusammengewachsen, sondern ihm gleichzeitig auch ans Herz. Und dabei nicht nur die alten Leute, sondern ganz besonders Alina. Er merkte, wie sich eine gewisse Traurigkeit in ihm breitmachte, wenn er daran dachte, dass dieses Abenteuer in ein paar Stunden vorbei sein würde. Ohne Ahnung, wie es dann für ihn weitergehen würde, aber das schmerzte ihn weniger als die Befürchtung, dass er Alina dann womöglich nie mehr wiedersehen würde. Denn die würde sicher nach Bielefeld zurückgehen, in die Stadt, die er besser mied. Verdammt, das Leben konnte so ungerecht sein.

Jakob hielt Christiane in einem und ihre Tochter im anderen Arm, als der Bus langsam anrollte und alle wie wild winkten. Mischa hupte noch einmal und sah dann auf das Navi, welches Alina wieder auf ihren Zielort Würzewitz umprogrammiert hatte.

Keiner sprach, nur Lucy seufzte einmal herzzerreißend. Sie saß neben Heinz auf der mittleren Bank, während Gerd sich wieder ganz nach hinten verzogen hatte. Balu lag zu Alinas Füßen am Vordersitz und schien bereits wieder zu schlafen.

Als Mischa kurz zu Alina hinübersah, bemerkte er, dass sie nervös an ihren Fingernägeln kaute. »Was ist los?«, fragte er mitfühlend.

Sie schüttelte den Kopf und sah aus dem Seitenfenster. Ihr Gehirn arbeitet dabei auf Hochtouren. Was sollte sie machen? Was war sie den drei letzten verbliebenen Mitreisenden an Erklärungen schuldig? Sie war auf jeden Fall froh, dass sowohl Hannelore als auch Jakob und Christiane gut untergebracht waren. Drei Sorgen weniger, aber was passierte nun mit den anderen? Lucy konnte sie auf keinen Fall allein lassen. Und was sollte sie mit Gerd und Heinz machen? Selbst wenn sie die zurück nach Bielefeld brachte, wo sollten die denn bleiben? Die *Abendsonne* war dicht, und Angehörige hatte keiner von beiden. Für den Moment waren ihr die Hände gebunden, es blieb ihr also nichts anderes übrig, als abzuwarten, was das Schicksal noch für sie bereithielt.

Und was würde aus Mischa? Anfangs hatte sie ihn ja nicht gemocht, aber im Laufe der Zeit fand sie ihn immer netter. Vor allem seinen Umgang mit den alten Menschen. Der würde sicher einen guten Altenpfleger abgeben. Wohin würde er sich wenden, wenn sie in Würzewitz angekommen wären? Nach Bielefeld wohl kaum.

Würzewitz! Dieser Ortsname kam ihr vor wie ein dunkles Omen. Nichts Witziges und auch nichts Würziges, sondern eher todernst und bitter. Dann durchfuhr sie ein Ruck. So konnte das nicht weitergehen, sie musste den anderen die Wahrheit sagen. »Fahr doch bitte mal auf den nächsten Rastplatz!«, bat sie Mischa, der sie daraufhin erstaunt ansah.

»Warum das denn?«, wollte er verblüfft wissen, doch als er Alinas ernsten Blick sah, lenkte er sofort ein. »Okay, du bist hier der Boss.«

Kurze Zeit später passierten sie ein Hinweisschild auf einen Rasthof. Als der VW-Bus fünf Kilometer weiter die Ausfahrt nahm, wurden die drei Insassen auf den hinteren Plätzen plötzlich munter.

»Warum machen wir denn schon wieder eine Pause?«, wollte Gerd wissen. Heinz und Lucy steuerten zu dieser Frage erstaunte Gesichter bei.

»Ich muss euch etwas Wichtiges sagen«, verkündete ihnen Alina von vorne, traute sich aber nicht, sich umzudrehen und sie anzusehen. Mischa lenkte den Wagen hinter dem Tankstellengebäude in eine freie Parklücke. Als der Bus stand, rutschte Alina vom Sitz und öffnete die Schiebetür, vor der sie dann stehen blieb. »Wir sind betrogen worden«, verkündete sie und versuchte dabei den Blicken standzuhalten, die aus einer Mischung von Neugier und Unverständnis bestanden. Dann holte sie noch einmal tief Luft und begann zu erzählen, was sie von ihrer Kollegin und von Waldemar erfahren hatte. Dass die *Abendsonne* bankrott war und Drescher im Krankenhaus lag, dass sie ihre Arbeitsstelle und alle anderen Mitreisenden ihr Geld verloren hatten. Und dass sie am Ende ihrer Reise alles andere als ein Wellnesshotel erwartete, sondern eine Umsteigestation, bevor es nach Polen weitergehen sollte.

»Drescher, dieser Drecksack«, schimpfte Gerd und schlug wütend mit der Faust auf die Sitzbank. »Dem habe ich immer schon nicht recht über den Weg getraut, der war mir immer schon zu aalglatt.«

Lucy sagte gar nichts, aber vermutlich verstand sie den Ernst der Situation gar nicht.

Heinz hingegen ließ den Kopf hängen und begann plötzlich zu schluchzen. »Wo sollen wir denn jetzt hin? Nach Polen gehe ich auf gar keinen Fall!«, erklärte er mit belegter Stimme.

»Und wir haben noch ein Problem.« Mit diesen Worten wandte sich Alina an Mischa, der sich auf den Fahrersitz gekniet und ihren Ausführungen gelauscht hatte. Das waren also die schlechten Nachrichten gewesen, die sie bekommen hatte. Kein Wunder, dass sie daraufhin so blass ausgesehen hatte.

»Das Problem betrifft dich, mein Lieber, man ist anscheinend immer noch hinter dir her und weiß jetzt, wo man dich finden kann. Nämlich in Würzewitz, unserem Zielort. So wie es aussieht, hat Drescher das ausgeplaudert.«

Mischa zuckte zusammen. Das hatte ihm gerade noch gefehlt, dass Kuttins Schergen ihn nun sogar im Nahen Osten noch in die Finger bekamen. Und die würden jetzt garantiert noch ein bisschen stinkiger auf ihn sein. So ein Mist!

Er sah Alina an, die momentan nicht wusste, was sie noch sagen sollte. Mischa entschied, dass es nun auch für ihn an der Zeit war, reinen Tisch zu machen. »Ich dürfte eigentlich gar nicht hier im Bus sein. Ich war auf der Flucht vor zwei Russen und bin ihnen in letzter Sekunde entkommen, weil ich hier bei euch eingestiegen bin.«

»Warum sind die denn hinter dir her?«, wollte Heinz wissen.

»Ich habe Spielschulden bei deren Boss«, gab Mischa zu und sah dabei Gerd an.

»Wir hatten ja bereits darüber gesprochen. Spielschulden?«

Mischa nickt ergeben. »Aber ich wollte den Bus nicht entführen.«

Gerd dachte eine Sekunde nach, bevor er antwortete. »Von Entführung kann hier wohl kaum die Rede sein«, erklärte er. »Der § 239 Strafgesetzbuch, Freiheitsberaubung, kommt hier nicht in Betracht, weil wir ja weder von dir eingesperrt noch der Freiheit beraubt wurden. Wir sind ja alle freiwillig auf dem Weg nach Würzewitz.« Er seufzte. »Außer den drei Glücklichen, die unsere Reisegruppe schon verlassen haben.«

Mischa atmete etwas auf. »Also war das keine Entführung?«

»Den Begriff Entführung findet man nur im § 239a StGB – Erpresserischer Menschenraub. Aber auch der trifft hier nicht zu, denn du hast uns ja nicht entführt und auch niemand damit erpresst.«

»Und selbst wenn, hättest du garantiert niemanden gefunden, der für mich auch nur einen Cent Lösegeld bezahlt hätte«, verkündete Lucy belustigt.

»Was machen wir denn jetzt?«, wollte Heinz wissen. »Wenn wir nach Würzewitz fahren, laufen wir da möglicherweise diesen Verbrechern genau in die Arme. Aber andersrum müssen wir ja auch irgendwo übernachten …«

»Wie viel Geld schuldest du ihnen denn?« Gerd sah Mischa neugierig an.

»Es dürften mittlerweile wohl so an die zehntausend Euro sein«, vermutete der.

»Das ist kein Pappenstiel.« Heinz fuhr sich mit den Händen durch seine verbliebenen Haare. »Das kannst du doch garantiert nicht aufbringen, oder?«

Mischa schüttelte traurig den Kopf. Dann riss er sich zusammen und straffte sich. Es wurde Zeit, den Stier bei den Hörner zu packen. »Ich würde vorschlagen, wir fahren dort hin, ich stelle mich den Typen, und ihr müsst dann sehen, wie ihr weiter ohne mich klarkommt.«

»Kommt überhaupt nicht infrage!«, entrüstete sich Alina und stampfte dabei wütend mit dem Fuß auf. »Wir werden dich doch nicht so einfach ins offene Messer laufen lassen.«

»Genau«, stimmte Gerd ihr zu, »es muss noch einen anderen Ausweg geben … den gibt es immer.« Er legte die Stirn in Falten und grübelte.

In diesem Moment klingelte Alinas Handy. Überrascht zog sie es aus der Tasche und nahm den Anruf an. »Ach hallo … wo wir sind? Auf einem Rasthof hinter Berlin an der A 10, er heißt …«

»Fichtenplan-Süd«, half ihr Mischa weiter, ohne zu wissen, mit wem sie dort telefonierte.

Sie wiederholte den Namen und nickte dann. »Ja genau … Okay, dann warten wir hier. Was denken Sie, wie lange Sie brauchen werden? … Eine halbe Stunde? Na gut, dann bis gleich.«

»Wer war das denn?«, wollte Lucy wissen.

Alina lächelte geheimnisvoll. »Jemand, der uns dringend treffen will oder besser gesagt einen von uns.« Dabei sah sie Mischa an.

Der bekam sofort wieder ein schlechtes Gewissen. Wer war denn noch an ihm interessiert? »Nun sag schon, wer es ist!«, forderte er Alina auf, doch die schüttelte nur den Kopf.

»Ich würde vorschlagen, wir gehen alle in den Rasthof, um einen Kaffee zu trinken, und dann werdet ihr ja sehen, wer kommt.«

»Ich will keinen Kaffee mehr trinken«, verkündete Gerd, »ich brauche jetzt was Stärkeres, und die Idee mit dem Rasthof ist nicht schlecht, denn ich hätte da nämlich einen Plan, wie wir weiter vorgehen sollten. Und den könnten wir da in Ruhe besprechen.« Dabei zeigte er auf das Gebäude.

Die anderen sahen ihn zuerst überrascht an, doch dann trotteten sie hinter ihm her. Alina streichelte Balu noch einmal, dann ließ sie ihn im Wagen zurück und folgte der immer kleiner werdenden Gruppe.

KAPITEL 34

Eine unerwartete Begegnung

Die Gruppe war zusammen zum VW-Bus zurückgekehrt und stand noch etwas unentschlossen davor, als plötzlich ein mittelalter Mann mit Stirnglatze und ein paar Kilos zu viel auf den Rippen hinter ihnen auftauchte.

»Papa!?«

Niemand aus der Gruppe fühlte sich angesprochen.

»Mir ist kalt, ich will in den Wagen«, beschwerte Lucy sich gerade, und Heinz streichelte Balu, den Alina soeben aus dem Bus gelassen hatte.

Nur Gerd schien gespürt zu haben, dass der Mann jemanden aus ihrer Gruppe angesprochen hatte, und drehte sich um. Verdutzt sah er ihn sich genauer an. Das Gesicht kam ihm bekannt vor. Dann fiel es ihm ein. Was da vor ihm stand, war eine jüngere Ausgabe von Heinz.

»Papa!?«, wiederholte der junge Mann seine Frage.

Nun drehte sich auch Heinz um und stutzte. »Alexander? Was machst du denn hier?«

Gerd hatte den Eindruck, als hätte Heinz' Gesicht in einer Sekunde die Farbe des Mittelstreifens angenommen. Er schien auch etwas zu schwanken, und das wiederum schien auch Mischa bemerkt zu haben, weil er augenblicklich auf ihn zusprang, um ihn nötigenfalls aufzufangen.

»Ich wollte mich mal wieder melden«, entgegnete besagter Alexander mit leiser Stimme.

»Aber woher wusstest du, dass ich hier bin?« Heinz war immer noch völlig verblüfft.

»Also ich ... also, das ist so ...«, begann Alexander, wurde aber sofort von Alina unterbrochen.

»Ich habe ihn nach unserem Gespräch angerufen. Ich dachte, es wäre an der Zeit, dass einige Missverständnisse aus dem Weg geräumt werden.« Ihr Blick verriet, dass sie in dieser Sache keinen Widerspruch duldete.

Mischa sah sie bewundernd an. Auf so eine Idee wäre er nie gekommen. Diese Frau hatte es echt drauf. Kein Wunder, dass sie bei den alten Leutchen so beliebt war.

»Ja, Frau Wellmann hat mir erzählt, was euch so passiert ist und dass ihr vermutlich sogar euer Heim verloren habt. Äh, ich meine natürlich eure Wohnungen«, verbesserte sich Alexander umgehend.

Heinz verschränkte die Arme vor der Brust. »Ach, und wieso interessiert dich das auf einmal?« Seine Stimmte hatte einen trotzigen Klang angenommen, und für eine Sekunde herrschte Ruhe auf dem Rastplatz. Abgesehen von dem Lärm, den die vorbeirauschenden Autos verursachten. Alina musste schlucken, denn diese Reaktion von Heinz hätte sie nicht erwartet.

»Vielleicht, weil er nicht so ein stures Arschloch ist wie du?«, vermutete Lucy mit einem sanften Stimmchen, das eher in die Aufführung der Weihnachtsgeschichte in einem Kindergarten gepasst hätte als hier auf den Rastplatz.

Heinz sah sie mit großen Augen ungläubig an. Dann drehte er sich wieder seinem Sohn zu.

»Ich wollte mich entschuldigen.« Mit diesen Worten ging Alexander einen Schritt auf seinen Vater zu. Doch der wich zurück, als befürchtete er, von ihm angegriffen zu werden.

»Ich glaube, so ein Verhalten, wie deines auf der Beerdigung deiner Mutter kann man nicht entschuldigen.« Sein Blick wurde noch eine Spur kühler.

»Mein Gott, ich habe einen Witz machen wollen«, versuchte sein Sohn sein damaliges Verhalten zu erklären.

»Einen Witz?« Heinz spuckte die beiden Worte aus, als wären sie giftig. »Auf Beerdigungen sollte man grundsätzlich keine Witze machen. Vor allem nicht auf der seiner Mutter.«

Alexander sah hilfesuchend von einem zum anderen. Sein Blick blieb bei Alina hängen, so als wollte er sagen: Du hast mich hierhergeholt, jetzt unternimm auch was.

Heinz drehte sich ohne ein weiteres Wort auf dem Absatz um und marschierte in eine andere Richtung.

»Warte doch mal bitte«, versuchte sein Sohn es noch mal flehentlich, »lass uns doch miteinander reden.«

Keine Reaktion.

Gerd löste sich aus seiner Starre und folgte Heinz. Nach ein paar Metern hatte er ihn eingeholt und hielt ihn an der Schulter fest.

Wütend fuhr der ehemalige Oberfinanzsekretär herum, schlug die Hand weg und erschrak, weil er damit gerechnet hatte, dass die seinem Sohn gehörte.

»Entschuldigung, Gerd.«

»Ist schon gut, aber sag mal, warum willst du nicht mit deinem Sohn reden? Er ist doch extra hierhergekommen, um sich bei dir zu entschuldigen.«

Heinz schnaufte verächtlich. »Vermutlich, weil diese Entschuldigung schon längst überfällig war. Ich habe so viele Jahre drauf gewartet, und er hat sich nicht gerührt. Ist nicht zu mir gekommen, hat den Kontakt einfach abgebrochen.«

»Ist dir mal der Gedanke gekommen, dass er unter dem Tod seiner Mutter auch gelitten haben könnte? Ganz sicher war auch er damals in einer gewissen Ausnahmesituation, da ist schwarzer Humor manchmal so eine Art Ventil.«

»Ventil, wenn ich das schon höre! Man muss sich den Situationen im Leben mit einem gewissen Ernst stellen.«

»Alexander hatte damals gerade seine Mutter verloren und auf der Beerdigung auch noch seinen Vater. Kannst du dir vorstellen, was das für einen jungen Menschen bedeutet?« Gerd legte seine Hand erneut auf Heinz' Schulter.

»Ich habe meine Mutter kurz nach meiner Geburt verloren, da habe ich auch keine Witze gemacht«, echauffierte sich Heinz.

»Wie alt warst du denn da?« Gerd sah ihn interessiert an.

»Acht Jahre.«

»Ach, und da hast du schon begriffen, was es bedeutet, wenn man seine Mutter verliert? Das glaube ich dir nicht. Kinder sehen das ganz anders als Erwachsene. Sie werden doch oft mit der Ausrede *Mama ist im Himmel* ruhiggestellt.«

»Hast du überhaupt Kinder? Oder woher hast du deine Weisheiten? Aus dem Gerichtssaal?« Heinz' Kopf wurde feuerrot, so wütend war er. Hätte er diese Scheißreise doch bloß nie angetreten.

»Nein«, erwiderte Gerd seelenruhig. »Ich habe weder Kinder noch waren solche Überlegungen Bestandteile strafrechtlicher Verfahren, aber ich würde mir wünschen, Kinder zu haben. Kinder, die sich später mal um mich kümmern. Kinder, die sich Sorgen um mich machen. Kinder, die mich lieben, wie ich bin. So wie dein Sohn dich liebt, sonst wäre er ja wohl nicht hier.«

Heinz sah ihm entgeistert in die Augen, und Gerd bemerkte Tränen darin. Sie liefen noch nicht, aber sie waren da. Einen Moment lang sahen sich die beiden Männer nur still an. Dann begann Heinz langsam zu nicken.

»Gut, ich rede mit Alexander«, versprach er, »aber nur, weil du mich darum gebeten hast und Alina ihn extra angerufen hat. Ich bin immer noch sauer und kann für nichts garantieren«, schob er präventiv als Begründung hinterher.

Gerd klopfte ihm auf die Schulter und drehte sich um. »Na, dann komm.«

Gemeinsam marschierten sie zur Gruppe zurück, wobei besonders Heinz erwartungsvoll angesehen wurde. Mit gesenktem Blick ging er auf seinen Sohn zu und räusperte sich.

»Also, wenn du unbedingt willst, können wir ja mal kurz reden.«

Dessen Gesicht erhellte sich. »Danke, Papa, du weißt gar nicht, wie viel mir das bedeutet.«

Lucy seufzte. »Ach, wie herrlich, man könnte meinen, man wäre in so einer Schnulze, wie das Fernsehen sie heutzutage produziert. So was wie die Schillerstraße.«

»Lindenstraße«, verbesserte Gerd sie.

Alina hüstelte verlegen. »Wo soll euer Gespräch denn stattfinden?«

»Wir könnten uns in meinen Wagen setzen«, schlug Alexander vor und deutete hinter sich.

»Was ist das denn für einer?«, wollte Mischa grinsend wissen, »hoffentlich kein Fiat 500.«

»Nein, er ist schon etwas größer«, entgegnete Alexander und deutete auf ein Wohnmobil. Oder besser gesagt auf ein Schiff von einem Wohnmobil.

»Wow, das ist ja mindestens sieben Meter lang«, mutmaßte Mischa.

Auch alle anderen betrachteten staunend das schneeweiße Gefährt.

»Genau genommen sieben Meter dreiunddreißig«, informierte Alexander die anderen.

Heinz sah seinen Sohn an, als hätte er nichts von dem verstanden, was er soeben erzählt hatte. »Das ist deins?«, wollte er ungläubig wissen.

Alexander druckste ein wenig herum. »Noch nicht, ich habe es mir für eine Probefahrt ausgeliehen, aber wenn es mir zusagt, dann kaufe ich es.«

Heinz war auf den weißen Riesen zugegangen, als wäre es das siebte Weltwunder. »So was wollten wir immer haben, deine Mutter und ich«, flüsterte er.

»Ja, ich weiß, und ich weiß auch, dass ihr damit eine Tour zum Nordkap machen wolltet.«

Heinz sah seinen Sohn ungläubig an. »Daran erinnerst du dich noch? Du warst damals noch klein, als wir diesen Traum hatten und ich ihn wieder fallen lassen musste.«

»Du hast immer so enthusiastisch davon gesprochen, dass ich mich noch ganz genau daran erinnere. Sogar, dass du damals schon die Route ausgewählt und dich nach Campingplätzen erkundigt hast.«

»Ja, weil es noch keine Navis gab.« Heinz fasste das Wohnmobil so vorsichtig an, als hätte er die Befürchtung, es würde sich gleich wieder in Luft auflösen. Doch es blieb einfach, wo es war. »Mein Gott, wie teuer ist den so was? Das muss doch Unsummen kosten.«

»Also für den Inhalt meines rosafarbenen Sparschweines werde ich es nicht bekommen«, gab Alexander zu.

»Du erinnerst dich noch an das rosafarbene Sparschwein, dass ich dir damals geschenkt habe?« Diesmal traten Heinz Tränen der Rührung in die Augen.

»Ich erinnere mich nicht nur daran, ich habe es sogar immer noch.« Alexander sah seinen Vater mit einem zärtlichen Blick an. »Ich habe auch noch den Teddy von damals. Er erinnert mich immer noch an Mutter. Manchmal, wenn ich ihn in die Hand nehme, habe ich das Gefühl, er riecht sogar noch nach ihr.«

Bei diesen Worten brachen bei Heinz alle Dämme. Er machte einen Schritt auf seinen Sohn zu und nahm ihn in die Arme. Eine Geste, die Alexander nicht nur umgehend, sondern auch von Herzen erwiderte. Sekundenlang standen die beiden eng umschlungen und schluchzend auf dem Rastplatz.

Erst als Gerd sich vernehmlich räusperte, ließen sie sich los und wischten sich verlegen die Tränen aus den Augen.

»Ich würde vorschlagen, ihr beiden sprecht euch jetzt erst mal in Ruhe aus«, schlug der ehemalige Richter vor. »Wir warten solange bei einer Tasse Kaffee im Rasthof.«

»Von wegen Kaffee«, trompetete Lucy, »ich will jetzt einen Sekt oder noch besser Champagner! So ein Wiedersehen muss doch gebührend gefeiert werden!«

»Sollst du bekommen«, versprach Gerd lachend und bot ihr galant seinen Arm an. Ein Angebot, das sie sofort annahm. Dabei drückte sie Mischa energisch ihren Stock in die Hand.

»Hier, nimm du den mal, ich bin ja schließlich keine alte Frau.«

Mit erstaunlichem Tempo schnurrten die beiden in Richtung Rasthaus ab.

»Ich glaube, du hast soeben ein kleines Wunder bewirkt«, sagte Mischa zu Alina, die Balu beruhigend streichelte, weil er hinter den beiden herwollte.

»Ach was, Lucy ist doch immer dafür zu haben, wenn es was zu trinken gibt. Wobei ich allerdings kaum glaube, dass sie hier Champagner haben«, vermutete Alina trocken.

»Das meinte ich nicht«, widersprach Mischa und deutete seinerseits auf Vater und Sohn, die soeben in das Wohnmobil stiegen.

»Ich hatte ein Gespräch mit Heinz und habe festgestellt, dass die Fronten so verhärtet waren, dass keiner den ersten Schritt machen wollte oder konnte.« Sie zog Balu zu sich heran, der immer noch sehr unruhig war.

Warum hauten die Menschen plötzlich alle in verschiedene Richtungen ab?

»Ich habe Alexander von dem Herzenswunsch seines Vaters erzählt, und er hat sich sofort wieder daran erinnert.«

»Die Reise zum Nordkap, nicht wahr?« Alina nickte Mischa bestätigend zu. »Genau die, und es war auch seine Idee, hier mit einem Wohnmobil aufzutauchen.«

»Du meinst, er will Heinz überreden, mit ihm ans Nordkap zu fahren? Jetzt?« Mischa schien sehr skeptisch zu sein. »Ob er das schafft, bei einem so sturen und unflexiblen ehemaligen Beamtenschädel wie Heinz?«

»Einmal Beamtenschädel, immer Beamtenschädel«, lachte Alina, »aber wir werden ja sehen, ob es klappt, und nun lass uns den beiden anderen zum Rasthof folgen, sonst reißt mir Balu noch den Arm aus.«

Eine halbe Stunde später kehrten die vier zum VW-Bus zurück, just in dem Moment, in dem sich auch die Tür des Wohnmobils öffnete.

Heinz' Miene war düster, und er stapfte sofort auf die anderen zu. Alina rutschte das Herz in die Hose, und sie griff hilfesuchend nach Mischas Hand.

»Wir haben uns lange unterhalten«, begann Heinz, »und festgestellt, dass es keinen Sinn macht, wenn wir hier noch weiter miteinander reden.«

Gerd sah entgeistert vom Vater zum Sohn. Dessen Miene war ausdruckslos.

»Und was soll nun werden?« Alina konnte nur mit Mühe an dem Kloß vorbeireden, der plötzlich in ihrer Kehle saß.

Heinz sah sie ernst an, dann begann er lauthals zu lachen, und Alexander fiel mit ein. »Es macht keinen Sinn, HIER miteinander zu reden, das werden wir lieber auf unserer Reise machen. Stellt euch nur vor, wir fahren zum Nordkap.« Stolz hakte er sich bei seinem Sohn unter.

»Aha, und wann geht es los?«, wollte Lucy wissen.

»Sobald ich mein Gepäck umgeladen habe«, verkündete Heinz.

Gerd war der Erste, der sich von dieser Überraschung erholte. »Na, da hast du uns ja gerade einen schönen Schreck eingejagt, aber ich freue mich für euch.« Er drückte Gerd an sich und anschließend Alexander die Hand. »Pass gut auf deinen Vater auf, er ist manchmal ein wenig seltsam, aber im Grunde ein feiner Mensch.«

Auch Alina trat nun auf die beiden zu.

»Und wie geht es nach der Reise weiter?«, wollte sie wissen. »Die *Abendsonne* gibt es ja nun nicht mehr.«

»Wir werden sehen, ob wir miteinander klarkommen, aber da habe ich keine Bedenken«, erklärte Alexander. »Und wenn es klappt, dann zieht Papa zu mir.«

»Alexander hat ein großes Haus in Wolfsburg, er ist nämlich Ingenieur in einem großen Automobilkonzern«, verkündete Heinz mit unüberhörbarem Stolz in der Stimme.

»Dann verlieren wir also schon wieder jemanden?« Mischa schüttelte ungläubig den Kopf. Die Überraschungen auf dieser Reise rissen nicht ab. Er war gespannt, was noch kommen würde, und bekam im selben Moment ein flaues Gefühl im Magen, weil er soeben an seine Verfolger denken musste.

»Du wirst mir nicht fehlen …«, kommentierte Lucy Heinz' Abschied, »… und ich dir auch nicht, jetzt, wo du deinen verlorenen Sohn wiedergefunden hast. Apropos verlorener Sohn, ich erinnere mich da an eine Bibelverfilmung, an der ich mal teilgenommen habe …«

Gerd nahm sie in den Arm und schob sie in Richtung VW-Bus. Jetzt war der falsche Zeitpunkt für Lucys Fantasien.

Mischa holte das Gepäck von Heinz aus dem Bus und übergab es Alexander.

»So, dann heißt es nun Abschied nehmen«, verkündete dessen Vater.

Er drückte Alina und Mischa, streichelte Balu ein letztes Mal und ging dann, immer noch mit einem leicht verklärten Blick, auf das Wohnmobil zu. Sein wahr gewordener Traum.

»Danke für alles, vor allem für den Anruf!« Alexander nahm Alina in die Arme.

»War ja dank des Internets kein Problem, dich zu finden«, erklärte sie. »Inklusive Telefonnummer.« Mischa sah zu und stellte fest, dass sich dabei ein leichtes Gefühl von Eifersucht in ihm breitmachte. Was aber sofort wieder abebbte, als Heinz' Sohn auch ihm die Hand hinstreckte.

Alle sahen zu, wie auch er ins Wohnmobil stieg und den Motor anließ. Heinz öffnete das Seitenfenster und winkte ihnen mit strahlender Miene zu.

»Ich wünschte, die anderen drei könnten ihn so sehen«, seufzte Alina und griff dabei erneut nach Mischas Hand. »Da waren es nur noch zwei. Erst geht Hannelore, dann Jakob und Christiane und nun auch noch Heinz.«

»Drei«, korrigierte Mischa sie und deutete dabei auf Balu. Der schien sich jedoch nicht für das abfahrende Wohnmobil zu interessieren. Er war ganz auf den VW-Bus fixiert. Micha kam es so vor, als wollte der Labrador-Mischling sagen, das sei jetzt sein neues Zuhause.

KAPITEL 35

And the Oscar goes to ...

Das mulmige Gefühl in Mischas Magen kehrte genau in dem Augenblick zurück, als ihn das Navi aufforderte, die Autobahn zu verlassen und den Rest der Strecke nach Würzewitz auf der Landstraße zurückzulegen. Er war immer noch unsicher, was er tun sollte.

Einerseits war es sein übliches Verhaltensmuster, vor jedem Problem einfach wegzulaufen, andererseits war er sich auch darüber im Klaren, dass das auf Dauer kein Ausweg war. Er würde weder in ein Zeugenschutzprogramm aufgenommen noch in einem Safe House untergebracht werden, geschweige denn würde man ihm eine neue Identität spendieren. Warum auch? Er war nur ein Spielsüchtiger mit einer Menge Schulden und kein Kronzeuge in einem Mafiaprozess.

Fest stand, dass Kuttins Schergen nicht aufgeben würden, bis sie ihn in die Finger bekamen. Es blieb nur die Flucht nach vorn: Er musste sich den Russen stellen, von denen er wusste, dass sie ihn am Ziel bereits erwarteten. Lieber endlich ein Ende mit Schrecken als ein ANDAUERNDER Schrecken ohne Ende. Das Einzige, was ihm Hoffnung machte, war der Plan, den Gerd ihnen vorgeschlagen und erläutert hatte. Blieb nur abzuwarten, ob der funktionierte.

Nach vielen Kilometern, etlichen gewollten und ungewollten Zwischenstopps, langen Gesprächen, kleinen Eklats und großen Momenten rollte der VW-Bus mit den letzten verbliebenen Insassen in das brandenburgische Dörfchen Würzewitz. Dort hielt er genau vor der angeblichen Wellnessoase mit dem Namen *Spreewälder Hof*.

Das Haus hatte sicherlich schon bessere Tage gesehen. Ohne die moderne Leuchtreklame einer Brauerei hätte es noch komplett den spröden Charme der ehemaligen DDR versprüht. Würde sich eine Hausfassade etwas zu Weihnachten wünschen dürfen, wären es hier ganz sicher ein paar Eimer Farbe. Wenn es etwas gab, das dieser Landgasthof nicht verdiente, dann war es der Begriff Wellnesshotel.

Mischa stellte den Motor ab und sah sich aufmerksam um. Sollten seine Widersacher bereits hier sein, dann müsste man ja irgendwo ein Auto mit Bielefelder Kennzeichen sehen. Doch die Straße und der Platz vor dem Gasthof waren leer.

Er zog den Zündschlüssel ab, stieg aus, lief um den Wagen herum und öffnete die Schiebetür. Galant half er Lucy beim Aussteigen, während Gerd seine Hilfe dankend ablehnte. Als Alina die Tür öffnete, sprang auch Balu heraus und lief sofort zu Gerd.

Der jedoch beachtete ihn nicht, weil auch er sich unmittelbar nach dem Aussteigen aufmerksam umsah. »Scheint noch keiner hier zu sein«, stellte er erleichtert fest.

»Vielleicht haben sie sich auch nur irgendwo versteckt, um mir aufzulauern.« Mischa war mehr als unwohl in seiner Haut.

»Ich würde vorschlagen, wir begeben uns erst mal in die Kneipe.« Gerd schnappte sich seinen Koffer und marschierte entschlossen auf die Eingangstür des Landhotels zu. Balu wollte schon hinterher, fand es dann aber doch interessanter, noch schnell einen Laternenpfahl zu markieren. Alina leinte ihn an und bot Lucy ihren Arm, den diese wieder freudig annahm.

»Denk bitte an mein Gepäck, mein Junge«, flötete sie Mischa über die Schulter hinweg zu.

Am Eingang hatte Gerd auf sie gewartet und überließ ihnen galant den Vortritt. »Bitte, meine Damen!«

Mischa sah sich noch einmal um, schnappte sich dann Lucys und Alinas Reisetaschen und machte, dass auch er in den Gasthof kam.

»Na, Froilein«, empfing der Wirt Alina mit einem Grinsen, »sind Se die janze Strecke jelofen, oder warum kommse so spät?«

»Es gab leider noch mehrere ungeplante Aufenthalte«, verkündete das *Froilein* und begleitete Lucy zu einem Stuhl, auf dem die sich dankbar niederließ. »Ich hoffe, Sie haben unsere Zimmer in der Zwischenzeit nicht anderweitig vergeben?«

»Aber ja doch«, verkündete der Wirt mit ernster Miene, »seit jestern ist die janze Bundesregierung zur Klausurtagung hier.« Als er die verdutzten Gesichter sah, ließ er ein dröhnendes Lachen folgen. »Nee, Spaß beiseite, ick konnte die juten Stuben so jerade eben noch freihalten. Wir sind hier ja hier nich uff Majorca.«

Mit diesen Worten drehte er sich um und nahm vier Schlüssel von einem Hakenbrett. »Vier Doppelzimmer, wie bestellt.« Mit diesen Worten legte er die Schlüssel vor Alina auf den Tresen.

Die wollte ihm schon erklären, dass sie keine vier Doppelzimmer mehr brauchten, weil sich die Zahl der Mitreisenden ja drastisch verringert hatte, doch dann entschloss sie sich dagegen. Doppelzimmer konnte man ja auch einzeln benutzen, und Gerd hatte netterweise bereits auf der Fahrt hierher erklärt, dass er für alle Kosten aufkommen werde.

Der großzügige Spender betrat soeben die Gaststube und sah sich um. Sofort fiel ihm ein Spruch aus einem alten Heinz-Rühmann-Film ein, in dem der Schauspieler die Rolle des Pater Brown gespielt hatte. »Hübsch hässlich habt ihr's hier!«

»Gib mir mal die Schlüssel«, forderte der ehemalige Richter Alina auf, »ich will mir die Zimmer ansehen.« Dann wandte er sich an den Wirt. »Gibt es hier einen Hinterausgang?«

Der sah ihn verwundert an. »Wieso, wollen Se jleich wieder vaduften?«

»Nein, ich weiß nur gerne, wo die Rettungswege sind«, erklärte Gerd mit einem gespielten Lächeln und nahm von Alina die Schlüssel entgegen. Dann wandte er sich an den Wirt. »Ihren Anruf in Polen können sie übrigens vergessen, wir bleiben nicht hier, und wir fahren auch nicht auf einen Polenmarkt, verstanden?« Sein autoritärer Ton ließ den Wirt nur bestätigend nicken. »Ich bin gleich wieder da.« Mit diesen Worten stieg er die Treppe neben dem Tresen hinauf.

Lucy hatte beide Hände auf ihren Stock gestützt und das Kinn darauf abgelegt. »Ihr könnt ja sagen, was ihr wollt, aber ich habe Hunger und Durst.«

»Der Dame kann jeholfen werden«, verkündete der Wirt. »Watt darf et denn sein, junge Frau? Bier und 'ne Bulette vielleicht?«

»Buletten, ach, wie herrlich«, verkündete Lucy, »den Begriff habe ich ja nicht mehr gehört, seit ich mit Gerd Fröbe die *Berliner Ballade* gedreht habe.« Dabei richtete sie sich mit einer Hand die Frisur und kicherte. »Aber damals war ich noch ein schönes und junges Mädchen. Heute bin ich nur noch *und*.«

»Nee, die junge Frau hat tatsächlich mitten ollen Fröbe jespielt? Kann mich jar nich mehr an Se erinnern.« Der Wirt sah Lucy sowohl fragend als auch bewundernd an. »Na, denn will ick ma meene Marta sagen, dett se Ihnen watt zu essen macht, bevor Se mir noch vom Fleesch fallen.« Mit diesen Worten war er auch schon in der Küche verschwunden.

Mischa kam soeben rein und wollte gerade die Reisetaschen abstellen, als Gerd schon wieder die Treppe herunterkam.

»Du nimmst am besten Zimmer Nummer vier. Das liegt am Ende des Flures und hat ein Fenster zum Hof. Darunter ist eine Art Schuppen, notfalls kannst du über dessen Dach abhauen. Los, ab mit dir!«

Mischa lächelte etwas gequält und machte sich dann auf den Weg.

Bis zum frühen Nachmittag verlief alles völlig normal. Gerd hatte sich von Mischa den Schlüssel für den Bus geben lassen und war für zwei Stunden verschwunden. Jetzt saßen alle wieder in der Gaststube zusammen.

»Na, wie geht es dir, Lucy?«, wollte Gerd wissen. »Fühlst du dich fit genug für diesen Tag?«

»Aber sicher, mein Lieber, ich habe mich nie so gut gefühlt wie heute«, verkündete die Seniorin mit den lilafarbenen Haaren. »Ich bin schon ganz aufgeregt, endlich passiert mal was Spannendes.«

»Hoffentlich bleibt es nur spannend und wird nicht gefährlich«, hoffte Mischa und sah zur Tür, die sich gerade öffnete. Er spürte, wie sich sein Herzschlag erhöhte.

Doch es war nur Alina, die hereinkam. Aufgelöst und mit einem ängstlichen Gesichtsausdruck lehnte sie sich gegen die geschlossene Tür. So als wollte sie verhindern, dass hinter ihr noch jemand reinkommen konnte. Atemlos erzählte sie, dass sie auf ihrem Spaziergang mit Balu neben der Kirche des Dorfes einen großen, dunklen Wagen mit zwei finsteren Typen darin gesehen habe. »Das sind bestimmt die Männer, die dich suchen …«, dabei sah sie Mischa mit besorgter Miene an, »der Wagen hat nämlich ein Bielefelder Kennzeichen.«

»Gut, dann werde ich nach draußen gehen«, verkündete Mischa. Vorher hatte er den Kloß in seinem Hals herunterschlucken müssen. Nun war es so weit.

Gerd faltete die Hände auf dem Gaststättentisch und nickte bedächtig mit dem Kopf.

»Draußen dürfte es auf jeden Fall besser sein als hier in der engen Gaststube, auch wenn wir hier noch alleine sind«, vermutete er.

Der Wirt hatte sich zu einem verspäteten Mittagsschlaf zurückgezogen, die Gaststätte öffnete offiziell erst wieder um 18 Uhr.

Alina stand immer noch mit dem Rücken an der Tür, und als Mischa mit wackeligen Knien auf sie zuging, gab sie ihm nur zögerlich den Weg frei und trat einen Schritt zur Seite. »Pass bloß auf dich auf.« Zusätzlich drückte sie ihm einen flüchtigen Kuss auf die Wange, was Mischa umgehend die Röte ins Gesicht trieb. Er wusste, was er jetzt lieber machen würde, ging dann aber an ihr vorbei nach draußen. Auch Balu hatte die Aufregung anscheinend mitbekommen, denn er zerrte unruhig an der Leine und wollte hinter Mischa her. Doch diesen Gang musste der alleine antreten, so war es besprochen.

Die Sonne schien von einem wolkenlosen Brandenburger Himmel. Mischa trat vor die Gaststätte und atmete die lauwarme Luft tief ein. Weil er nicht wusste, was er tun sollte, begann er einfach vor der Gaststätte auf und ab zu gehen. Gerd hatte ihm aufgetragen, sich nicht zu weit vom Gebäude zu entfernen. Er sah sich immer wieder um, doch niemand kam. Wo hatte Alina den Wagen noch mal gesehen? Neben der Dorfkirche?

Entschlossen nahm er all seinen Mut zusammen und ging in diese Richtung. Als er um die Ecke bog, sah er den Wagen, und die Insassen sahen ihn.

Sofort flogen beide Türen auf, und Oleg Paschkurin und sein Partner Gregori Usalenko sprangen raus. Mit grimmigen Gesichtern stiefelten die beiden auf ihn zu, und was Oleg nach einem Griff unter seine Jacke hervorzauberte, sah weder gut noch gesund aus. Aber das hatten Totschläger nun mal so an sich. Mischa verspürte plötzlich wieder den Drang wegzulaufen, diesmal jedoch widerstand er ihm.

»Da bist du ja, Mischulak«, grunzte Gregori zufrieden. »Ist böse Überraschung für dich, uns hier zu sehen, was?«

Mischa versuchte den Erschrockenen zu spielen, was ihm beim Anblick der beiden Schläger aber auch nicht schwerfiel. »Was wollt ihr denn hier?«, fragte er mit belegter Stimme.

»Unser Geld, du Schwein. Warten wir schon lange drauf. Boss ist nix zufrieden.« Trotzdem er schon lange in Deutschland lebte, konnte Oleg immer noch kein vernünftiges Deutsch sprechen. Anscheinend lernte man das auch im Knast nicht.

»Ich habe das Geld nicht«, gestand Mischa ihnen, »und ich habe auch noch nie welches gehabt, was ich euch hätte geben können.«

»Sehr schlecht für dich.« Gregori entblößte beim Grinsen zwei goldene Schneidezähne. »Und gar nix gut für deine Knochen.« Wie zur Bestätigung ließ Oleg den Totschläger mit der Eisenkugel am Ende durch die Luft sausen.

»Macht, was ihr wollt, aber ich habe kein Geld. Zertrümmert mir alle Knochen, aber das bringt euch keinen Cent.« Mischa war dabei zwar einen Schritt zurückgewichen, wusste aber, dass er den beiden nicht mehr würde weglaufen können.

»Ist egal, erst Knochen, dann Geld«, verkündete Oleg grinsend.

Die beiden schoben sich langsam auf Mischa zu wie eine Schlechtwetterfront. Auch Gregori hatte nun etwas aus der Tasche gezogen, das verdammte Ähnlichkeit mit einem Schlagring hatte.

Als die beiden Schläger noch einen Meter von ihm entfernt waren, störte plötzlich eine schrille Stimme die dörfliche Ruhe.

»Junge, wo bist du denn? Du kannst doch deine alte Oma nicht einfach im Stich lassen!« Lucy war hinter Oleg und Gregori aufgetaucht. Auf ihren Stock gestützt, humpelte sie auf die Dreiergruppe zu, drängte sich mutig zwischen den beiden Männern hindurch und ging auf Mischa zu. Bei ihm angekommen, nahm sie seinen Arm und hielt sich daran fest. »Was sind denn das für Leute, mein Junge? Kennst du die?«, wollte sie von ihrem angeblichen Enkel wissen und schob noch eine Einschätzung ihrerseits hinterher. »Die sehen ja vielleicht finster aus.«

»Tja, Oma«, begann er zögernd, »diese Leute hier bekommen noch Geld von mir, ich schulde ihnen das.«

»Oma, besser gehst du weg!«, warnte Oleg die alte Frau.

»Sie sind aber gar nicht nett, junger Mann«, beschwerte sich Lucy, und Mischa versuchte, sie hinter sich zu drücken, um sie zu schützen. »Hat man dir denn in der Schule kein Benehmen beigebracht?« Dazu wedelte sie mit ihrem Gehstock vor Oleg rum. »Aber, wenn ich dich so reden höre, dann kommen mir Zweifel, ob du überhaupt in der Schule warst.«

Man sah, wie Olegs Halsschlagadern anschwollen. »Oma, haust du ab, sonst …«

»Was sonst?« Lucy drückte Mischa zur Seite und machte sogar noch einen provozierenden Schritt auf Oleg zu. »Willst du etwa eine alte Frau schlagen?« Sie stemmte beide Hände demonstrativ in die Hüften. »Das will ich aber mal sehen, Bürschchen!«

»Wir haben Auftrag, Geld zu holen«, versuchte Gregori die Situation zu erklären.

Lucy drehte sich zu Mischa um und zwinkerte ihm dabei belustigt zu. Im Gegensatz zu ihm schien ihr das hier einen Heidenspaß zu machen. Ihre Stimme hingegen klang sehr vorwurfsvoll.

»Soso, was muss ich da hören, mein Junge? Du schuldest den Herren Geld? Wie kommt das denn?«

Mischa trat von einem Bein auf das andere. »Es sind Spielschulden, Oma.« Dieses Eingeständnis kam ihm plötzlich sehr leicht über die Lippen. Ihm fiel ein, dass er in den letzten Tagen keine Automaten angerührt hatte. Dabei hatten doch zwei im Dorfgasthaus gehangen. Vielleicht war er ja wirklich vom Spielen abgekommen. Zumindest hoffte er das.

Lucy schüttelte empört den Kopf. »Spielschulden, mein Junge, sind Ehrenschulden. Die hat man zu begleichen!«

Die beiden Russen waren von Lucys Blick für das Wesentliche begeistert und nickten.

»Was schuldet er ihnen denn?«, wollte sie von Oleg wissen und drehte sich wieder zu ihm um.

»Zehntausend.«

»Euro?«, fragte Lucy erstaunt nach.

»Nein, Hühnereier, Oma. Natürlich Euro, was sonst.« Oleg grinste die alte Dame überheblich an.

»Dafür muss eine alte Frau aber lange stricken«, gab Lucy zu bedenken. »Zehntausend Euro …? Ja, hast du die denn, mein Junge?«

Der *Junge* schüttelte mit dem Kopf.

»Dafür er muss bluten«, erklärte Gregori die Sachlage.

Lucy stieß einen tiefen Seufzer aus. »Ich hatte mir das zwar alles anders vorgestellt, aber bevor Sie meinen Enkel krankenhausreif prügeln, muss ich es wohl machen.«

»Was machen?«, wollte Oleg wissen.

Lucy hob ihre Handtasche und kramte darin herum. Anscheinend suchte sie etwas. Die beiden Russen nahmen sofort eine Abwehrhaltung ein. Wer wusste denn, was alte Damen so alles in ihren Handtaschen mit sich rumtrugen? Womöglich Pfefferspray oder sogar eine Pistole.

Aber ihre Sorge war unbegründet, denn was Lucy aus der Handtasche zog, war ein kleines Paket aus schwarzem Samt.

»Das ist der gesamte Schmuck meiner Familie«, bekannte sie mit nun leicht weinerlicher Stimme. »Er war als Teil meiner Altersversorgung gedacht.« Sie wischte sich, dank einer Zwiebel in der Handtasche, Tränen aus den Augen. Dann seufzte sie herzzerreißend. »Aber gut, wenn die Situation es nun mal erfordert …« Sie hielt Oleg das Paket hin und sah Mischa dabei vorwurfsvoll an. »Das ist alles deine Schuld, mein Junge. Mein schöner Schmuck.«

Oleg faltete das Samttuch vorsichtig auseinander. Daraus glänzte ihm jede Menge Gold entgegen. »Wie viel ist wert?«, wollte er von Lucy wissen, die leicht zu schwanken begonnen hatte.

»Zwölftausend«, hauchte sie mit leiser Stimme, dann fiel sie Mischa, wie vorher abgesprochen, in die Arme. »Mein Herz«, war das Letzte, was über ihre Lippen kam.

»Oh mein Gott, Oma stirbt«, rief Mischa und kniete sich neben Lucy, welche ihre Augen jetzt fest geschlossen hielt. »Holen Sie einen Arzt oder einen Krankenwagen!«

»Was ist mit Oma?«, wollte Gregori wissen. »Ist tot?«

»Ja, ihr Herz hat versagt.« Mischa versuchte dabei möglichst verzweifelt zu klingen.

Gregori schaute auf die leblose Lucy herab und griff dann seinem Komplizen an den Oberarm. »Los, wir müssen verschwinden!«

»Was ist denn hier los?«, wollte eine junge Frau wissen, die soeben mit einem Labrador-Mischling an der Leine um die Ecke bog.

Oleg sah von der toten Oma zu der Frau und dann zu Mischa.

»Nun los doch, bevor Polizei kommt.« Gregori versuchte seinen Komplizen mit sich zu ziehen.

»Aber der Boss hat doch verlangt, dass wir ihn ordentlich verprügeln sollen.«

»Ist doch egal. Hauptsache, wir haben das Gold, wir behaupten einfach, dass wir ihn krankenhausreif geschlagen haben. Das kann er doch nicht kontrollieren.«

Doch Oleg gab noch nicht auf. Auftrag war Auftrag!

Noch einmal blickte er auf den Goldschmuck in seiner Hand, dann faltete er das Tuch darüber zusammen, immer noch unschlüssig, was er jetzt machen sollte.

»He, Sie da, was machen Sie denn da, und warum liegt die alte Frau auf der Straße? Ist das ein Überfall?«

Der ältere Mann, der nun auf sie zukam, schien sich ihnen in den Weg stellen zu wollen.

Gregori wurde es immer ungemütlicher, womöglich kamen gleich auch noch die Bullen mit dem roten Adler auf dem Ärmel. Ohne weiter auf Oleg zu warten, rannte er los in Richtung Auto.

Das schien auch das Startsignal für seinen Kumpel zu sein. Doch der lief nicht zum Wagen, sondern direkt auf Gerd zu, der damit nicht gerechnet hatte. Oleg hielt das samtene Paket immer noch in der einen, den Totschläger in der anderen Hand. Er war stinksauer. Das alles hier war so ganz und gar nicht nach seinen Vorstellungen gelaufen, und irgendwer musste dafür nun buchstäblich seinen Kopf hinhalten. Was mischte sich dieser Opa auch in ihre Angelegenheiten ein, dachte er und hob den Arm zum Schlag.

Mischa, der immer noch neben Lucy kniete, sah, dass er keine Chance mehr hatte, sich dazwischenzuwerfen. Es durfte doch nicht sein, dass Gerd nun die Prügel kassierte, die eigentlich ihm zugedacht gewesen war.

Auch Alina hatte keine Chance einzugreifen. Vor Schreck hatte sie sogar Balus Leine losgelassen. Doch bevor der Schlagstock auf Gerds Kopf niedersausen konnte, flog ein beigefarbenes Fellbündel durch die Luft und eine Reihe weißer Hundezähne grub sich in Olegs Unterarm. Was der wiederum mit einem schmerzhaften Aufschrei quittierte und augenblicklich den Totschläger fallen ließ. Um sich von Balus Biss zu befreien, versuchte er ihn zu treten. Doch der Hund war schneller, was Oleg zusätzlich noch einen Biss in den Oberschenkel einbrachte. Von wegen *Versuch's mal mit Gemütlichkeit,* davon war bei Balu nichts zu spüren. Gerd griff hastig nach der Leine und zog Balu zurück. Der jedoch behielt seinen Gegner mit gefletschten Zähnen und bösem Knurren weiterhin im Blick.

Oleg rappelte sich mühsam auf und humpelte zum Auto, dessen Motor Gregori bereits gestartet hatte. Nur die Tatsache, dass die Dorfstraße nicht asphaltiert war, verhinderte, dass der Wagen sich anschließend mit quietschenden Reifen entfernte.

Gerd ging neben Balu in die Hocke, der ihm freudig durch das Gesicht leckte. Alina stand immer noch atemlos da, und Mischa kniete weiterhin neben Lucy auf der Straße.

»Das war aber verdammt knapp«, erwachte Alina langsam aus ihrer Schockstarre.

»Ja, und es ist anders gelaufen als geplant«, fügte Mischa, vom Schreck noch immer etwas mitgenommen, hinzu.

»Aber dank Balu immerhin glimpflich«, gestand Gerd. »Du warst klasse«, lobte er den Hund, der ihn nun hechelnd ansah.

»Ebenso wie Lucy, das war ganz großes Kino«, lobte Mischa sie und hob ihren Oberkörper an, damit sie sich leichter aufrichten konnte. Dabei fiel ihr Kopf nach hinten.

Alina stürzte auf die beiden zu. Ihre Hand ging sofort zu Lucys Halsschlagader, und in ihrem Gesicht machte sich Panik breit, als sie keinen Puls mehr spürte. Als sie Lucy daraufhin genauer ansah, wusste sie, dass hier jede Hilfe zu spät kommen würde. Dafür hatte sie in ihrem Beruf schon zu viele echte Tote gesehen.

Auch Gerd war hinzugetreten und erkannte sofort die Lage. »Die Ärmste.«

»Ist sie wirklich…?« Mischa fand kaum Worte.

»Tot, meinst du?« Alina nickte und sah ihn mit Tränen in den Augen an. »Ja, diesmal hat Lucy ihre Sterbeszene so perfekt und realistisch gespielt wie noch nie.«

Mischa ließ den Kopf sinken und begann hemmungslos zu weinen. »Sie ist für mich gestorben, für die Fehler, die ich gemacht habe«, schluchzte er.

»Nein, sie ist gestorben, weil sie alt und krank war, und sie ist gestorben, als sie das getan hat, was sie am liebsten gemacht hat. Schauspielerin sein.« Alina legte Mischa tröstend eine Hand auf die Schulter. Der hielt die alte Frau immer noch zärtlich in seinen Armen.

Auch Gerd sah traurig auf die alte Mimin hinunter. »Und das hier war ihre beste Rolle und ihre größte Leistung.«

KAPITEL 36

Es geht schon wieder zu Ende, aber zum Glück nur mit der Geschichte

»Tja, nun sind wir also nur noch drei«, seufzte Mischa, nachdem ein Bestatter aus der Nachbarstadt Lucys Leichnam abgeholt hatte. Danach waren alle kurz auf ihren Zimmern gewesen und hatten sich frisch gemacht. Angstschweiß war nun mal kein gutes Parfüm.

Jetzt saßen sie also wieder im *Spreewälder Hof* am Tisch. Mischa blickte vom einen zum anderen. »Es ist schon erstaunlich, dass man auf einer so kurzen Reise so viele Leute verlieren kann.«

»Aber die meisten auf eine erfreuliche Art und Weise«, fügte Alina hinzu. Sofort musste sie an die anderen denken. Hannelore lag sicher gerade unter einem Auto, und Christiane und Jakob waren wohl noch in Berlin. Aber wo mochten Heinz und sein Sohn Alexander gerade sein? Vermutlich auf der Autobahn. Ein Räuspern riss sie aus ihren Gedanken.

»Und das ist noch nicht das Ende eurer Verluste.« Gerd sah die beiden an, wobei ein Lächeln seine Mundwinkel umspielte.

»Was bedeutet das denn?«, wollte Alina verblüfft wissen. »Soll das etwa heißen, dass du auch …?

»Ja, das heißt, dass auch ich euch verlassen werde.«

Mischa griff nach dem Schnaps, den der Wirt ihnen gebracht hatte, nachdem er mitbekommen hatte, was passiert war. Er kippte sein Glas in einem Schluck hinunter. Nahmen denn die Überraschungen auf dieser Reise gar kein Ende?

»Ich gehe zurück nach Bielefeld, denn ich habe mich entschlossen, die mir schon vor längerer Zeit angebotene Dozentenstelle an der Fachhochschule für öffentliche Verwaltung doch anzunehmen.« Dabei lächelte Gerd plötzlich sardonisch. »Ich werde also bald die Gelegenheit haben, die angehenden Beamtinnen und Beamten in der öffentlichen Verwaltung musikalisch zu machen, denn ich werde ihnen im Bereich Straf- und Strafprozessrecht mal ordentlich die Flötentöne beibringen.«

Alina schaute zu Mischa, der auch nur mit den Schultern zucken konnte. »Mensch Gerd, das ist doch super.« Mit so einer Entwicklung hätte sie nie gerechnet. Sie überlegte, was Gerd wohl zu dieser Meinungsänderung veranlasst hatte, entschied sich aber dagegen, ihn zu fragen. »Was machen wir denn nun mit Balu?«, fragte sie stattdessen.

Mischa zuckte mit den Achseln. »Wir müssen sehen, wo wir ihn unterbringen können.«

Im Geiste sah er sich schon vor dem Gitter eines Zwingers stehen und dahinter Balus traurige Augen, weil der wusste, dass er von nun an wieder alleine sein würde. So ein Tierheim war auch so etwas wie ein Altersheim, nur für Hunde, dachte Mischa voller Trauer.

»Balu kommt mit mir«, verkündete Gerd vollkommen unerwartet und zauberte damit völliges Erstaunen auf zwei Gesichter. »Ich weiß, dass ich für einen Hund eigentlich schon zu alt bin, und wenn ich vor ihm sterbe, dann muss er vermutlich ins Tierheim. Aber so Gott will, haben wir beide vielleicht noch ein paar schöne gemeinsame Jahre.«

»Aber was ist mit deiner Dozentenstelle, da bist du doch immer länger von zu Hause weg, oder?« Alina wollte keine Zweifel säen, aber das Problem bestand nun mal.

»Das ist bereits geklärt«, verkündete Gerd gelassen. »Ich kann ihn mitnehmen.« Er zwinkerte den beiden zu. »Ein bisschen habe ich sie ja erpresst, entweder Kannengießer als Dozent mit Hund oder gar nicht.«

Was für ein Filou, dachte Mischa und erinnerte sich daran, wie viel Angst er am Anfang vor Gerd gehabt hatte.

»Allerdings werde ich seinen Namen ändern«, verkündete der ehemalige Richter und streichelte Balu den Kopf. Der hatte sich neben ihm auf die Bank gesetzt und sah ihn mit treuem Blick an. »Ich werde ihn Figaro nennen.« Als er das Fragezeichen in Alinas Gesicht sah, lachte er auf. »Das ist ein Insiderwitz, der mit meiner Ex-Frau zu tun hat, den musst du nicht verstehen.«

Mischa hingegen lächelte verschwörerisch.

»Und wo willst du wohnen?«, wollte Alina wissen. Die *Abendsonne* kam dafür ja nicht mehr in Betracht. Mit seiner Antwort bewies Gerd, dass er ein Mann mit besten organisatorischen Fähigkeiten war.

»Ich ziehe in zwei Monaten in eine kleine Eigentumswohnung, die mir gehört. Der junge Mann, der dort zurzeit wohnt, hat letzten Monat gekündigt, er geht zum Studium nach München. Bis dahin werde ich in einer kleinen Pension wohnen, in der auch Hunde erlaubt sind.«

Mischa staunte, der Mann hatte anscheinend an alles gedacht. Vor allem als Gerd in die Tasche griff und eine Fahrkarte hervorzog. »Einmal einfache Fahrt mit Hund von Würzewitz nach Bielefeld. Habe ich mir am nahe gelegenen Bahnhof besorgt, nachdem ich mit der Fachhochschule telefoniert habe.«

Jetzt wusste Mischa auch, warum Gerd sich am Vortag für eine Stunde den VW-Bus ausgeliehen hatte. Perfekte Planung.

Alina beugte sich zu Balu, der ihr freudig übers Gesicht leckte. Dabei sah sie neugierig zu Gerd.

»Und wann geht es los?«

»Morgen Nachmittag, nach der Beerdigung.«

KAPITEL 37

Alles hat ein Ende, doch nicht nur die Wurst hat zwei

Wenn es geregnet hätte, wäre die Beerdigung eine traurige Angelegenheit geworden, doch der Himmel hatte ein Einsehen und ließ die Sonne vom wolkenlosen Brandenburger Himmel strahlen.

Um das Grab von Karin Pootmann, auf deren Grabstein später ihr Künstlername Lucy Miller stehen würde, hatte sich nur eine Handvoll Menschen versammelt. Alina dachte daran, dass die anderen, hätten sie es gewusst, sicherlich auch anwesend gewesen wären. Aber sie hatten sich entschieden, sie nicht zu informieren, um sie damit nicht zu belasten.

Der Dorfpfarrer hielt eine kleine Grabrede, und der Wirt des *Spreewälder Hofs* hatte sogar einen Kranz organisiert.

Lucys Grab lag ganz am Ende des Würzewitzer Friedhofes. Von hier aus hatte man einen herrlichen Ausblick auf den nahe gelegenen Kiefernwald.

Den Lucy nur leider nicht mehr genießen konnte, dachte Mischa traurig.

Er ließ den Pfarrer reden, ohne ihm zuzuhören, dafür aber die Gedanken schweifen. Nun war er also am Ende einer Reise angekommen, die er nie vergessen würde.

Viele von seinen Mitreisenden hatten das Glück, in ihrem Leben noch mal einen anderen Weg eingeschlagen zu haben.

Wie schlimm musste es sein, wenn man sich im Alter Vorwürfe machte, was man doch alles hätte machen können, es aber so lange vor sich hergeschoben hatte, bis es letzten Endes nicht mehr ging.

Hätten wir bloß mal … wären wir doch nur … Das waren vermutlich die schlimmsten Sätze, die man sich im Alter sagen musste.

Er hatte bei dieser Reise auf eindrucksvolle Weise gelernt, dass man sein Leben nicht verplempern durfte, denn dafür war es einfach zu kostbar. Er wusste zwar immer noch nicht, wie es weitergehen sollte, aber garantiert nicht so wie vorher. Auf keinen Fall wollte er in die Kriminalität abrutschen, und dafür musste er vor allem seine Spielsucht in den Griff kriegen.

Seine Spielsucht? Völlig überrascht fiel ihm erneut ein, dass er in den letzten Tagen weder ans Spielen gedacht, geschweige denn es vermisst hatte. Es ging also auch ohne. Wenn das mal kein guter Anfang war.

Der Pfarrer beendete gerade seine Rede und sprach den Segen. Dann trat er vom Grab zurück und überließ den anderen diesen Platz. Der Reihe nach verabschiedeten sich Alina, Mischa und Gerd von ihrer Mitreisenden.

Als sie hinterher vor dem Friedhofstor standen, reichte Gerd ihnen die Hand. »Wir werden uns jetzt auch auf den Weg machen«, verkündete er mit leicht brüchiger Stimme. Dem ansonsten so rationellen Menschen schien der Abschied nicht leicht zu fallen. Balu stieß ein leises Winseln aus, so als wüsste auch er, dass sich ihre Wege nun trennten. Aber vielleicht spürten Hunde so was ja wirklich, dachte Mischa.

»Ich habe gestern Abend übrigens noch einen Anruf von einem ehemaligen Kollegen von der Staatsanwaltschaft bekommen. Manfred Drescher wurde noch im Städtischen Klinikum festgenommen. Kripo und die Steuerfahndung waren ihm schon auf den Fersen.«

»Woher wussten die denn, dass er im Krankenhaus liegt?«, wollte Alina wissen.

»Das habe ich ihnen gesteckt, ich wollte nicht, dass so ein Betrüger wie er einfach so davonkommt. Leider habe ich auch gehört, dass wir unser Geld vermutlich nie mehr wiedersehen werden.«

»Er ist zwar ein Betrüger, aber nur, weil er diese Reise arrangiert hat, haben wir uns besser kennengelernt, und einige von uns haben sogar neue Weg eingeschlagen«, gab Alina zu bedenken.

Gerd nickte zustimmend und streichelte Balu dabei über den Kopf. »Und wir beide hätten uns auch nicht getroffen, was, alter Junge?«

Der Hund sah ihn mit treuem Blick an. Dankbar, wie es schien.

»Sollen wir euch zum Bahnhof bringen?« Mischa zog bereits den Autoschlüssel aus der Tasche.

»Nein danke«, wehrte Gerd ab, »ich habe uns ein Taxi bestellt. Abschiedsszenen an Bahnhöfen sind mir verhasst. Und wer will schon einen alten Richter weinen sehen?«

Alina ging auf ihn zu und nahm ihn in den Arm. »Pass auf dich, oh Pardon, pass auf euch auf!« Damit streichelte sie Balu und gab ihm einen Kuss auf die pelzige Nase.

»Was macht ihr beide jetzt eigentlich?«, wollte Gerd wissen, als Mischa ihm die Hand reichte.

»Wir kommen schon klar und werden etwas finden.« Er wusste zwar selber noch nicht, was, aber er wollte Gerd nicht ihre Sorgen mit auf den Weg geben.

Der zog Mischa zu sich heran und nahm ihn in den Arm. »Wenn ich du wäre und dazu noch vierzig Jahre jünger, dann wüsste ich, was ich tun würde«, flüsterte er ihm ins Ohr. »Gib mir gut auf das Mädel acht, hörst du?« Nachdem er Mischa wieder losgelassen hatte, wandte er sich noch mal an Alina. »Danke für alles, was du für uns alte Leute getan hast. Wenn ihr mal Hilfe braucht oder es euch mal wieder nach Bielefeld verschlägt, dann kommt mich bitte besuchen.« Mit diesen Worten und einer Träne in den Augenwinkeln drehte er sich um und marschierte in Richtung Gasthof davon. Mittlerweile hatten auch der Pfarrer und der Wirt den Friedhof verlassen, sodass Alina und Mischa allein zurückblieben.

»Okay, dann machen wir uns am besten auch auf den Weg«, verkündete Alina und ging in Richtung des VW-Busses. »Gerd hat ja gestern bereits alles geregelt, sowohl sämtliche Kosten der Beerdigung als auch die der Unterkünfte.

»Was sehr großzügig von ihm war«, musste Mischa zugeben. »Aber er wollte es ja unbedingt so.«

Er klemmte sich hinter das Steuer, während Alina auf den Beifahrersitz kletterte.

»Da sind wir also nun«, sagte Mischa bedauernd. »Unsere alten Leutchen sind wir alle los, der Hund ist weg, du hast keinen Job mehr und ich kein Geld. Also, was sollen wir jetzt machen?«

Alina überlegte kurz, dann erschien ein Lächeln auf ihrem Gesicht.

»Hast du schon mal was von *work & travel* gehört? Also reisen und dafür arbeiten?«

»Ja, schon«, gab Mischa zu, »aber um so was zu machen, braucht man ein bisschen Startkapital.«

Alina winkte gelassen ab. »Ich habe genug gespart, damit kommen wir erst mal ein ganzes Stück weit.« Sie beugte sich vor und klopfte zärtlich auf das Armaturenbrett des alten Busses. »Und außerdem haben wir ja einen fahrbaren Untersatz. Den wird wohl so schnell niemand vermissen, denn die *Abendsonne*, der er gehörte, ist ja pleite.«

Mischa war total überrascht. »Wir beide sollen einfach so losfahren? Auf blauen Dunst?«, wollte er ungläubig wissen.

»Na klar doch«, antwortete Alina, »überleg doch mal, wenn schon alle unsere Alten ein neues Leben anfangen können, dann können wir das doch wohl erst recht, oder?«

»Na ja, fast alle«, sagte Mischa traurig und deutete zum Friedhof hinüber.

Alina war seinem Blick gefolgt, lächelte aber. »Ach, ich glaube, selbst Lucy geht es jetzt besser. Garantiert wird sie den ganzen Himmel mit ihren Filmgeschichten unterhalten und Petrus ihre beste Sterbeszene vorspielen.« Bei diesem Gedanken lachte sie leise auf.

»Auf die der garantiert reinfallen wird«, stimmte ihr Mischa zu. Eine Weile herrschte Stille im alten VW-Bus, dann aber kam er noch mal auf Alinas Idee zurück. »Also gut, angenommen, wir beide würden uns einfach so auf den Weg machen, dann sollten wir aber auch ein Ziel haben. Wo soll denn unsere Reise hingehen?«

Alina deutete lächelnd auf die Landstraße vor ihnen. »Nach Dingsbums!«

EPILOG

Ein märchenhafter Schluss

Ende? Nein, noch nicht ganz, denn etwas gibt es ja noch zu berichten.

Oleg Paschkurin und sein Partner Gregori Usalenko waren mit sich und ihrer Arbeit sehr zufrieden. Sie hatten zwar von diesem verfluchten *Mischulak* kein Geld bekommen, dafür aber das Gold seiner Oma. Und das in einer Menge, die sicherlich mehr wert war als die ausstehenden Spielschulden samt Zinsen. Man hörte ja momentan überall, dass der Goldpreis in die Höhe stieg.

Erwartungsvoll hatten sich die beiden in ihre besten Anzüge geworfen und standen nun mit selbstzufriedenen Mienen vor ihrem Boss. Solche Mitarbeiter wie sie musste der erst mal finden.

Iwan Iwanowitsch Kuttin verfütterte gerade rohe Rindfleischstücke an seine beiden Rottweiler und sah ihnen interessiert zu, wie sie die Bissen hinunterschlangen. Oleg war froh, dass es ihnen erspart bleiben würde, die Funktion des Rindfleisches einzunehmen.

»Und habt ihr diesen Scheißkerl endlich erwischt? Hat er bezahlt?« Kuttin knüllte das rote Packpapier zusammen und warf es mit einem gekonnten Schwung in den Papierkorb neben dem Schreibtisch. Auf sein Fingerschnippen hin begaben sich die beiden Hunde zu einem überdimensionalen Körbchen und ließen sich gemeinsam darin nieder.

»Alles gut, Boss, wir haben den Kerl endlich erwischt«, verkündete Oleg großspurig.

Was sich auf Kuttins Gesicht breitmachte, sah aus wie Genugtuung. »Und was ist mit meinem Geld?«, wollte der stiernackige Russe wissen. »Habt ihr auch das Geld?«

»Was wir haben, ist noch besser, Boss. Dieser Drecksack hatte eine Menge Gold bei sich, und das haben wir ihm abgenommen.«

Kuttin wurde hellhörig. »Wie kommt dieser Kerl plötzlich an so viel Gold?«

»Er sagte uns, es würde seiner Babuschka gehören.« Gregori nickte dabei so heftig, als könnte er allein dadurch den Wahrheitsgehalt dieser Worte noch zusätzlich unterstreichen.

»Das Gold gehörte seiner Großmutter?« Kuttin angelte sich eine Zigarre aus dem Teakholzkästchen auf dem Schreibtisch, und Gregori sprang schnell hinzu, um ihm Feuer zu geben.

»Ja, Chef, er war mit ihr unterwegs, und sie hatte alles in der Handtasche.« Gregori hatte seine Angst überwunden und schilderte seinem Boss, dass die alte Frau gestorben sei und dieser *Mischulak* sich gerade mit dem Gold habe absetzen wollen. Dass er ihnen dabei genau in die Arme gelaufen sei und sie ihn um das schöne Edelmetall erleichtert hätten.

Das entsprach zwar nicht der Wahrheit, klang aber besser. »Danach haben wir ihm dann noch eine ordentliche Abreibung verpasst«, half Oleg seinem Kumpel beim Lügen und rieb sich dabei den immer noch schmerzenden Arm. »Der dürfte wohl ein paar Monate in Gips liegen«, prahlte er selbstgefällig.

Kuttin schnaufte. Würde jemand, der ihn so lange um sein Geld betrogen hatte, ungeschoren davonkommen, wäre das nicht gut. Weder für sein Ego noch für seinen Ruf. Aber zum Glück war das ja nicht geschehen, und er würde schon dafür sorgen, dass sich das in Bielefeld herumsprach. Als Warnung für andere Schuldner.

»Habt ihr wenigstens ein Foto von seiner zerschlagenen Visage gemacht?«, wollte er wissen. So was machte sich zur Untermauerung der Legende vom noch niemals betrogenen Kuttin immer gut.

»Leider nein, Boss.« Oleg dachte soeben an den schmerzhaften Biss in den Oberschenkel. »Wir hörten plötzlich die Bullen kommen, und da sind wir lieber abgehauen. Wir mussten ja dein Gold in Sicherheit bringen.«

»Und deswegen hatten wir auch keine Zeit, ein Foto von diesem Mischulak zu machen«, vervollständigte Gregori diese erneute Lüge.

»Okay, es war gut, dass die Bullen von der ganzen Sache ja nichts mitbekommen haben.« Anscheinend waren seine beiden Handlanger doch mehr auf Zack, als er gedacht hatte.

»Na, dann lasst mal sehen«, forderte er sie auf, und Oleg trat vor. »Warum humpelst du denn?«, wollte der große Boss wissen.

»Ich bin gestern mit dem Fuß umgeknickt.« Oleg wurde rot, aber das entging Kuttin. Artig zog er das Paket aus der Tasche und legte es fast ehrfürchtig vor seinem Chef hin.

Es war erstaunlich, wie schnell Kuttin es trotz seiner Wurstfinger auseinandergefaltet und den Inhalt auf den Tisch geschüttet hatte. Einem Zauberkünstler gleich hielt er plötzlich eine goldene Juwelierlupe in der Hand und klemmte sie sich ins Auge.

Oleg sah zu Gregori, der einen erleichterten Eindruck machte und sich gerade vornahm, den Hunden beim nächsten Mal ein paar kleine Leckereien mitzubringen. Es konnte nie verkehrt sein, sich mit den Hunden vom Boss gut zu stellen.

Deren Herrchen prüfte sorgfältig eines der Schmuckstücke nach dem anderen und stand dann langsam auf. Sein Gesicht begann sich rötlich zu verfärben, und selbst die beiden Rottweiler zuckten zusammen, als er zu schreien begann. Einer seiner Ausdrücke hatte dabei starke Ähnlichkeit mit dem Wort *Autobahngold*.

Erschrocken wichen Oleg und Gregori zurück, als er mit erhobenen Händen und geschwollenen Adern am Hals auf sie zukam. Im Hintergrund knurrten die beiden Rottweiler …

Und wenn sie nicht ermordet wurden, dann leben sie noch heute.

Ende

DANKSAGUNG

Wie sagte dereinst Alfred Hitchcock so passend? »Der Mensch lebt nicht vom Mord allein, er braucht auch Liebe, Zuspruch und Anerkennung. Und ab und zu auch mal eine herzhafte Mahlzeit.«

So ging es mir nach fünfzehn Jahren und zwanzig Büchern über Mord und Totschlag auch. Die Liebe und den Zuspruch habe ich dabei immer von meiner Frau bekommen – ebenso wie herzhafte Mahlzeiten. Die Anerkennung erhoffe ich mir von Ihnen, die gerade dieses Buch gelesen haben. Es war mir schon lange ein Bedürfnis, diese Geschichte zu Papier zu bringen, aber Koslowski & Co. haben mich oft davon abgehalten.

»Wie bist du auf diese Idee gekommen?«, werde ich öfter gefragt. Dazu musste ich nur einen Blick in meinen Ausweis werfen, denn auch ich wäre altersmäßig schon reif für die *Abendsonne*. Außerdem habe ich in meinen letzten Dienstjahren viel Präventionsarbeit zum Nachteil von Senioren gemacht und dabei viele nette, ältere Herrschaften kennengelernt. Viele ihrer Lebensgeschichten hätten auch in diesen Roman gepasst, aber ich habe mir die meiner Protagonisten selber ausgedacht. Denn Sie wissen: Ähnlichkeiten mit lebenden oder verstorbenen Personen sind rein zufällig und nicht beabsichtigt. Nur einen, den gibt es wirklich, aber dieser Balu heißt in Wirklichkeit Pelle.

Bedanken muss ich mich vor allem bei meinem Kollegen Harald Riepold, der das Manuskript mal wieder akribisch nach Fehler durchsucht hat. Dann bei meinen Testlesern Kristian Hoffmann sowie Martina und Jörg, deren Urteil als erfahrene Buchhändler mir sehr wichtig war. Auch sie haben sich fleißig an der Fehlersuche beteiligt. Wenn Sie also noch Fehler finden, dann sind die allein mir zuzurechnen. Dazu hat Durmus Törün mir gesagt, was ich Seda zum Abendessen kochen lassen soll. Und besonders habe ich mich über die erneute Zusammenarbeit mit meinem Lektor Volker Maria Neumann gefreut, der mich bereits bei vierzehn anderen Buchprojekten unterstützt hat.

Wenn ich Sie neugierig auf meine Person und auf meine anderen Bücher gemacht haben sollte, dann schauen Sie doch mal auf meiner Homepage www.koslowski-krimis.de vorbei.

Dort finden Sie auch Termine von Lesungen und Auftritten, sodass wir uns vielleicht mal auf einer solchen Veranstaltung sehen. Ich würde mich freuen.

Oerlinghausen, im März 2024

Herzlichst, Ihr
Joachim H. Peters